KB097642

나를 좋아하는 건 **너**뿐이냐⑧

You're
the only
one who
likes me

라쿠다 지음
브리키 일러스트
한신남 옮김

"너 이외에
내 왕자님은
있을 수 없어."

아네모네 / 보탄 이치카

체육관 뒤의 나무 위에서 갑자기 뛰어 내려
온 자유분방한 여자애. 첫 만남부터 내 마
음속으로 마구 들어오는 귀찮은 상대다. 별
명의 유래는 아네모네를 한자로 쓰면 풀네
임의 한자 '牡丹一華'와 같으니까. 본명으
로 불리는 것을 싫어하기에 내가 붙였다.

"…침입, 아마도 성공. 니힛."

히구마 씨(아네모네 명명) / **히구치 요이치**
호쾌한 쿠츠키 선배와는 대조적으로 그 냉정함으로 팀을 이끌어 가는, 니시키즈타 고등학교의 주전 유격수.

쿠키 씨(아네모네 명명) / **쿠츠키 카이토**
니시키즈타 고등학교 야구부를 이끌어 가는, 팀의 주장. 포지션은 우익수.

파이팅!

아나칭(아네모네 명명) / **아나에 유우마**
팀의 분위기 메이커로 밝은 성격의 기분파. 포지션은 준족을 살린 중견수.

탄포포 / 카마타 키미에
야구부의 매니저이자 1학년. 현재 못된 꿍꿍이에 실패 중.

"어, 어째서, 제가 이러케…. 풀썩."

"다들 힘내!"

니시키즈타!

썬 / 오오가 타이요
내 이름은 오오가 타이요. 통칭 썬.
사립 니시키즈타 고등학교에 다니는 2학년
으로, 야구부에서 에이스를 맡고 있다.

시바냥(아네모네 명명) / 시바 타츠오
나와 초등학생 때부터 배터리를 짠, 니
시키즈타 고등학교의 주전 포수.

"있잖아,
타이요…."

어느 틈에 우리는 마주 서서
서로를 바라보고 있었다.

온몸의 털이 곤두섰다. 그애… 그 말에 짚이는 녀석은 한 명밖에 없다.

"그 애랑 더 이상 어울리지 않는 편이 좋아."

contents

You're the only one who likes me

나를 좋아하는 건 너뿐이냐

라쿠다 지음
브리키 일러스트
한신남 옮김

8

eXtreme novel

보탄 이치카는 청렴결백이라는 말이 잘 어울리는 소녀다.

사소한 장난조차도 한 번도 친 적이 없는, 성실한 성격.

성적은 항상 전교 상위권… 아니, 최상위. 모의고사에서는 전국의 강자들과 겨루고, 한 번은 종합 득점에서 전국 1위에 빛난 적도 있는… 요즘 시대에 아이돌보다도 희귀한 존재다.

그런 그녀는 학교에서 인기가 많다. 교사에게도 전폭적인 신뢰를 얻어 '보탄이 있으면 괜찮겠지'라는 식으로 그 존재 자체가 면죄부가 되기에 이르렀다.

운도 좋았겠지. 너무 잘난 능력을 가지면 질투나 시기의 대상이 되는 일이 자주 있는데, 다행스럽게도 그녀의 주위에 그러는 사람은 없었다.

물론 그녀가 필요 이상으로 자기 공적을 자랑하지 않았고, 타고난 고지식한 성격과 커뮤니케이션 능력 덕분이기도 한데…. 아무튼 그녀는 친구 관계 쪽으로도 운이 좋았다.

가족 관계를 봐도 그렇다.

가족 구성은 아버지, 어머니, 그리고 한 살 차이의 오빠가 한 명. 아버지는 엄격한 성격이 그대로 드러난 듯한 직업인 경찰관. 어머니는 교사. 어머니가 교사 일을 하게 된 것은 오빠와 보탄 이치카, 두 사람이 손이 많이 가지 않을 나이… 고등학생이 된 뒤였고, 그때까지는 전업주부였다.

그리고 오빠는 오빠대로 스포츠 분야에서 재능을 드러냈기에 우수한 여동생에게 열등감을 품는 일도 없었고, 오히려 편애했다.

억지로 보탄 이치카의 고민을 말하자면 그런 과보호 경향의 오빠가 아닐지. '내가 인정한 상대가 아니면 교제를 인정하지 않겠다'며 오빠가 항상 감시의 눈을 번득였기 때문에 그녀는 이성과 연인 관계는 고사하고 친구 관계로 있었던 적도 한 번도 없었다.

남성에게 흥미를 가질 계기를 얻을 수 없었던 것은 틀림없이 이 오빠가 원인이다.

뭐, 엄격한 아버지, 성실한 어머니, 과보호하는 오빠, 그렇게 순수하고 세상모르는 아이로만 자랐던 탓에 연애 쪽으로는 아직 미숙하지만, 누구든 부러워하며 동경하는 충실한 인생을 걷는 소녀… 그것이 보탄 이치카다.

그리고 내가 보탄 이치카와 만났을 때, 그녀는 그 모든 것을 잃은 뒤였다….

만일을 위해 다시 한번 말하지.

정말로 **모든 것**을 잃은 상태였다….

헐렁헐렁 공주님

제 **1** 장

내 이름은 오오가 타이요. 통칭 썬.

내 이름의 '타이요(太陽)'를 영어로 하면 'SUN'이니까, '썬'이다. 단순한 이야기지?

사립 니시키즈타 고등학교에 다니는 고등학교 2학년으로, 야구부에 소속되어 있다.

공부 쪽으로는 별로 칭찬 들을 일이 없지만, 운동 쪽이라면 조금 자신이 있지.

뭐니 뭐니 해도 야구부에서 에이스를 맡을 정도니까.

"어디… 그럼 시작해 볼까."

그런 나는 여름 방학의 어느 날, 매미가 시끄럽게 맴맴 울어대는 맑은 하늘 아래, 어떤 일을 마치기 위해 어깨에 야구 가방을 메고 체육관 뒤에 와 있었다.

참고로 고등학생에게 흔히 있는 그런 게 아니다. 애석하게도 그런 쪽으로는 운이 없어서 말이지. 애석하게도 개인적인 배터리는 누구와도 짜지 않았어.

그럼 왜 이런 장소에 내가 혼자 왔느냐 하면… 그건 소원을 빌기 위해서.

우리 학교의 체육관 뒤에는 '나리츠키'라고 불리는 커다란 단풍나무가 한 그루 있다.

통칭의 유래는 '성취(成就)'의 한자를 다르게 읽은 것. 수령은 300년 정도로, 니시키즈타 고등학교가 세워지기 전부터 존재했고, 여기에 진심 어린 소원을 빌면 딱 한 번 이뤄진다는 말이 있는… 뭐, 어느 학교에나 있을 법한 전설이 어린 나무다.

그리고 평소에는 소원 같은 걸 절대로 빌지 않고, 자기 소원은 자기 힘으로 이루는 것이라는 신조를 가진 나도, 최근에는 한 가지… 아무래도 마음대로 안 되는 일이 있었다.

그래서 절박해진 나는 아예 신에게 빌어 보자는 마음으로, 쉽게 자기 신조를 버리고 야구부 휴식 시간에 체육관 뒤의 나리츠키를 찾아왔다.

"어어, 일단은 인사부터."

신사의 경내에 들어온 것도 아니지만, 일단 신적인 무언가에게 부탁하는 것이니까 일본인답게 인사 두 번, 박수 두 번, 인사 한 번의 예의를 갖추려고 일단 90도 각도로 인사를 했다. 머리를 든 뒤에 다시 90도 각도로 인사. 그러고나서 다음에는 박수를 두 번 치려고 손을 모으려는데….

"와. 와와왓…. …침입, 아마도 성공. 니힛."

"…응?"

갑자기 나리츠키에서 여자애가 내려왔다.

"역시나 나네. 이렇게 멋지게 침입하다니. 분명 전생에는 닌자였음이 틀림없다고 할까나."

아무튼 알 수 있는 것은 나무에서 내려온 여자애의 정체가, 내가 예의를 갖춰 나리츠키에게 소원을 빌자 나타난 신의 심부름꾼이 절대로 아니라는 점. 그리고 뭔가 꿍꿍이를 가지고 니시키스타 고등학교에 숨어 든, 자칭 전생이 나뭇잎 마을의 닌자[*]라는 점이다.

　"참나 이렇게 아리따운 여성이 잠깐 들여보내 달라고 부탁했는데 안 된다고 하다니, 세상 참 깐깐하네. …하지만 나는 그 정도로 굴하는 연약한 여자가 아냐. 정면 돌파가 무리라면 사면 돌파야."

　등을 돌려 착지했기에 저쪽은 아직 내 존재를 모르고 있었다.

　닌자라면 정면과 사면만이 아니라 뒤쪽도 조심하는 편이 좋지 않나? 애초에 사면은 방향이 아니라는 점은 넘어가고.

　"아, 거슬려. …좋아, 이걸로 OK."

　머리나 옷에 붙은 가지나 이파리를 다소 난폭하게 팡팡 털어냈다.

　어조도 그렇고, 행동도 그렇고, '자유분방'이라는 말이 그대로 여자애가 된 이미지였다.

　"자, 그럼 침입에 성공했으니 얼른…."

　"뭐 하려는 거야?"

※나뭇잎 마을의 닌자 : 슈에이사의 『주간 소년 점프』에서 연재된 만화 『나루토(NARUTO)』의 주인공 나루토.

일단 우리 학교에 불법 침입을 한 상대를 그대로 내버려 둘 수는 없고, 내 존재도 어필하고 싶었기에 말을 걸어 보았다.

　"…어? 우왓! 우와와! …너는! 이, 이런 데서 뭘 하고 있어?"

　"그건 내가 할 말이 아닐까?"

　"부, 분명히…."

　이쪽을 돌아보더니 부드러워 보이는 긴 속눈썹을 깜빡이면서 내 말을 긍정하는 소녀.

　사복 차림. 하얀 티셔츠에 데님 살로페트 스커트. 나이는 나와 비슷한 정도로 보이는군. 헤어스타일은 가슴까지 오는 생머리의 일부를 사이드포니 스타일로 모아 올려 보라색 머리핀으로 묶었다. 하얀 피부는 어딘가 섬세한 느낌이지만, 언동은 호쾌 그 자체라서 언밸런스하다. 아리따운 여성 운운은 넘어가고… 응, 귀여운 애다.

　"그 옷, 우리 학교 학생이 아니지?"

　"꼭 그렇다고만 할 수는 없지 않을까? 이런 차림의 학생도 있거든? 아하, 아하하하…."

　거짓말이 서툰 모양이다. 허둥거리는 모습으로 손을 흔들며 얼버무리려는 시점에서 이미 훤히 다 보인다.

　"흐응. 그럼 우리 학교 이름은?"

　"어어… 니, 니시…니시키즈타 고등학교."

　"땡. 정답은 니시키**즈**타 고등학교야."

아마도 교문에서 학교 이름… '西木蔦'라고 한자로 적힌 이름을 보았겠지만, 아쉽게도 발음은 적혀 있지 않다.

서점 이름의 이미지가 앞서는 건지, 모르는 사람이면 종종 헷갈리곤 하지.[*]

"그 정도는 허용 범위야. 나는 틀림없이 이 학교의 학…."

"참나! 어디로 갔지?! 우리 학교에 숨어들려고 하다니 배짱도 좋다!"

그때 타이밍도 좋게 들려온 것은 우리 학교의 체육 교사, 쇼모토 선생님… 통칭 '우탄'의 목소리였다. 원숭이 같은 얼굴에 꽤나 긴 팔, 게다가 털이 아주 많기 때문에 학생들은 오랑우탄을 줄여서 우탄이라고 부르고 있다. 본인은 아마도 모르겠지만.

"우왓. 숨어야 돼. 어어… 어어… 여기!"

자칭 틀림없는 이 학교의 학생이 허둥거리면서 나리츠키 뒤에 숨었다.

그리고 그로부터 10초 정도 지나자,

"아마도 이 근처일 텐데… 음! 오오가 아닌가!"

"아, 안녕하십까!"

우탄이 팔을 좌우로 흔들면서 느릿느릿 이쪽으로 왔다. 정말로 그 이름 그대로잖아.

※서점 이름의~ : 일본의 서점 체인 '츠타야(蔦屋)'를 말한다.

"사복 차림 여자애 못 봤냐? 아까 담을 타고 넘어서 이쪽 나무로 올라가는 걸 봤는데…."

"어떤 애 말인가요?"

"머리는 꽤 길었고, 일부를 삐죽 모아 올려 묶었지. 옷차림은 하얀 티셔츠에, 어, 그걸 뭐라고 하더라…. 청바지 원단으로 스커트를 만들어서 무슨 에이프런처럼 여기가 주욱 뻗은 그거!"

우탄은 살로페트라는 말이 쉽게 나오지 않는지, 손짓발짓으로 설명을 했다. 그게 또 재미있다.

"갑자기 나타나서 우리 학교를 견학하고 싶다고 하기에, '지금은 중요한 시기니까 안 된다'라고 몇 번이나 쫓아냈는데 말이지, 이 애가 물러나질 않아서…."

오른손으로 머리를, 왼손으로 턱을 긁적이는 우탄… 아니, 그건…!

"풋. 진짜 원숭이잖아…."

멍청아! 쓸데없는 소리 하지 마! 나는 열심히 참고 있는데!

"응? 지금 어디서 여자애 목소리가…."

이런! 우탄이 내 뒤의 나리츠키를 살펴보려고….

"어… 어어! 아니~! 이 근처에서는 못 봤습니다! 저 혼자밖에 없습니다! 진짜로! 진짜로 아무도 없으니까요!"

허둥대며 우탄의 진로와 시선을 가로막으며 떠들었다.

이런, 이건 오히려 수상하다. 들켰을지도 모르겠는데….

"그, 그래? …음, 알았다!"

세이프. 간신히 넘긴 모양이다. 아슬아슬한 크로스플레이로군.

"혹시 보게 되면 바로 보고해라? 혹시나 라이벌 학교 학생이 야구부를 정탐하러 왔을 가능성도 있으니까!"

"넵! 알겠습니다!"

"그리고 연습 열심히 해라! 나… 아니, 이 학교의 모두가 응원하고 있어! 올여름의 주역은 틀림없이 너희야! 오오가 타이요의 이름을 전국에 알리는 거다!"

"감사합니다!"

"하하하하! 그렇게까지 깍듯하게 인사하다니, 오오가는 참 착실한 녀석이로군!"

거짓말을 한 것과 웃었던 것의 사죄도 담은 인사라서.

…응, 간신히 넘겼군.

"이제… 없어졌어?"

우탄이 사라지자, 나리츠키 뒤에 숨었던 소녀가 슬쩍 모습을 보였다.

"그래. …뭐, 우탄은 꽤 끈질기니까, 발견할 때까지 찾아다니겠지만."

"우엑~ 그건 싫은데~ 난 이 학교에 볼일이 있는데…."

"헤에~ 무슨 일인데? 꽤 길고 일부를 삐죽 모아 올려 묶은 머리에 하얀 티셔츠에 청바지 원단으로 만든 스커트의 여기가 에이프런처럼 주욱 뻗은 그걸 입은, 틀림없는 우리 학교 학생 씨?"

"…살로페트야."

어깨 부분을 양손 엄지로 잡아당기면서 소녀는 그렇게 주장했다.

"오버올이라고 해도 좋을지도. 또 이야기를 탈선시키지 말아줘."

"…너, 못됐다."

원망스러운 시선이 똑바로 날아들었다.

"널 감춰 준 마음은 평가받았으면 싶은데?"

"그건 내 왕자님으로서 당연한 일이잖아?"

어느 틈에 나는 왕자님으로 인정받은 모양이다. 이런 진흙투성이 야구부 유니폼을 입은 왕자님은 본래 이미지와 너무 동떨어진 것 아닐까?

"이런 더러운 왕자님은 포기하는 게 좋아."

내 유니폼 상의를 잡아당겨 거기 달라붙은 흙먼지를 보여 주었다.

"그래서 그래. 그 모습… 야구부 사람이지? 그럼 정말로 운명이야. 너 이외에 내 왕자님은 있을 수 없어. 그러니까 결정 사항. You are prince."

"그러십니까, 프린세스."

"Yes, I am princess. …니힛."

장난스러운 표정으로 어딘가 자랑스럽게 웃는 소녀. 그녀에게는 오히려 내 모습이 왕자님으로서의 필수 조건이었던 모양이다. 이 애의 기준은 잘 모르겠다.

"그래서 왜 우리 학교에 숨어들었어?"

"…그래. 우연히 이 학교 앞을 지나는데 밝고 시끌시끌한 목소리가 들렸어. 뭔가 싶어서 엿봤더니, 야구부가 연습하고 있잖아? 이건 꼭 봐야겠다 싶어서, 렛츠 돌격한 거야."

아무튼 우리 야구부에 볼일이 있는 모양이다.

"밝고 시끌시끌한 목소리라."

분명히 우리 학교는 다소 사정이 있어서 지금은 부원 이외에도 많은 학생이 야구부 연습을 견학하러 온다. 일종의 축제 상태다. …그래도 시끌시끌한 목소리가 들리니까 돌격이라니, 꽤나 단순무식한 공주님이 다 있군.

"그래서 들어가려고 했더니 교문에서 아까 그 사람이 제지하더라고."

"아하, 타이밍이 안 좋았네. 작년이라면 괜찮았겠지만, 올해는 좀 깐깐해."

그런 사정은 우리 학교의 학생… 특히 야구부였다면 잘 알고 있겠지만, 다른 학교 학생인 이 아이는 몰랐겠지.

"그래서 나는 딱 떠올렸어. 그럼 몰래 들어가면 되는 거야! 라고. 어때? 머리 좋지?"

안 좋아. 또 다른 방법을 모색해야 했어.

"그리고 운명의 만남을 가진 현재에 이른 거야."

단순한 우연이잖아. 운명이라는 거창한 말을 쓸 만한 일은 하나도 없었어.

"하지만 그 옷이면 눈에 띄니까 금방 들켜서 쫓겨나지 않을까?"

"괜찮아. 대책은 다 생각해 뒀으니까."

"어떤?"

"니힛. 그건 말이지…."

어째서인지 입술 끝을 들어 올리며 심술궂은 얼굴로 나를 바라보는데, 대체 뭐지?

게다가 그대로 두 손을 이쪽을 향해 내밀지 않는가.

"체육복, 빌려줘."

"체육복?"

"응. 이상적인 것은 교복이지만, 너는 남자잖아? 그러니까 체육복. 교복이 아니더라도 이 학교 체육복을 입으면 의심 살 일은 없을 거야."

"나랑 너는 사이즈가 너무 다르지 않나?"

"괜찮아. 공주님은 어떤 드레스라도 소화하니까."

"…내가 체육복을 가지고 있지 않을 가능성은?"

"그럴 리 없잖아. 왕자님은 언제든지 공주님을 도울 준비를 완벽하게 하는 법이야. …아, 하지만 혹시 갖고 있지 않다면 아는 여자애한테서 빌려 와."

"그랬다간 내가 분명히 변태로 몰리는데…."

"그럼 문제입니다. 변태가 되고 싶지 않다면 어떻게 해야 할까요?"

지금의 내 상황이면 대답은 두 가지다.

하나는 이대로 소녀에게 체육복을 빌려주지 않고 이 자리를 뜬다. 그리고 또 하나가….

"…이거면 될까?"

내려놓았던 야구 가방에서 소녀가 희망하는 물건을 꺼내 건네는 것이다.

의식적으로 태연한 모습을 가장해 건넸지만, 속으로는 꽤나 두근두근했다.

여자에게 내 옷을 빌려주다니, 인생 첫 경험이다. …빨아 두길 잘했군.

"봐, 역시 갖고 있잖아."

왜 그렇게 자신만만한 태도일까.

"흠. …이게 남자 냄새인가."

"어, 어이. 그만해. 분명히 세탁한 거니까…."

갑자기 냄새를 맡지 말아 줘. 이쪽의 마음을 좀 이해해 달라고.

"그래. 부드럽게 안아 줄 것 같아."

"그건 또 뭔데…."

그런 장르의 향기는 처음 듣는군….

"그럼 갈아입을 거니까 경비 부탁해도 될까?"

"뭐? 여기서 갈아입게?"

"물론. 쇠뿔도 단숨에. …아, 보고 싶어?"

"사양하지."

말과 동시에 반대쪽으로 빙글 몸을 돌렸다.

보고 싶지만, 당당히 보는 건 뭔가 아닌 기분이다. 그런 복잡한 남자의 심정이다.

"역시나 내 왕자님. 신사네."

그 말과 함께 뒤에서 들려오는 옷자락 스치는 소리는 시끄러운 매미 소리가 지워 주었다. 평소에는 짜증스러웠지만, 지금만큼은 매미에게 감사하자.

"기다렸지. 이제 괜찮아~!"

무슨 숨바꼭질이라도 하는 기분이군. 뭐, 허락이 떨어졌으니 돌아보도록 하자.

우와아…. 정말로 여자애가 내 체육복을 입고 있어….

"짜안. 어때? 공주님의 드레스 모습은?"

꽤나 헐렁헐렁한 드레스를 입은 공주님이 나타났군.

"그래. 댄스파티의 주역이든가, 우리 학교의 학생으로밖에 보이지 않아."

"와자. 이걸로 나도 번듯한 니시키츠타 고등학교의 학생이야."

"니시키**즈**타, 야."

"어차. 이거 실례."

말과는 달리 전혀 반성하지 않는 모양이군.

살짝 혀를 내미는 모습에는 천진난만함과 매력이 동시에 담겨 있는 듯했다.

"아, 그러고 보니 이렇게 체육복도 빌려주었으니까 자기소개를 해야지."

체육복을 빌리는 것이 자기소개의 유무를 판단하는 기준이라니, 이것도 첫 경험이다.

"나는… 보탄 이치카. 한자는 모란꽃의 '牡丹'에 숫자 '一'. 거기에 같은 '꽃 화' 자라도 멋진 쪽의 '華'를 써서 보탄(牡丹) 이치카(一華)야. 고등학교 2학년."

멋진 쪽의 '꽃 화' 자라…. 뭐, 무슨 소린지는 알겠는데. 그보다….

"보탄? 그렇다면…."

"으음, 왜 그래? 그렇게 험악한 얼굴로 나를 바라보고?"

"아니, 아무것도 아냐."

설마. 아무리 그래도 그건 아니겠지.

"혹시 나한테 한눈에 반했다든가….."

"결단코 아냐."

"뿌우, 재미없어. 뭐, 됐어. 잘 부탁해… 타이요."

"응? 어떻게 내 이름을….."

"공주님이 왕자님의 이름을 모를 리가 없잖아. 오늘까지 계속 너를 생각하며….."

"아까 우탄이 큰 소리로 내 풀네임을 말해서 그런가."

"로망 없긴."

오늘 처음 만난 여자애가 사실 계속 내게 아련한 마음을 품고 있었다니, 그렇게 편의주의적인 일이 일어날 리가 없지.

"애석하게도 지금까지의 인생에서 기대가 어긋나는 경험을 너무 많이 했으니까. 괜한 희망은 품지 않도록 하고 있어."

"헤에~…. 내가 타이요에게 마음이 있기를 희망한다는 소리네. 와자."

"…시끄러."

조금만 방심하면 금방 말꼬리를 잡는군. …귀찮아.

"아무튼… 잘 부탁해, 보탄."

"…으, 으음….."

왠지 꽤나 떨떠름한 표정이었다.

"표정이 왜 그래?"

딱히 이상한 소리를 하지는 않았을 텐데.

"어어… 그게 말이지, 나는 성으로 불리는 걸 안 좋아해."

"그럼 이름으로 부르면 될까?"

그렇게 묻자, 그녀는 고개를 설레설레 저었다.

"이름은 더 싫어."

"뭐?"

방금 전까지의 발랄한 분위기와 달리, 꽤나 진지한 표정. 이유는 모르겠지만, 아무래도 그녀는 성으로 불리는 것도, 이름으로 불리는 것도 다 싫은 모양이다.

"그럼 뭐라고 부르면 되지?"

"그래. 으음……. 아, 좋은 생각이 났다."

짝 소리 내어 손을 모으더니 이상하게 밝은 눈동자로 나를 바라보았다.

"타이요가 나한테 이름을 붙여 줘. 나를 나로 만들어 주는 이름을."

"그건 또 뭐야…."

이상한 소리를 한다. 그냥 별명을 붙여 달라고 하면 되잖아.

"자, 얼른, 얼른. 공주님이 기다리잖아."

"알았어."

…어떻게 한다. 보탄이니까 봇짱? …여자애한테 붙일 별명이 아니군.

애초에 성으로도 이름으로도 불리기 싫어하니까, 그걸 연상시

키는 별명은 좋아하지 않을지도 모른다. 하지만 완전히 무시하고 붙이자니, 이렇게 짧은 만남만으로는 어렵지. 그렇다면….

"…아네모네."

"아네모네?"

"그래. 이래 봬도 꽃 이름에는 좀 밝거든. 아네모네는 한자로 쓰면 '牡丹一華'가 되지. 네 풀네임하고 똑같지? 그러니까 아네모네. …어때?"

"아네모네… 아네모네…. 응, 아네모네. …좋네. 여자애답고 귀엽고. 좋아, 지금부터 나는 아네모네야. 멋진 이름을 붙여 줘서 고마워, 타이요!"

티 없이 환한 웃음.

마음에 든 모양이라 다행이다.

"일단 나도 학교에서는 '썬'이라는 별명이 있으니까…."

"네가 이름으로 불리는 걸 싫어하거나 다른 사람이 너를 '타이요'라고 부른다면, 나는 나만의 오리지널리티 넘치는 별명으로 부르고 싶은데 어쩔래?"

어쩐지, 가당치 않은 별명이 붙는 미래가 보였다.

"그냥 '타이요'로 부탁해. 그렇게 부르는 녀석은 없으니까, 아네모네 오리지널이야."

"좋아. 그럼 타이요로 결정."

왜 자기 오리지널에 집착하는 거지? 사춘기 특유의 그런 건가?

"에잇! 안 보이잖아! 어디로 갔지?! 다시 이 근처를 샅샅이…."

우탄, 아직 포기하지 않았나. 엄청난 집념이로군….

"우, 우와와. 얼른 도망쳐야지. 그럼 연습이 끝나면 또 여기서 봐, 타이요."

"뭐, 연습이 끝나면… 앗, 이봐!"

왠지 멋대로 약속을 잡으면서 기분 좋게 뛰어 사라졌군.

뭐, 다시 만나서 체육복을 돌려받아야 하니까 맞는 말이긴 한 가.

아차, 이런. 별일이 다 생기다 보니까 까맣게 잊고 있었는데, 나는 여기 소원을 빌러 왔다.

…하지만 왠지 흥이 깨졌군. 오늘은 그만둘까.

"…그라운드로 돌아갈까."

나리츠키 나무를 잠깐 바라본 뒤에 뒷머리를 벅벅 긁으면서 나는 야구부가 기다리는 그라운드로 돌아갔다.

✷

자, 체육관 뒤에서 예상 밖의 만남에 뜻하지 않게 본모습을 보였지만, 마음을 가다듬자.

여기서부터는 방금 전까지의 내가 아니라 '썬'으로 행동하자.

"썬, 어서 와. 할 일은 다 끝났어?"

"어! 미안해! 기다리게 했군!"

방금 전까지와 달리 밝고 텐션 높은 태도.

이것이 내가 학교에 있을 때의 모습이다. 물론 이러는 것에는 이유가 있다.

실은 나는 초등학생 때 소극적이고 말수 적은 성격이었기 때문에 친구 관계에서 뼈아픈 문제에 직면한 경험이 있다. …그때 트러블을 해결하기 위해 취한 수단이 **이것**.

아무튼 밝고 씩씩한 녀석을 연기해 주위로부터 신뢰를 얻으려고 했다.

그리고 이 작전은 대성공. 나는 목적대로 주위로부터 신뢰를 얻었고, 친구나 팀메이트를 얻을 수 있었다. …다만 그 대가로 소극적인 모습을 보일 수 없게 되었다.

그래서 아직도 그런 모습을 관철하고 있는 것이다.

그렇긴 해도 딱히 부자유스러운 건 없다. 이렇게 말하면 좀 안 좋게 들릴지도 모르지만, 상대에 따라 태도를 바꾸는 건 나에겐 당연한 일로 생각된다.

친구와 있을 때, 가족과 있을 때, 선생님과 있을 때, 연인과 있을 때… 마지막 건 경험이 없지만, 아무튼 어느 경우든 태도가 미묘하게 다른 거야 당연하잖아?

그리고 나는 야구부의 팀메이트와 함께 있을 때는 이런 태도를 취하는 것뿐이야.

씩씩하고 밝게 모두를 이끌어 가는 팀의 에이스… 뭐, 사실은 꽤나 겁쟁이에 주위의 평가를 신경 쓰는 한심한 녀석이지만.

그런 진짜 나를 아는 녀석은 거의 없지만, 딱히 쓸쓸하게 여기진 않는다.

뭐라고 할까, 인간은 그런 거라고 생각해. 모두가 '이러고 싶다'고 생각하는 자신을 연기하다 보면, 서서히 '가짜'에서 '진짜'로 바뀌어 간다. 애초에 있는 그대로의 자신을 보여 주는 녀석이 드물겠지. 인간은 크든 작든 거짓말을 하며 사는 생물이야.

"그러고 보니, 무슨 볼일이 있었던 거야?"

"음, 좀 그런 게 있어! 대단한 거 아니니까 신경 안 써도 돼!"

"그래."

그라운드로 돌아온 나와 이야기하는 사람은 초등학교 때부터 함께 야구를 했던 배터리, 3번 타자에 포수인 시바다. 키는 175센티미터라서 180센티미터인 나보다 조금 작지만, 체격은 좋다. 캐칭 기술은 일류이면서, 최근 배팅 실력도 부쩍부쩍 늘었으니 다음 시합부터는 4번을 맡게 되지 않을까 하는 이야기도 있었다.

동료의 성장은 기쁘지만, 지금 4번은 나니까 그 자리를 빼앗기는 것은 복잡한 기분이다.

"그나저나 견학자가 많군! 조금 긴장되는데!"

"이런 건 시합 당일과 비교하면 귀여운 수준이잖아?"

현재 우리 야구부는 주목의 대상. 지금도 많은 학생들이 연습을 견학하기 위해 모여 있었다.

그렇게 된 이유는 지극히 단순. 우리 니시키즈타 고등학교 야구부가 지난번에 있었던 지역 대회 결승전에서 멋지게 승리를 거둬 코시엔 출장 자격을 따냈기 때문이다.

개교 이래의 쾌거에 우리 학교는 축제 분위기.

그 결과 중 하나가 이렇게 그라운드에 나타난 것이다.

"그래도 말이지, 이렇게 연습을 보는 사람이 있는 건 시합이랑 좀 다른 감각 아냐?"

"그렇긴 하지. …응, 일리 있어."

또한 이 코시엔 출장이 바로 아네모네에게 야구부 견학 허가가 나오지 않았던 이유이기도 하다.

안 그래도 학생들만 해도 견학자가 많은데, 관계없는 사람까지 환영했다간 수습이 안 된다. 더불어서 우리는 별로 신경 쓰지 않지만, 코시엔 첫 출장에 들뜬 학교 측… 나이깨나 먹은 어른들이 '다른 학교에서 정탐을 올지도 모른다!'라는 의식을 가진 결과, 우리 학교 학생과 그 관계자 이외는 입장을 모두 규제하게 되었다나.

유일한 예외는 프로야구 관계자와 매스컴 관계자…라는 모양인데, 아쉽게도 그런 사람들은 한 번도 오지 않았다. 뭐, 결국 코시엔을 처음 밟아 보는 학교니까.

지역 레벨에서는 주목을 모아도, 전국 레벨에서는 아직 멀었다는 소리다.

"어이, 썬! 아까까지 혼자 몰래 어디 갔었지? 어디 갔었던 거야?! …삐익! 삐익! …헛! 나의 귀여운 여자 레이더가 반응했다! 그렇다면… 이건 여자와의 밀회인가?! 이러기가 어딨냐! 부럽잖아!"

시끄러운 목소리와 분위기로 나와 시바를 붙들고 늘어진 것은 같은 학년에 2번, 중견수인 아나에.

성격은 보다시피 가볍지만, 나와는 다른 의미로 밝은 녀석. 여자랑 사귀고 싶다고 노래를 부르지만, 이 성격 때문인지 그냥 익살꾼으로 여겨지기 쉬워서 좀처럼 그 바람이 이루어지지 않는다.

"하핫! 아쉽게도 밀회가 아냐, 아나에! 그런 일이 좀 있어!"

"뭐야! 사람 놀라게 하지 마~!"

뭐, 여자랑 만나긴 했지만, 그 얘기를 하면 귀찮을 것 같으니까 입 다물고 있자.

거짓말은 안 했거든? 그냥 진실을 좀 숨겼을 뿐이야.

"하지만 그래! 지역 대회 결승전에서 대활약을 한 나를 제쳐두고, 썬에게 여자가 생길 리가…."

"데드볼로 출루했을 뿐인 녀석과 무실점으로 막은 투수. 누가 봐도 후자가 인기 있잖아."

"윽! 히구치 선배… 조금은 나한테 마음 써 줘도…."

아나에보다 조금 늦게 우리에게 다가온 사람은 3학년이자 1번 타자, 유격수를 맡은 히구치 선배. 우리 야구부에서 누구보다도 냉정하고… 그리고 엄한 선배다.

연습에서의 실수는 물론이고, 활동 중에 조금이라도 대충 하는 태도가 보이면 사정없는 설교를 쏟아 낸다. 이 야구부에서 히구치 선배의 분노를 산 경험이 없는 녀석은 한 명도 없을 것이다.

그중에서도 중학교 때부터 같이 야구를 했던 아나에에게는 특히나 엄해서, 휴식 시간에도 이렇게 신랄한 말을 던진다.

"마음을 써도 아나에는 콧대가 높아질 뿐이잖아? 괜한 짓은 하지 말자는 주의야."

"히구치 선배! 괜한 짓인지는 해 보지 않으면 모르지 않습니까!"

"그럼 해 봤다가 괜한 짓일 경우, 그만한 대가가 있을 텐데… 괜찮겠지?"

"아니! 안 해도 알 만한 일을 억지로 할 필요는 없죠!"

여전히 아나에는 히구치 선배에게 약하군….

아, 오해가 없도록 덧붙이는데, 히구치 선배는 엄하긴 해도 딱히 후배들에게 경원당하는 게 아니니까. 오히려 믿음을 얻은 경우가 많아서, 야구 이외의 고민을 히구치 선배에게 의논하는 녀석도 있을 정도다.

게다가 꽤 재미있는 점도 있어. 히구치 선배는 엄하긴 해도….

"—라고 아나에에게 말하면서도 견학 온 여학생들을 의식해 몰래 향수 같은 걸 뿌리며 멋을 내는 게 히구치가 은근히 밝힌다는 증거지만!"

그런 것이다. 히구치 선배는 스토익하게 보이면서도 사실은 그렇지 않다.

아마 이 야구부에서 아나에에 다음 정도로 **그런 쪽**에 관심이 많을 것이다.

"쿠, 쿠츠키! 너는 괜한 소릴…."

"어차피 연습하면 다 날아가니까 의미 없는 짓이라고 생각해! 하하핫!"

히구치 선배에게서 원망 어린 시선을 받아도 전혀 개의치 않으며 호쾌하게 웃는 사람은 우리 니시키즈타 고등학교 야구부 주장, 5번 타자에 우익수인 쿠츠키 선배다. 우리 야구부에서 가장 키가 큰 195센티미터. 단련된 몸에 깃든 위엄은 상당하다.

성격도 그렇고, 외모도 그렇고, '주장'이라는 말은 이 사람을 위해 존재하는 게 아닌가 싶을 때도 있다.

"아! 역시 그렇군요, 쿠츠키 선배! 왠지 히구치 선배한테서 평소랑 다르게 싸구려 선향 같은 냄새가 난다 했습니다!"

아나에, 평소에 당하기만 했다고 괜히 까불대면 위험할 텐데….

"싸구려 선향 같은… 냄새라고?"

역시나. 히구치 선배, 무시무시한 눈으로 아나에를 노려보고 있어.

"히익! 쿠츠키 선배, Help!"

선배의 눈총에 주장의 뒤에 벌벌 떨며 숨다니, 그래 가지고는 여자를 사귀게 될 날은 아직 먼 것 같군…. 힘내라, 아나에.

"하하핫! 히구치, 그 정도만 해 둬! 주전이 부상이라도 입으면 안 되니까!"

"…칫. 아나에, 너 목숨 건진 줄 알아라."

"히이익~! 위험했다~!"

뭐, 그 외에도 멤버는 있지만 이게 우리 니시키즈타 고등학교 야구부다.

각자 개성적인 녀석들이 모였고, 그런 모두가 협력해서 코시엔 우승을 목표로 하고 있다.

"그러고 보면 쿠츠키 선배. 실제로… 우리가 코시엔에서 우승할 가능성이 얼마나 되리라고 봅니까?"

어느 틈에 다섯 명이서 빙 둘러앉아 휴식을 취하는 가운데, 아나에가 쿠츠키 선배에게 물었다.

"흠. …글쎄. 일단 뚜껑을 열어 보지 않으면 모르지만, 우리는 작년 여름 코시엔에서 준준결승까지 간 명문 토쇼부 고등학교를 꺾고 코시엔에 나가게 되었으니까! 적어도 0(제로)는 아니겠지!"

나도 쿠츠키 선배의 말에 동의한다. 우리는 올해 지역 대회 결승전에서 상당한 접전이긴 했지만, 코시엔 단골인 토쇼부 고등학교를 격파하고 코시엔 출장을 이루었다.

그러니까 0는 아니라고 말할 수 있지만….

"하지만 쿠츠키 선배. 코시엔에는 바로 그 소부 고등학교가 나오죠…."

"…음, 뭐, 그건 그렇지…."

시바의 말에 우리 네 사람의 표정이 누구의 눈에도 확연할 정도로 어두워졌다.

바로 그거 말인데…. 우리가 꺾은 토쇼부 고등학교가 명문이라면 소부 고등학교는 초명문.

작년 여름 코시엔, 올해 봄 코시엔에서 우승을 거두었고, 당연히 올해 여름 코시엔에도 등장하는 괴물 학교다. 특필해야 할 게 뭐냐고 묻는다면, 전부 다라고 대답하는 게 적절할 정도로 레벨 높은 팀. 특히나 4번 타자에 유격수인 남자는 주루, 공격, 수비 삼박자가 골고루 갖춰진 완벽한 선수라는 말까지 듣는다.

아직 코시엔 본선 대진을 정하는 추첨도 하지 않았고, 물론 그 밖에도… 아니, 모든 출장 학교를 경계해야만 한다는 것은 알지만, 소부 고등학교에게 마음이 가는 것은 그만한 실력을 갖추었기 때문이겠지.

"그 녀석을 나랑 썬이 막을 수 있을까…."

"시바, 그렇게 불안한 얼굴 하지 마! 더 자신감을 가져! 자! 썬과 너는 토쇼부 고등학교의 토쿠쇼를 꺾고 코시엔 출장권을 따냈잖아! 고교야구에서 최강의 타자라는 소리를 듣는 바로 그 토쿠쇼 키타카제를!"

"아나에, 토쿠쇼와 그 타자는 타입이 달라. 토쿠쇼는 홈런을 노리는 슬러거(slugger)*지. 하지만 소부 고등학교의 4번 타자는 그게 아냐. 어느 때라도 확실하게 안타를 치는 애버리지 히터(average hitter)*지. 고교 통산 성적으로도 홈런이라면 토쿠쇼 쪽이 위지만, 타율, 타점은 그 타자가 위야."

히구치 선배의 말이 맞다. 경우에 따라 다르지만, 소부 고등학교의 4번 타자는 어떤 의미로 토쿠쇼보다도 귀찮은 상대다. 토쿠쇼 키타카제라는 남자는 홈런을 노리기에 파고들 틈이 생긴다.

하지만 소부 고등학교의 4번 타자는 그게 없다. 고교 통산 타율은 0.493…. 고등학생 때의 이치로와 비교해서 아주 살짝 뒤지지만, 충분히 무시무시한 성적이다.

한심한 소리지만, 그 사람을 막아 낼 자신이 지금의 내게는 ……없다.

※슬러거(slugger) : 강타자. 홈런 등 장타를 잘 치는 타자를 말함.
※애버리지 히터(average hitter) : 홈런은 많지 않으나 타율이 높은 타자.

"".......""""

이런. 나도 그렇지만, 모두에게 무거운 분위기가 감돌기 시작했어.

이거 도저히 앞으로 코시엔을 목표로 연습할 분위기가 아니다.

"아! 다들 그런 얼굴 하지 마! 시바! 신중한 건 좋지만, 너무 부정적인 건 안 되지! 썬도, 자! 평소의 그 씩씩함은 어디 갔어?"

"어, 어어. …미안, 아나에."

"그래! 괜찮아! 어떤 상대가 오든지 내가 완벽하게 막아 내지!"

고마워, 아나에. 이럴 때에 계속 밝은 분위기로 있어 주는 솜씨는 대단하군.

"그렇지? 게다가 걱정할 것 없어! 혹시 썬이 맞아도 뒤에는 우리가 있으니까! 철벽의 수비를 보여 주지!"

"그래. 썬, 조금 정도는 맞아 줘도 돼. 그러면 파인 플레이로 공과 함께 귀여운 여자에게 인기 끌 찬스를 캐치해 줄 테니까."

"아앗! 히구치 선배, 너무하잖습니까! 그거 내가 할 말이었는데!"

"가끔은 괜찮잖아?"

"하하핫! 분명히 승부 전부터 지는 생각을 하는 건 멋대가리 없는 짓이지! …좋아! 슬슬 휴식은 끝내고, 우승을 위한 연습을 시작할까!"

그래. 생각해 봤자 바뀌는 것은 아무것도 없다. 승리를 위한 가장 간단한 수단은 강해지는 것이다.

그럼 연습을 하는 수밖에 없다.

"이제부터는 타격 연습이다! 코시엔 출장 기념으로 학교가 피칭 머신을 몇 개 선물해 줬으니까! 이걸 써서 소부 고등학교에게도 지지 않는 타격력을 기르는 거야!"

"""""네!!"""""

쿠츠키 선배의 호령에 우리는 각자 연습을 재개했다.

✳

"…휴우. 조금 쉴까. …이거 대신 써도 돼!"

"네! 감사합니다!"

타격 연습을 시작하고 30분 정도 지났을 때 잠시 휴식. 다른 장소에서 스윙 연습을 하던 1학년에게 피칭 머신을 양보하고 나는 지면에 걸터앉았다.

그러자 시바도 마침 쉬려던 참이었는지 내 옆으로 다가왔다.

"실제로는… 어떨 것 같아?"

시바의 차분한 목소리. 그 태도만 봐도 무슨 질문인지 금방 알 수 있었다.

"솔직히 지금으로선 힘들어. 소부 고등학교만이 아니라 다른 곳을 상대로도 이길 수 있을지….”

“역시 그런가….”

내 말을 듣고 낙담을 감출 수 없다는 시바의 목소리. 딱히 나에게 실망한 게 아니라는 건 안다. 그저 순수하게 우리의 실력 부족이 분한 것이다.

“하지만… 어디까지나 **지금 이대로라면**의 이야기지만!”

“그건 연습을 더 한다는 소리야? 하지만 이제 시간은 별로….”

“**그 공**이 완성되면 승산은 있다고 생각해!”

그것은 내가 지역 대회 결승전에서 딱 한 번 던졌던, 토쿠쇼 키타카제를 잡았던 공.

하지만 어디까지나 미완성이라서, 좀처럼 제대로 된 공을 던질 수 없었다.

결승전에서는 그 존재를 끝까지 숨겼으니까, 토쿠쇼의 허를 찔러서 맞춰 잡았지만, 더 이상 그럴 순 없다. 명문 토쇼부 고등학교가 패한 시합이니, 상대 학교의 스코어러(scorer)가 체크하지 않을 리가 없다. 즉, 나의 그 공의 존재는 이미 알려졌다.

허를 찌를 수 없는 이상, 지금 상태로는 코시엔에서 통용되지 않을 터.

하지만 완벽한 것을 던질 수 있게 된다면… 분명히 통한다.

“…그래서 진행은 어느 정도 되었어?”

시바의 눈에 약간의 빛이 들어왔다. 그것은 내 대답을 기대하기 때문이겠지.

"…미안, 벽에 부딪친 상태야. 완전 글렀어."

"그런가."

하지만 아쉽게도 그 눈은 다시 어둠 속에 떨어졌다.

그래…. 결국 가정의 이야기다. 던질 수 있으면 이길 수 있다. 하지만 못 던지면 이길 수 없다. 그러니까 나는 나리츠키에 소원을 빌러 갔고.

하지만 바란다고 결과가 나올 만큼 세상이 만만하지 않다는 것은 잘 알기에….

"저기, 시바. 내일 야구부는 쉬지만, 무슨 예정 있어?"

"미안하지만 있어. …누구 씨의 투구 연습 예정이 말이야."

"그거 아쉽군! 듣고 보니 나도 누구 씨의 포구 연습이 있더라고!"

그렇게 말하고 나와 시바는 서로의 얼굴을 보고 웃으며 주먹을 맞부딪쳤다.

용건을 말하기 전부터 알아주는 건 고맙군.

…사실은 친구들과 놀 예정이었지만, 그건 취소하자.

"자아~! 오오가 선배, 시바 선배! 두 사람의 스포츠드링크입니다!"

"아, 땡큐, 탄포포!"

"고마워, 탄포포."

마침 시바와의 이야기가 일단락 났을 때 나타난 사람은 우리보다 한 학년 아래인 1학년에 매니저를 맡은 여학생… 카마타 키미에. 별명인 '탄포포'의 유래는 이 녀석의 한자로 된 풀네임 한 글자를 빼면 '탄포포'가 되기 때문이다.

작은 체구에 보브 커트를 한 소녀로, 귀여운 외견을 하고 있지만….

"우후후! 스포츠드링크를 기특하게 가져오는 저! 여기에 오오가 선배와 시바 선배가 두근거리지 않을 수 없겠지요! 하아~! 역시 귀여움은 죄예요…."

성격에 조금… 아니, 꽤나 문제가 있기 때문에 별로 귀엽게 생각할 수 없다.

뭐, 매니저 일은 성실하게 하고, 유일한 매니저이기에 너무 부담을 주는 것 같아 미안하게 생각하곤 하지만, 아무래도 성격이 말이지~

못된 녀석은 아니지만….

"그래서 오오가 선배! 좀 어떤가요?"

"그럭저럭! 하지만 조금 벽에 부딪쳤다는 느낌도 드니까, 그걸 어떻게든 해서 해결하고 싶은 기분이야!"

"호오호오. 벽이라. …우후후! 여기서 멋들어진 어드바이스를 해 그 문제를 해결하면 오오가 선배가 제게 더더욱 두근거림을 품을 게 틀림없습니다!"

그건 아냐. 가령 네 어드바이스 덕분에 어떻게 되더라도 그것만큼은 절대로 아냐.

…일단 말해 두는데, 딱히 나는 탄포포에게 연애 감정을 가진 게 아니고, 그건 탄포포도 마찬가지다.

다만 탄포포는 학교 안의 아이돌… 그리고 장래에 일본 제일의 아이돌을 목표로 하고 있다면서, 아무튼 자기 팬을 늘리려고 한다. …보통 바보 같은 짓을 해서 실패하지만.

이것도 그 활동의 일환이겠지.

"…떠올랐습니다! 오오가 선배, 제게 엄청난 명안이 있습니다!"

내 고민의 내용을 듣지도 않고 떠올린 명안이라. …이거 글렀군.

"오오가 선배가 꼭 듣고 싶다면 가르쳐 드릴 수도 있는데요~? 우후후!"

그딴 소리는 듣고 싶지 않으니까 얼른 다른 부원에게 스포츠 드링크나 가져다줘…라고 내 베프라면 말할 것 같지만, 나는 그 녀석이 아니고 탄포포도 말하고 싶어 하는 눈치이니….

"그래! 꼭 좀 가르쳐 줘! 부탁이야, 탄포포!"

"우오옹~! 어쩔 수 없네요~!"

…왠지 몸을 비비꼰다. 정말이지 탄포포는 부탁만 받으면 기가 사는군.

장래에 이상한 사기 같은 것에 걸리지 않을지 걱정이다.

"그럼 가르쳐 드리지요! 그건 바로 소중한 사람을 떠올리면서 연습하는 것입니다! 강한 마음은 몸에도 크게 영향을 미치니까요! 이 사람을 위해 이기고 싶다고 바라면, 자연스럽게 몸도 따라오는 법입니다! 마지막에 승부를 결판 짓는 것은 강한 몸이 아니라 강한 마음! 결국은 마음입니다! 마·음!"

헤에. 의외로 제대로 된 생각이로군.

"그렇군! 하지만 어려워! 소중한 사람이라고 해도 짚이는 녀석이 없어!"

"걱정 마시길! 그 대책도 확실합니다! 자, 오오가 선배! 지금부터 머릿속에 저를 떠올리고 한껏 사랑의 마음으로…."

"썬, 슬슬 배팅 연습을 재개하자."

"그렇군, 시바! 탄포포, 스포츠드링크, 땡큐야!"

"효옷?! 아직 제 이야기는 안 끝났습니다! …아니, 벌써 가 버렸잖아요!"

시바의 말에 찬동하여 나는 일어서서 다시금 배팅 연습에 임했다.

그러면서 방치한 탄포포를 흘낏 확인하자,

"우우… 어쩔 수 없지요. 다른 사람에게 스포츠드링크를 주면서 사랑을 얻도록 하죠. 아나에 선배 정도가 딱 좋겠네요…."

아나에… 네가 탄포포에게 얼마나 얕보였는지 잘 알겠다.

뭐, 그 녀석은 기분파니까, 탄포포의 희망을 들어줄 것 같지만.

그렇긴 해도 소중한 사람이라….

가족이나 친구… 슬쩍 생각만 해도 얼굴이 떠오르는 사람은 몇 명 있다.

하지만 탄포포가 말하는 '소중한 사람'이란 그런 게 아니지? 뭐… 으음… 좋아하는 사람이란 소리겠지? 아쉽지만 지금의 내게는 그런 아이가 없어.

어차, 착각하지 말아 줘. 딱히 좋아하는 아이나 사귀는 여자가 없다고 해서 쓸쓸한 청춘을 보내고 있는 건 아니니까. 오히려 꽤나 복이 많은 편이라고 생각해.

좋아하는 야구를 신뢰할 수 있는 동료들과 함께 하고 친구까지 있거든?

지금까지의 인생 중에서 가장 즐거운 때는? 이라고 묻는다면 틀림없이 지금이라고 대답할 수 있어.

그러니까 문제는 없어. 지금은 연애보다 야구. 코시엔 우승을 목표로 전력을 다해 동료들과 열심히 노력할 수 있으면, 그것만으로도 나는 충분히 행복해.

'너 이외에 내 왕자님은 있을 수 없어.'

문득 방금 전에 만난 한 소녀의 말이 머리를 스쳤지만… 그것도 아니지.

저쪽은 왕자님이라고 말했지만, 아마도 그녀와 엮이는 건 오늘로 끝이다.

아무리 그래도 체육복 좀 빌려줬다고 진짜 공주님이 되지는 않겠지.

✴

저녁 햇살에 오렌지색으로 물든 그라운드에서 다른 멤버나 견학자들이 돌아간 뒤, 나는 시바와 둘이 남아서 투구 연습을 했다.

사실은 내일부터 시작할 예정이었지만, 왠지 마음이 성급해져서 남아서 연습.

물론 지금 하는 것은 그 공의 연습이다.

공을 단단히 쥐고 폼을 잡는다. 시바가 확실히 잡을 수 있도록 주의해야지.

"…하압!"

"……! ……으음."

공을 잡은 시바가 떨떠름한 소리를 냈다.

그 이유는 공을 던진 내가 가장 잘 안다. …아무래도 별로다.

솔직히 말해서 지역 대회 결승전에서 던졌을 때보다 안 좋아진 기분도 들었다.

공을 쥐는 법은 문제없고, 폼도 나쁘지 않다. 그런데 왜 잘 안 떨어지는 걸까?

"오늘 연습은 이 정도로 하고 끝내자, 썬."

시바가 일어서서 프로텍터를 벗었다.

다른 이들은 다 돌아갔고, 우리도 슬슬 돌아가야겠다고 생각했다. 하지만….

"시바, 조금만 더 같이 연습해 줘. 어쩌면 조금만 더 하면 요령을 깨달을지도 모르니까!"

"하지만 슬슬 어두워지고, 너무 무리하면 오히려…."

"괜찮아! 조금만… 30분만 더 하고 그…."

"히꺄아아아아아아아아!!"

"우왓! 무슨 소리지?!"

"아, 아니! 나도 몰라!"

깜짝 놀랐다! 갑자기 운동장에 엄청난 비명 소리가 울렸어! 견학 온 학생도, 다른 야구부 멤버도 다 돌아갔으니까 나랑 시바밖에 없을 텐데….

"우에에에엥!! 오오가 선배, 시바 선배애애애!"

그렇게 생각하고 있는데, 체육관 뒤쪽에서 탄포포가 오열하면서 이쪽으로 달려왔다.

"탄포포, 너 아직도 남아 있었어?"

"다, 당연히 있어야지요! 저는 매니저라고요! 그러니까 부원들이 다 돌아갈 때까지 있는 게 당연합니다! 흑! 흑!"

여전히 이상한 면에서 성실한 녀석이다. …그런데 왜 이렇게 우는 거지?

"저기… 아까 그 소리, 탄포포지? 무슨 일이야?"

"그, 그랬지요! …귀, 귀신이에요! 귀신이 나왔어요!!"

""귀신?""

요즘 같은 때에 탄포포는 무슨 소리지? 아직 해도 다 안 졌는데?

"아, 아하하하! 아하하하! 귀신, 무슨 소리야? 탄포포가 나올 리가 없잖아? …안 그래, 썬?"

시바, 진정해라. '탄포포'랑 '귀신'이 거꾸로 됐다.

너 이런 쪽으로 약하구나…. 다리가 후들거리고 있잖아.

"그런데 나왔다고요! 제가 두 사람의 연습이 끝나는 걸 기다리는 동안 심심해져서 체육관 뒤에 있는 소원을 딱 하나 들어주는 나리츠키에 '오오가 선배와 시바 선배가 연습이 끝나면 저를 사랑하지 않을 수 없기를'이라고 소원을 빌었더니!"

너는 딱 한 번뿐인 소원을 완전 날려 먹고 있어!

게다가 그 소원을 이루는 건 아무리 나리츠키라도 어려울걸. …아니, 안 이뤄진다.

"갑자기 어디선가 원념 어린 목소리가 들려서 뭔가 싶어서 위를 봤더니, 나리츠키 위에… 나뭇가지나 이파리를 덕지덕지 붙인, 장발의 여자 귀신이 있었어요!"

"히익! 아, 아니, 탄포포. 그건 그냥 보통 사람 아냐?"

"그럴 리 없어요, 시바 선배! 그렇게 비장감 가득한 목소리로 '늦네~ 아직일까~'라고 말할 수 있는 인간이 있을 리 없어요! 즉, 거기서 도출되는 대답은 단 하나!"

아… 응. 귀신의 정체를 알았다. 그라운드의 사람이 줄어든 걸 보고 먼저 가 있었던 거겠지. 탄포포가 말하는 귀신의 정체는 거의 틀림없이….

"저의 귀여움을 질투해 나타난 여자 귀신이 틀림없습니다!"

아냐. 그 결론에 도달하는 논리를 알고 싶어지는 레벨로 틀렸어.

"아아, 탄포포. 그 귀신이라면 걱정 안 해도 돼. 아마 내 지인일 거야."

"아닛! 오오가 선배는 귀신이랑 우호 관계를 맺었던 건가요! 놀랍습니다!"

"아니, 애초에 귀신이…. 아니, 됐어. 탄포포, 시바, 나는 그 귀신이랑 이야기하고 올 테니까, 먼저 동아리방으로 돌아가 줘."

어쩔 수 없지. 너무 기다리게 하는 것도 미안하고, 오늘 연습은 이 정도로 하자.

시바도 그만두는 편이 좋겠다고 그랬고.

"괘, 괜찮겠어? 어어, 뭣하면 내가 은십자가랑 마늘을 준비해

온 다음에라도….”

시바, 그건 드라큘라에 대한 대책이지, 귀신에 대한 대책이 아냐.

“걱정할 필요 없다니까! 그렇게 못된 귀신이 아니니까!”

일단 서두르는 편이 나을 테니, 시바와 탄포포에게는 그 정도로 설명하고 얼른 가자.

나는 서둘러 체육관 뒤로 향했다.

체육관 뒤로 가자, 거기에 있던 사람은 예상대로 휴식 중에 만났던 소녀… 아네모네였다.

이미 체육복에서 원래 옷으로 갈아입은 건지, 처음 만났을 때의 사복 차림…이지만, 어째서인지 머리나 옷에 이파리나 나뭇가지가 붙어 있군. …왜 이렇게 됐지?

“우우, 기다리게 하는 건 왕자님이 아니라 공주님의 일이야.”

이 어조와 분위기를 보면 꽤나 오랫동안 여기서 나를 기다린 모양이다.

“타이요를 기다리는 동안 체육관 뒤에 종종 사람이 오는 바람에 그때마다 나무 위로 올라가서 숨느라 힘들었단 말이야. 이파리나 가지도 달라붙고. 중간부터는 떼는 걸 포기했어.”

그렇게 말하면서 머리나 옷에 붙은 이파리와 가지를 팡팡 털어 내는 아네모네.

신기하군. 나리츠키가 있다고는 해도 여름 방학 때의 체육관 뒤에 사람이 많이 오다니….

"게다가 오는 사람들 모두 이상한 소원을 빌잖아. '코시엔에서 우승해서 귀여운 여친이 생겼으면 좋겠다아아아아!'라든가 '코시엔에서 활약해서 프로가 될 거니까, 장래 색시는 천 년에 한 명 나올 미녀 같은 아이돌로 부탁합니다!'라든가 '아무도 다치지 않고 최고의 코시엔이 될 수 있기를'이라든가 '오오가 선배와 시바 선배가 연습이 끝나면 저를 사랑하지 않을 수 없기를'이라든가."

응, 누가 왔는지 잘 알겠어… 순서대로 아나에, 히구치 선배, 쿠츠키 선배, 탄포포다.

아무튼 쿠츠키 선배의 소원을 제외하고는 뭘 들었는지 잊어버리자.

특히나 히구치 선배의 소원은 꿈이 좀 너무 크다.

"뭐, 여기는 그런 장소니까. 이 나무, 나리츠키라고 부르는데, …딱 한 번이지만 진심 어린 소원을 들어준다고 해."

"헤에, 그건 처음 들어. 그럼 나도 소원을 빌면 이루어질까?"

"글쎄? 그런 전설은 어디까지나 그냥 전설이니까."

"타이요는 역시나 로망이 없어. 내 왕자님이라면 '분명 이루어져. 마이 스위트 허니'라는 말 정도는 해 줘도 좋지 않아?"

"가령 내가 진짜로 그렇게 말하면 어쩔 건데?"

"…조금 뜨악한 얼굴을 하려나."

그럼 처음부터 말을 하지 마…. 아니, 이런 헛소리가 계속되는 것도 그렇군.

어쩌면 시바와 탄포포가 기다리고 있을지도 모르고, 얼른 용건을 끝낼까.

"체육복 돌려주려는 거지? 미안해. 이렇게 기다리게 해서."

"…후훗. 아쉽지만 그건 아냐. 이 체육복은 한동안 내 것이야."

뭐? 무슨 소리야?

아니, 그렇게 유쾌한 기색으로 내 체육복을 껴안지 말고 돌려 줘.

"그럼 왜 아네모네는 여기서 계속 날 기다렸어?"

"…네가 이름을 불러 줬으면 해서 그래, 타이요."

꽤나 밝은 미소와 함께 그렇게 말했기에 무심코 두근거렸다.

농담인지 진담인지 판별하기 어렵군….

"그나저나 타이요는 생각 이상으로 대단한 사람이더라? 오늘 연습 중에 구경꾼들은 대부분 네 이야기를 했어. '썬의 피칭은 대단해!'라든가 '썬이 있으면 코시엔 우승도 틀림없어!'라고. … 역시나 왕자님이네. 나도 공주님으로서 으쓱해졌어."

"…그거 고맙군."

다들 너무 들떠 있다. 현실을 직시해 줘.

그 정도의 피칭으로는 코시엔 우승은 고사하고 1회전 돌파도 어려워.

"어라? 왜 그래? 힘없는 얼굴이잖아?"

"아니, 아무것도 아냐. …그렇긴 해도 일부러 다른 학교 야구부의 연습을 견학하다니, 아네모네는 야구를 좋아하는구나."

이 이상 추궁당하기 싫었기에 나는 재빨리 화제를 돌렸다.

"응. …아마도."

"아마도?"

"그래. 아마도야, 아마도. Maybe, Maybe."

밝은 대답은 좋지만, 아네모네는 무슨 소리를 하는 거지? 자기 이야기잖아?

그런데 야구를 좋아하냐는 질문에 '아마도'라는 대답은 이상하잖아.

혹시 아네모네는….

"사실은 다른 학교에서 정탐 온 거야?"

"그렇다면 어쩔 거야?"

"첫 출장하는 학교에 일부러 정탐 오는 수고와 분에 겨운 영광에 감사하면서 교통비를 지불하고 싶어."

"돈은 필요 없으니까 맛있는 밥 좀 사 줘. 참치마요네즈면 돼."

그러니까 편의점 주먹밥을 살 정도의 교통비밖에 안 들었단 소리군.

그럼 다른 현에서 정탐 온 것도 아닌가.

"그럼 나는 슬슬 돌아가면 될까?"

"안 돼~ 타이요를 여기에 불러낸 건 내 이름을 불러 줬으면 하는 것 외에도 또 하나의 이유가 있으니까."

"뭐, 뭔데…?"

정말로 이름을 불러 달라는 게 용건에 들어 있었던 건가…. 분명히 농담인 줄 알았는데.

"너는 내 왕자님으로서 일을 맡아 줘야겠어. 어때? 기쁘지?"

"무슨 일이냐에 달렸지. 왕자님이라도 할 수 있는 것과 없는 게 있어."

"우와, 신중하네. 이럴 때는 바로 '응'이라고 대답하지 않으면 여자한테 인기 없을걸?"

"괜찮아, 이미 멋진 공주님이 있으니까."

"히익."

오, 이거 재미있는 반응이다. 아네모네의 얼굴이 새빨갛게 물들었어.

이 녀석은 자기 입으로 창피한 소리를 하는 건 태연한 주제에, 듣는 쪽에는 익숙하지 않군?

뭔가 한 건 잡은 기분이다.

"그, 그건, 기쁜데…."

시선을 내게서 돌려 비스듬히 위쪽을 보면서 아네모네가 머뭇 머뭇 말을 흘렸다.

삐죽 모아 올려 묶은 사이드포니를 불안하게 빗어 내리는 모습이 묘하게 귀엽다.

"그래서 왕자님은 뭘 하면 돼?"

"그렇지…. 있잖아, 나한테 네 멋진 모습을 더 많이 보여 줘."

"……음! 이, 이건 또 꽤나 갑작스러운 사랑의 고…."

"아, 이 말이 아니었다. **너희들**의 멋진 모습을 보여 줘, 라고 해야 했어."

"……."

"니힛, 복수했다."

그쪽이 먼저 놀리고 들었잖아. …불공평해.

"무슨 의미야? 우리의 멋진 모습을 보고 싶다니."

"말에 가시가 있어. 아네모네, 상처 입을걸?"

"질문에 질문으로 답하지 마."

"타이요랑 많이 이야기하고 싶다는, 알기 어려운 여심일지도."

"방금 전에 직구인 척하는 변화구로 헛스윙을 빼앗은 녀석이 할 말이야?"

"역시나 야구부. 좋은 표현이네. 그럼 아네모네 피처는 다음에 직구를 던질게. …있잖아, 앞으로도 너희 야구 연습을 보여 줘."

이번에는 침입을 도와 달라는 소리인가?

딱히 악의가 있는 걸로는 보이지 않고, 상관없기야 하지만….

"그러니까 내일도 몰래 좀 부탁하고 싶은데, 안 될…까?"

"왜 그렇게까지?"

"좋아해. …열심히, 죽어라고 노력하는 사람을 보는 걸."

그거라면 찾아보면 우리 말고도 얼마든지…라는 말은 쑥 들어갔다.

무슨 사정이 있는지는 모르지만, 아네모네는 우리 니시키즈타 고등학교 야구부를 택했다.

왠지 모르게 그런 생각이 들었다.

다만 아쉽게도….

"내일, 우리 야구부는 연습 없는데."

"아, 그렇구나…."

눈에 띄게 낙담하는군. 사람을 놀리길 좋아하는 아네모네지만, 우리의 연습을 보고 싶다는 마음은 틀림없는 거겠지. 이유도 목적도 모르지만, 그 마음이 진짜라는 것만큼은 잘 알겠다. 그렇다면… 부를 수밖에 없군.

"오전 9시에 우리 학교에서 조금 걸어간 곳에 있는 강가로 와."

"…어?"

"내일 야구부는 쉬지만, 나는 시바… 음, 포수를 맡은 녀석이야. 그 녀석이랑 같이 개별 연습을 할 거야. 그거라도 좋다면… 보러 와."

"정말? 괜찮아?"

"그래. 공주님을 기쁘게 하는 데에 전력을 다하도록 하지."

"대단하네. 역시 너는 내 왕자님이야."

"당연하잖아. …뭐, 구경만으로 괜찮은 건가 싶지만."

"나는 열심히 노력하는 사람을 보는 것만으로 열심히 노력할 수 있습니다."

"…복잡하군. 왜 그렇게 이상한 노력을 하는 거야?"

"그건 말이지…."

…응? 뭐지? 아네모네의 분위기가 좀 이상한데?

방금 전과 변함없이 티 없는 미소…인 것처럼 보이지만 다르다.

어딘가 달관한 슬픈 얼굴…. 나에게 그걸 들켰다는 걸 깨달았는지, 뒤통수를 긁적이면서 멋쩍은 표정을 짓더니 아네모네는…

"내가 나 자신이 되기 위해서야."

기어들어 갈 듯이 희미한 목소리로 그렇게 말했다.

☀

동아리방으로 돌아가자 시바와 탄포포가 나를 기다리고 있었던 모양인지 "귀신은 괜찮았어?"라며 물었지만, 내 지인이 기다리고 있었을 뿐이라고 설명했다.

그 뒤에 셋이서 밥이라도 먹으러 가자는 이야기가 나와서, 이 번에는 내가 좋아하는 튀김꼬치를 먹으러 상점가에 있는 좋아하는 가게를 향해 걷고 있다.

"그렇게 해서 시바 선배는 저의 귀여움을 더 많은 사람에게 전해야 한다고 생각합니다!"

"아니, 나는 딱히 그런 걸 하고 싶지…."

"으으음~! 시바 선배는 부끄러움도 많이 타고 솔직하지 않네 요! 우훗!"

"…솔직한 마음이야. 하아, 조금 더 제대로 된 매니저가 필요 해…."

선두를 걷는 내 뒤에서 탄포포의 한심한 이야기에 시바가 일 일이 어울려 주고 있었다.

평소라면 그런 두 사람의 대화에 꼈겠지만, 지금은 그런 기분 이 아니었다.

아네모네가 했던 말이 왠지 자꾸만 마음에 걸렸다.

'내가 나 자신이 되기 위해서.'

별명을 붙여 달라고 내게 부탁했을 때도, 그 녀석은 비슷한 소 리를 했다.

솔직히 무슨 소린지 알 수 없었다.

다소 철학적인 이야기인 것도 같지만, 인간은 태어날 때부터

자기 자신인 게 틀림없다.

나도 지금까지 17년 동안의 인생에서 여러 가지 자신을 만들어 냈다고 생각하지만, 그래도 전부 다 공통되게 '나'다.

하지만 아네모네의 말은 마치 자기가 자기 자신이 아닌 듯한….

"써, 썬. 슬슬 가게에 다 왔지? 난 탄포포를 상대하는 게 슬슬…."

"우후후! 오오가 선배도 저의 기막힌 매력에 대해 꼭 이야기해요! 할 말은 얼마든지 있으니까요!"

이런, 슬슬 시바가 탄포포를 상대하는 것에 한계가 온 모양이다.

하지만 어떤 의미로 좋은 타이밍이었어. 마침 딱 목적지에 도착했다.

"그래! 그럼 이제부터는 나도 이야기에 끼겠어! …라고 말하고 싶지만, 그 전에 가게에 들어가자! 자, 여기가 내가 추천하는 맛집 '따끈따끈한 튀김꼬치 가게'야!"

☀

"응, 맛있어. 처음 왔지만, 이거라면 썬이 좋아하는 이유도 알겠어."

"그렇지?! 역시 튀김꼬치는 '따끈따끈한 튀김꼬치 가게'가 최고야!"

가게에 들어간 우리는 테이블석에 **네 명**이서 앉아, 튀김꼬치를 먹고 있었다.

참고로 가게에 들어올 때는 세 명이었는데 왜 늘었냐 하면, 우리보다 먼저 이 가게에 온 지인이 있었기에 이왕 이렇게 된 거 싶어서 동석했기 때문이다.

그리고 그게 누구냐 하면.

"탄포포. 소스는 두 번 찍는 게 아니다."

"왜 토쿠쇼 선배한테 일일이 먹는 방법으로 잔소리를 들어야 하나요! 우후!"

토쇼부 고등학교, 4번 타자에 3루수인 토쿠쇼 키타카제다.

지역 대회에서 격전을 펼쳤던 라이벌이기도 하지만, 어디까지나 그건 시합이니까.

그 외의 시간에는 같은 지역의 학교인 것도 있어서 좋은 친구이기도 하다.

"나도 괜한 소리를 하고 싶진 않다. 하지만 너는 여기에 적혀 있는 '두 번 찍기 금지'라는 글자도 못 읽나?"

"음. 그건 읽을 수 있지만…."

"그럼 룰을 지켜라. 소스를 많이 찍고 싶으면 단번에 해라."

성격은 보다시피 성실하고 고지식. 탄포포와 같은 중학교를 나왔고, 전부터 알던 사이.

후배의 부주의를 나무라는 선배라는 점은 아나에와 히구치 선배의 관계와 다소 비슷하지만….

"알겠습니다! 왜 토쿠쇼 선배는 항상 저한테만 꼬치꼬치 설교를 하는 건가요! 못됐어요!"

"따, 딱히, 그럴 생각은 없는데…."

툴툴 화내는 탄포포의 모습에 살짝 움츠러드는 토쿠쇼.

이 모습을 보면 두 사람의 관계는 단순한 선후배로 끝나는 게 아닌 것 같다.

뭐, 그건 상관없겠지. 내가 뭐라고 할 일도 아니고.

그보다도 지금이라면… 좋아, 괜찮겠어.

"어이, 죠로! 잠깐 괜찮을까?"

"음, 왜 그래, 썬?"

내가 타이밍을 재서 말을 붙인 사람은 여기서 일하는 아르바이트생 키사라기 아마츠유… 죠로다. 별명인 '죠로'의 유래는 탄포포와 비슷하다. 풀네임의 한자에서 한 글자를 빼면 '죠로'가 되니까.

죠로는 중학생 때부터 나의 베프로. 진짜 내 모습을 아는 몇 안 되는 사람 중 하나다.

아마 나의 가장 큰 이해자가 누구냐고 묻는다면, 제일 먼저 이름이 나올 녀석이겠지.

같은 학교에 다니지만, 소속된 동아리는 다르다. 그래서 여름 방학 동안에는 별로 만날 기회가 없었는데, 내가 좋아하는 튀김 꼬치집에서 아르바이트를 하고 있기에 이곳에 오면 의외로 쉽게 만날 수도 있다.

…혹시나 싶어서 말해 두는데, 딱히 죠로를 만나기 위해 튀김 꼬치를 먹으러 오는 게 아니거든? 어디까지나 나와 죠로는 친구 사이고, 그 이상도 그 이하도 아니다.

"미안! 내일 말인데, 나는 아무래도 못 갈 것 같아!"

원래 내일은 평소에 학교에서 함께 지내는 멤버들이 죠로네 집에 모여서 나가시소면을 할 예정이었는데, 연습을 우선하기 위해 취소.

나가시소면을 해 본 적이 없어서 기대하고 있었지만… 어쩔 수 없지.

"으, 으음…. 괜찮긴 한데… 무슨 일 있어?"

"여름 코시엔까지는 최대한 연습을 우선하고 싶어서! 미완성 인 놈이 있어서, 그걸 완성시키기 위해서 야구부가 쉬더라도 개 인적인 연습을 해 두고 싶어!"

중요한 약속을 전날에, 게다가 이렇게 아슬아슬한 시간에 취 소하면 화를 낼까?

"알았어. 연습, 열심히 해."

그런 건 다 괜한 걱정이었어. 죠로는 이 정도로 화내는 녀석이 아냐.

　입은 좀 험하지만, 그와는 반비례로 좋은 녀석이고.

　"음! 미안해! 원래는 나와 죠로가 나가시소면 준비를 해야 했는데, 갑자기 못 가게 돼서!"

　"신경 쓰지 마. 준비 정도야 혼자서도 할 수 있고."

　"어! 키사라기 선배는 내일 나가시소면을 하는 건가요?!"

　탄포포가 고개를 움찔거리며 흥미로운 듯 죠로를 보았다.

　"응. 그런데… 왜 그래, 탄포포?"

　"저는 나가시소면을 해 본 적이 없습니다! 해 보고 싶어요! 내일은 야구부 연습도 쉬는 날이니 끼워 주세요! 우후후후!"

　"탄포포를?"

　"네! 게다가 키사라기 선배에게도 굿 뉴스겠지요? 이렇게 멋진 저와 함께 여름 방학을 보낼 수 있으니까요! 그러니까 원래는 당신이 엎드려 빌면서…."

　"안 와도 돼."

　"아! 너무해요! 저도 나가시소면 해 보고 싶어요! 끼워 주세요!"

　탄포포, 죠로는 이러니저러니 해도 잘 돌봐 주는 녀석이지만, 도를 넘게 콧대 세우는 발언에는 매정하거든. 왜 거기서 드센 태도로 나갈 수 있는 건지 나로서는 신기하기 짝이 없어.

　"그럼 처음부터 순순히 그렇게 말해."

　"우우우…. 키사라기 선배는 저한테 다정하지 않아요…."

"집합 시간은 12시 정각. 장소는 우리 집이야. …늦어도 되지만, 그럴 경우에는 미리 연락해. 괜한 걱정은 하기 싫어."

"네~! 알겠습니다! 나가시소면, 기대되네요! 우후후후!"

본인은 자각이 없는 모양이지만, 자연스럽게 '걱정'이라고 말하는 점에서 역시나 마음 착한 녀석이라고, 죠로는. 그러니까 탄포포도 죠로를 마음에 들어 해서 괜히 달라붙는 거겠지.

"키사라기. 오늘의 사례도 겸해서 내가 오오가 대신 나가시소면 준비를 거들지. 물론 준비가 끝나면 바로 돌아가도록 하겠다. 너무 오래 있어도 네게 폐가 될 테니까."

"토쿠쇼가? 고맙긴 한데, 그건… 응? 미안, 잠깐 기다려 줘. 누군가한테서 연락이… 우엑. …너냐…."

죠로가 스마트폰을 확인하더니 노골적으로 얼굴을 찌푸렸다.

"…알았어. 그럼 신세 질게. 땡큐, 토쿠쇼."

"음. 오늘은 지인이라고 여러모로 편의를 봐줬으니까. 그 답례를 할 수 있다니 잘됐다."

아무래도 토쿠쇼도 죠로가 마음에 든 모양이다.

남자에게 인기가 있더라도 죠로는 별로 기뻐하지 않겠지만.

…아, 그렇지. 나가시소면이랑은 전혀 관계없지만….

"어이, 죠로. 의논할 게 좀 있는데, 괜찮을까?"

"응? 어떤 건데?"

"지인이 좀 이상한 소리를 했어! 죠로라면 그 의미를 알지 않을까 해서!"

"이상한 소리?"

"그래. '나는 나 자신이 되고 싶다' 같은 소리를 했는데 말이지, 그게 무슨 의미라고 생각해?"

쵸로는 사람의 섬세한 감정을 잘 이해하는 남자다. 그러니까 내가 모르는 거라도 쵸로라면 알지도 모른다. 그렇게 생각하며 물어보았는데….

"솔직히 뭔 소린지 모르겠어."

그렇겠지. 역시나 너무 과도한 기대였나….

"하지만… 그래…. 그 녀석이 되고 싶은 '이상적인 나 자신' 같은 게 있는 거 아닐까? 다만 자기 성격에 문제가 있어서 그렇게 될 수 없다. 그러니까 그걸 개선하고 싶다든가?"

"오오! 왠지 그럴듯한데! 역시나 내 베프!"

"아니, 그냥 억측이니까, 꼭 맞는 소리라고만 할 순 없잖아?"

그래도 꽤나 귀중한 의견이다. 되고 싶은 자신이 되기 위해 뭔가를 개선하고 싶다….

응, 나도 그 마음은 알지.

솔직히 지금 같은 모습을 완성하기까지, 겁쟁이였던 나는 곧잘 겁에 질리곤 했다. 혹시 아네모네도 야구를 통해 용기를 얻는다든가, 그 비슷한 것일지도 모르지.

그럼 내일은 아네모네도 연습에 참여시켜서 함께 야구를 하는

것도 괜찮을지 모르겠군. 연습은 중요하지만, 그 정도 여유는 있다.

"우후후후! 키사라기 선배! 참고로 저는 이미 세상의 모든 남성의 이상이라고 할 수 있…."

"그럼 난 슬슬 다시 일하러 갈게. 느긋하게 있다 가."

"왜 제 이야기는 안 들어 주는 건가요?! 키사라기 선배, 못됐어요! 우홋!"

탄포포, 그건 네 이야기가 하찮은 소리일 걸 다 알아서 그래.

이거야 원, 어쩔 수 없군. 여기선 내가 탄포포의 기분을 회복시켜 줄까.

"하하핫! 뭐, 괜찮잖아, 탄포포! 그보다 이 가리비를 먹어 봐! 엄청 맛있으니까!"

"우우~! 오오가 선배가 그렇게 말한다면… 우물우물… 와아아! 엄청 맛있어요! 바삭바삭하고 탱탱해요! 우후후후!"

응, 역시 탄포포는 단순해. 튀김꼬치를 먹더니 순식간에 기분이 나아졌다.

"왠지 썬도 기분 좋은가 보네."

"오, 그래? 뭐, 그럴지도! 하핫!"

시바, 그건 반은 맞고 반은 틀렸어.

내일 연습에 나타날 아네모네. 그렇게 즐겁게 이야기 나눌 수 있는 여자는 그리 없지.

그러니까 내일도 재미있지 않을까 하고 기대하는 점은 있다.

하지만 그와 비슷하게 불안하기도 하다. …마지막에 순간 보였던 그 슬픈 눈동자.

대체 아네모네는 뭘 끌어안고 있는 거지?

갑자기 나리츠키에서 뛰어내려서 자유분방하게 사람을 마구 휘둘러 대는 주제에 그런 일면을 보이다니… 정말로 신기한 여자애야.

아니, 너무 아네모네 생각만 하는 것도 좋지 않군.

내일 목적은 그 녀석을 즐겁게 하는 것도, 녀석의 비밀을 아는 것도 아니다.

그 공을 완성시킨다. …그걸 위해서 일부러 중요한 예정까지 취소했다.

코시엔 우승… 그것이야말로 지금의 나의… 아니, 니시키즈타 고등학교 야구부의 목표니까, 나만 딴 생각을 하면 안 되겠지.

나는 '썬'. 니시키즈타 고등학교 야구부의 에이스이자, 씩씩하고 밝게 웃으며 모두를 이끌어 가는 존재니까.

나를 좋아하는 건
너뿐이냐

캐치볼을 좋아하는 왕자님

제 **2** 장

오전 5시.

눈을 뜨자 처음에 비친 것은 천장에 붙여 놓은 노모의 포스터. 아직 머리가 멍한 채로 포스터를 향해 손을 뻗었지만, 당연하게도 닿지 않는다.

"…아직 안 닿나."

미숙함을 재확인하면서 의식을 각성시킨다. 몸을 일으킨 뒤에 커튼을 열고 창밖을 확인하자, 하늘이 다소 어둑어둑하면서도 밝아지는 징조를 보였다.

마치 어둠 속을 방황하는 세계가 서서히 빛으로 가득 채워지는 듯한, 이 시간을 나는 좋아한다.

"…새벽녘의 하늘이로군."

그렇게 그럴싸한 말을 해 보았지만, 생각 이상으로 창피하다.

지금 일은 기억에서 지워 버리자.

자… 아침 훈련이 있을 때와 같은 시간에 일어났는데 어쩌지.

약속 시간은 오전 9시. 집합 장소는 여기서 전철과 도보로 총 30분 거리.

서두를 필요는 전혀 없지만… 그런 생각과 달리 내 몸은 이미 야구부 유니폼으로 갈아입기 시작하고 있었다.

아니… 서두르는 마음을 억누르려고 했지만, 몸은 정직하군.

마음에 이성으로 저항하는 헛일은 포기하고, 얌전히 준비를 하자.

옷을 갈아입은 나는 야구 가방과 배트 케이스를 현관에 두고 거실로 갔다··· 하지만 아무도 없었다. 가족들은 아직 자는 시간이니까 당연하다.

그러니 조금 소리를 죽이도록 신경 쓰면서 나는 아침 식사 준비를 했다.

냉장고에서 종이 팩에 담긴 야채 주스를 두 개. 그리고 과일을 적당히 꺼냈다.

이걸로 완성, 간단 아침 식사. 야채 주스와 과일 모둠이다.

그것들을 10분 만에 뚝딱한 나는 세면대로 가서 이를 닦았다. 살짝 경쾌하게 입을 헹구고 양치는 끝. 이걸로 준비는 거의 완료. 이제 출발만 하면 된다.

'완성! 앞서가는 남자는 헤어스타일부터!!'

문득 눈에 들어온 것은 꽤나 이전에 편의점에서 사서 그대로 세면대에 놔두고 있는, 핑크색의 둥근 케이스에 담긴 헤어젤에 적힌 선전 문구. 헤어스타일을 바꾸는 정도로 남자의 가치가 올라가진 않는다는 지론을 가진 나에게는 전혀 와 닿지 않는 말이다.

이런 말을 진지하게 받아들이는 녀석은 꽤나 정신 나간 바보 정도다.

"······응, 그래도 뻗친 머리는 손대는 게 낫지. ···그냥 그것뿐이야."

혼잣말을 한 뒤에 방에 가서 책 한 권을 손에 들고 세면대로 돌아왔다.

어제 귀갓길에 혹시나 싶어서 구입한 헤어스타일 책이다.

그중에서 마음에 든 스타일이 실린 페이지를 고정하고 헤어젤 뚜껑을 열어 손에 묻혔다. 이 책, 스타일은 실려 있는데, 어떻게 세팅해야 그 스타일이 되는지는 설명이 없다. …불친절하군.

"…뭐, 대충 이런 느낌인가?"

거울에 비친 나를 보며 다시 혼잣말. …결국 아침 식사에 든 시간의 세 배―30분 걸려서 간신히 내가 목표로 한 스타일에 도달했다.

몇 번이나 고쳤기에 헤어젤을 꽤 많이 썼다.

이번에야말로 진짜로 준비 완료. 마지막으로 테이블 위의 메모장에 「연습 다녀오겠습니다.」라는 메시지를 적고, 의기양양하게 현관으로 가 신발을 신었다.

그리고 야구 가방 위에 놔두었던 니시키즈타 고등학교의 모자를… 모자라고?

…이런. 당연하지만, 야구 유니폼과 모자는 세트다.

보통은 아무런 생각도 없이 썼겠지만, 지금은 조금 사정이 다르다.

별로 없는 용돈으로 산 헤어스타일 책이 850엔. 그걸 보며 흥

내 내는 세팅에 30분.

모처럼 열심히 머리를 손질했는데 이 모자로 다 날아간다.

"미안, 오늘은 여기서 느긋하게 있어 줘."

성심성의껏 사죄하는 동시에 모자를 야구 가방 안에 잘 넣었다.

자, 마음을 다잡고 출발이다.

오전 6시. 나는 되도록 큰 소리를 내지 않도록 신중하게 현관문을 여닫고 출발했다.

녀석과 만나면 제일 먼저 뭐라고 할까.

평범하게 '안녕'이면 재미가 없고, '늦었잖아'라고 해도 좋을지도….

☀

"늦었잖아."

"거짓말이지?"

오전 6시 반, 강가에 도착한 나는 솔직하게 그런 경악의 말을 내뱉었다.

아직 약속 시간까지 두 시간 이상 남았다. 아무도 없을 테니까 혼자서 근력 트레이닝이나 스윙 연습이라도 하면서 기다릴까 했는데… 이미 강가에는 한 소녀가 나를 기다리고 있었다. 게다가 내가 하려던 말까지 빼앗긴 상황이다.

"거짓말 아냐, 현실. 틀림없는 아네모네입니다~"

두 손의 검지를 뺨에 대고 고개를 갸웃거리는 모습. 보란 듯한 느낌밖에 들지 않는 동작이지만, 불쾌한 기분은 들지 않았다. 아니, 놀라는 바람에 그럴 겨를이 없었다.

"언제부터 여기에?"

"으음… 30분 정도 전일까, 첫차로 붕붕."

제길. 뻗친 머리를 고치지만 않았으면 아슬아슬하게 같은 시간에 올 수 있었으려나.

이럴 줄 알았으면 평소보다 일찍 일어났을 텐데….

"참나, 한심한 왕자님은 좀 아니라고 생각해."

"…그건 아니지. 아침 5시에 일어났다고."

거짓말은 안 했다. 준비에 시간이 걸렸을 뿐이다.

"그렇게 일어나서 서둘러 온 게 이 시간이야?"

"상상에 맡기지."

"흐응…. 그래서인가…."

"뭐가?"

질문을 하긴 했지만, 안 좋은 예감이 들었다.

아네모네 녀석, 아주 심술궂은 눈으로 나를 바라보고 있거든?

그리고 그런 눈인 채로 슬쩍 내 머리를 가리켰다.

"**머리**. 서둘러 와서 그렇게 웃기는 모양이구나?"

"…음, 그래."

곧바로 야구 가방에서 모자를 꺼내 썼다. 그것도 평소보다 더 깊게 썼다.

"응, 역시 타이요는 그편이 멋져."

"뻗친 머리랑 비교하면 난처한데."

"좋아. 그럼 혹시나의 이야기를 할까. 혹시 타이요가 시간을 들여서 **머리를 잘 꾸미고 나왔더라도** 나는 야구 모자를 쓴 타이요가 좋아."

"그거 고맙군."

뭐든지 다 들킨 기분이라서 얼굴이 뜨거워졌다.

나는 항상 이렇게. 괜히 의식했다간 오히려 실패한다. 확실히 해야 할 때 그러질 못한다.

"…그 차림으로 여기까지 왔어?"

아네모네의 복장은 어제 나에게 빌린 헐렁한 체육복.

아까 '첫차로'라고 말했는데, 전철로 여기까지 왔다는 소리지?

"아니. 여기에 오고 나서 갈아입었어."

그건 그것대로 문제인 것 같은데… 이 시간이면 사람이 거의 없긴 하지만.

"왜 일부러…."

"공주님이 왕자님과 만날 때는 드레스를 입는 게 상식입니다. 타이요도 나를 만나니까 그렇게 멋진 턱시도를 입은 거잖아? …

어제랑 달리 새하얀 것으로."

"연습 전부터 유니폼을 더럽히는 녀석은 없어."

"그럼 양쪽 다 준비는 완벽하네. …그럼 문제입니다. 드레스를 입은 공주님에게 턱시도를 입은 왕자님이 해야 할 말은 무엇일까요?"

"그럼 공주님, 이제부터 함께 싸울까요."

"지켜 주는 거 아니었냐!"

"공주님도 함께 싸우고 싶은 건가 했는데."

"니힛. 사실은 정답. 역시나 나의 왕자님."

생글생글 웃는 모습을 보면 다를 거 없는 아네모네지만, 지금은 평소의 두 배 이상으로 밝은 미소를 보여 준다. 아무래도 내 말에 만족한 모양이다.

"와우. 그게 왕자님이 가진 유서 깊은 전설의 검인가?"

내가 배트 케이스에서 꺼낸 배트를 아네모네는 흥미진진하게 바라보았다.

"그래. 윌슨 씨에게 물려받은 드마리니*라는 검이지."

"보여 줘, 빌려줘, 만지게 해 줘~!"

"우왓! 아, 알았어! 빌려줄 테니까, 좀 놔 봐!"

갑자기 가까이 달라붙지 마…. 그런 것에는 익숙지 않아.

※윌슨 씨에게~ : 미국의 스포츠용품 회사 윌슨에서 내놓는 야구 배트 브랜드가 드마리니.

"짠짜잔~ 아네모네는 전설의 검을 손에 넣었다."

휴우…. 배트를 줬더니 조금 거리가 떨어졌다.

설마 배트에 이런 용도가 있는 줄은 몰랐다.

"…어흠. 그럼 일단 스윙부터야. 폼을 봐 주지."

"흐흥. 맡겨 주세용."

그 대답은 뭐지?

"홍가바쵸."

이상한 기합 소리와 함께 아네모네의 초보 티 팍팍 나는 스윙이 시작되었다.

"어때? 이게 아네모네의 외다리 타법이야."

"그래. 제법 괜찮은 것 같아. 그거라면 메이저리그에서도 분명히 통하겠어."

두 다리가 지면에 붙어 있는 외다리 타법은 처음 보았지만 말이야. 뭐, 본인이 기뻐하는 모양이니 됐지만.

"이치로보다 대단해?"

"그럴지도."

그거라면 진자 타법*이라고 해라.

"와자."

아무리 생각해도 빈말일 게 뻔한 말이라도 기분 좋은 거겠지.

※진자 타법 : 타자가 타격하는 순간 앞다리를 진자처럼 움직인다는 데에서 이름이 붙은 이치로의 타법.

다시 한번 지면에 두 다리를 붙인 외다리 타법으로 아네모네는 배트를 휘두르기 시작했다.

휘~웅 하는 김빠진 공기 가르는 소리가 강가에 작게 메아리쳤다.

"그러고 보면 말이지, 타이요."

"응?"

갑자기 아네모네가 스윙을 멈추고 나를 지그시 바라보았다.

"너는 이중인격 같은 거야?"

"……."

진정해…. 아직 의심 정도야. 그냥 평범하게 이야기하면 돼.

"그, 그렇게 생각한 이유는…?"

이런. 명백히 동요한 목소리가 나왔다. 더 잘 얼버무려야 하는데….

"나랑 있을 때의 너랑 다른 야구부원들과 있을 때의 너는 멀리서 봐도 알 수 있을 만큼 성격이 다르니까. 혹시 그런 걸까 하고."

그랬나. 나는 아네모네와 있을 때 '썬'이 아니라 평소에는 숨기고 있는 또 하나의 나로 대했다. 그 뒤에 야구부 연습을 보면 의문스럽게 생각하는 게 당연하겠지.

…이런 말까지 들어야 알아차리다니, 나는 대체 뭘 하는 걸까.

"그래서 아네모네의 가설은 정확한 걸까? 두근두근."

"기대에 부응하지 못해서 미안한데, 아쉽게도 틀렸어. 양쪽 다 '나'야. 때와 장소에 따라서 태도를 조금씩 바꿀 뿐."

"그래. 그렇구나~"

왜 만난 지 하루밖에 안 되는 여자애한테 나는 지금까지 계속 숨겨 왔던 사실을 쉽게 폭로하는 걸까? 누군가에게 말하고 싶었으니까? …아니, 그게 아니다.

아네모네이기 때문에 나는 솔직히 스스로에 대해 말한 걸지도 모른다.

"하지만 울 수 없어서 힘들지?"

"…무슨 의미야?"

이 녀석, 대체 얼마나 파고들려는 거야….

"타이요는 울보니까, 그걸 참느라 힘들 거라 생각했어."

무심코 모자를 깊게 눌러 쓰고 고개를 숙였다. 내 표정을 숨기기 위해서.

"나는 아네모네 앞에서 운 기억이 한 번도 없을 텐데?"

"그래. 하지만 울보지?"

"결코 아냐."

남과 비교한 적이 없어서 모르지만, 나는 결코 울보가 아니다.

마지막으로 운 기억은… 뭐, 코시엔 진출이 확정됐을 때니까 꽤 최근이지만.

그때도 다른 야구부원들 앞에서는 필사적으로 참고, 아무도 없는 장소에서 몰래 울었다.

그 이외에는 이미 기억도 못 할 만큼 오래전이다.

"휴우…. 배팅은 완벽하니까 다른 것을 하고 싶어, 왕자님."

시작한 지 5분밖에 안 지났는데… 쉽게 질리는 성격인가?

"꽤나 멋대로인 공주님이군."

"그래. 멋대로니까 이런저런 수를 써서 왕자님한테 이쪽을 봐 달라는 거야."

그걸 최우선 사항으로 하지 말라고.

"그냥 평범하게 이쪽을 보라고 하면 돼."

"좋아. 그럼… 이쪽을 봐."

그래, 그렇게 말한다면 어쩔 수 없지. 모자를 원래 위치로 되돌리고 얼른 희망을 들어주도록 할까. …괜찮아, 그냥 얼굴을 볼 뿐이야. 딱히 긴장이고 뭐고 없어.

고개를 들자, 이제나저제나 기다리던 아네모네의 두근거리는 표정이 눈에 들어왔다.

"…이, 이걸로 만족했어?"

"응, 대만족이야."

그렇게 기쁜 얼굴로 내 눈을 지그시 바라보지 말아 줘….

"자, 배트 돌려줄게."

"그래."

여자의 시선을 받으면서 배트를 받는 게 이렇게 힘든 거였나.

처음 알았다.

"다음은 타이요랑 같이 뭐든 하고 싶어~"

"알았어."

일단 아네모네에게서 시선을 떼고 배트를 정리하면서 옆에 있는 야구 가방으로 시선을 돌렸다.

같이 할 수 있을 만한 것은…. 그럼….

"이쪽을 봐."

"가, 갑자기 얼굴 들이대지 마! 제대로 볼게! 볼 테니까, 조금 기다려 줘!"

"응. 그럼 기다릴게."

참나. 잠깐 시선이 떨어졌을 뿐인데 눈앞에 얼굴을 들이대지 말아 줘. 아아, 왠지 땀이 난다.

한차례 크게 숨을 들이마시고 내뱉어서 심호흡.

그 뒤에 야구 가방에서 글러브를 꺼내 아네모네를 향해 가볍게 흔들어 보였다.

"다음은 캐치볼 어때?"

"할래, 할래~ 그럼 이쪽의 글러브, Get~"

"그럼 나는 이쪽을 Get."

"고마워. 일부러 내 것도 준비해 줘서."

"…무슨 소리야? 야구를 하는 녀석은 언제 글러브가 망가져도 괜찮도록 항상 두 개를 가지고 다니거든? 아직 야구를 모르는군."

"니힛. 잘 알고 있어."

나와 아네모네는 글러브를 들고 나름 거리를 벌렸다. 너무 멀어지면 아네모네가 공을 여기까지 못 던질지도 모르고⋯ 이 정도면 괜찮으려나?

"간다~ 내 강속구를 받아 봐~!"

아침의 강가에서 아네모네가 꽤나 잘 울리는 큰 소리로 말했다. 덕분에 근처에서 개를 데리고 산책하던 여중생이 깜짝 놀라 몸을 떨었다.

나도 같이 큰 소리를⋯ 지르려다가 관뒀다. 제스처만 보내는 걸로 하자.

"훙가바쵸."

배팅 때와 마찬가지로 이상한 기합 소리와 함께 아네모네가 투구.

말이야 씩씩하지만, 던진 공은 도저히 강속구라고 하기 어렵다. 힘없이 포물선을 그리며 내 글러브에 닿기 전에 원바운드, 투바운드⋯ 그 뒤에 글러브에 들어갔다.

마치 아이돌의 시구식 같은 느낌이다.

"원 스트라이크!"

하지만 아네모네로서는 만족스러운 결과였는지, 여전히 커다란 목소리를 내면서 조금 떨어진 장소에서 펄쩍펄쩍 뛰었다.

자, 다음은 내 차례인가. 그럼 아네모네가 잡을 수 있을 정도의 강도로… 여차.

"오오, 멋진 컨트롤."

파앙 소리를 내며 멋지게 아네모네의 글러브에 내 공이 들어갔다.

당연하지. 나는 투수라고. 이 정도는 애들 장난이야.

"좋아, 이번에는 내 차례~"

또 날아오는 아네모네의 비실비실 공.

그걸 잡을 때마다 아네모네는 기쁜 듯이 펄쩍대니까, 어제 순간적으로 봤던 슬픈 눈동자는 거짓말이었나 싶었다.

그로부터 30분 정도 캐치볼을 계속했을 때, 서서히 아네모네에게 피로가 쌓이는 게 보였기에 우리는 일단 휴식을 취하기로 했다.

배팅은 금방 질리는 주제에 캐치볼은 오래 하는군, 이라고 속으로 감탄하면서 강가의 계단에 앉자 옆에 아네모네가 가볍게 앉았다.

동시에 전해지는 자유분방한 비누 냄새. …씩씩한 여자애의 냄새라는 느낌이군.

시간은 오전 8시. …아직 원래 집합 시간의 한 시간 전이다.

"재미있었어~ 타이요는 어땠어?"

근처 자판기에서 사 온 포카리를 마시면서 아네모네는 만족스러운 듯이 숨을 내뱉었다.

응? 아네모네의 목덜미에 땀이 흐르는군. 왠지 예쁜데….

이대로 손을 뻗어서 붙잡으면… 아니, 내가 뭘 하려는 거지?

조금 거리를 두자. 이 거리는 여러모로 안 좋다.

"……뭐, 재미있었어."

말과 함께 엉덩이를 들어서 15센티미터 정도 이동. 응, 이걸로
안심이다.

"캐치볼은 좋네. 이어져 있다는 느낌이 들고. …영차."

왜 떨어진 만큼 다가오는 거지…. 적당히 좀 해 주라….

"이, 이어져 있다? 무슨 의미야?"

"야구에서 투수는 타자가 헛스윙하도록 공을 던지잖아?"

"맞춰 잡는 것도 있는데."

"쪼잔하네~ 뭐, 아무튼 이런 말은 좀 그렇지만, 시합에서 투
수는 상대가 실패하도록 공을 던지는 거잖아? 하지만 캐치볼은
달라. 상대가 공을 잡도록… 성공하도록 공을 던지잖아? 그게
좋아."

"듣고 보니 그럴지도."

"그렇지~ 언젠가 많은 사람과 함께 캐치볼을 해 보고 싶네.
…아, 그렇지."

아무래도 또 뭔가 떠오른 모양이다. 눈을 반짝이면서 이쪽을
바라보았다.

"있잖아, 타이요. 사람을 많이, 많이 모아 봐. 물론 나도 포함해서. 그래서 다 같이 캐치볼을 하는 거야."

그건 재미있고 좋을 것 같은데, 사람을 모으는 건 내 일인가….

"…그건 아네모네가 많은 사람들과 이어지고 싶다는 소리야?"

"……."

지금까지 말 많던 아네모네가 갑자기 침묵했다.

물어보면 안 되는 거였을까? 하지만 어제도 그렇고, 오늘도 그렇고, 아네모네는 내 마음속으로 마구 들어왔다. 이쪽도 조금 정도는 그러고 싶다.

애초에 그 말에 아네모네가 오히려 내 안으로 더 들어올 가능성도 있다.

"…그래. 최대한 많은 사람과 이어지고 싶어."

"가벼운 여자로군."

"니힛. 타이요는 독점욕이 강하네."

역시나. 조금만 방심하면 바로 이러잖아.

"아네모네는 승인욕이 강하군."

"그래. 하지만 왕자님은 너 하나면 돼."

"이거 영광입니다."

정말이지… 왜 이렇게 되었지?

세상에는 예상 밖의 일이 자주 일어나지만, 이건 좀 심하잖아.

"그런데 내 피칭은 어땠어?"

"제법 괜찮은 것 같아. 그거라면 메이저리그에서도 분명히 통하겠어."

방금 전의 배팅 때와 같은 말을 했다.

"노모보다 대단해?"

"그건 아니지."

"뿌우~ 아까랑 달라."

미안하지만 노모는 내가 가장 존경하는 선수야. 빈말이라고 해도 그 말은 할 수 없어.

"난 노모보다 대단해."

하지만 아네모네로서는 칭찬을 듣고 싶었던 건지, 볼을 불룩거리며 뚱한 기색이었다.

조금 재미있군.

…그때 뒤에서 끼익 하고 자전거를 멈추는 브레이크 소리가 울렸다.

"어라? 썬, 벌써 왔구나. …일찍 왔네."

이어서 익숙한 목소리. 돌아보니 거기에 있던 사람은 나와 마찬가지로 니시키즈타 고등학교 유니폼을 입은 시바였다. 일부러 집합 한 시간 전에 와 주었나. …좋은 녀석이군.

"오! 시바인가! 기다렸어!"

시바가 왔다면 이제부터는 '썬'의 시간이다.

아네모네는 나의 급격한 변화에 놀랄 줄 알았는데, 딱히 그렇지도 않은 기색.

뭐, 그 설명은 아까 했고. 불안한 건 오히려 나다.

아네모네, 지금까지 보인 그 가벼운 언동으로 내 본성을 폭로하진 않겠지?

그럴지도 모르니까 무섭다. 그렇게 되었을 때를 위해서라도 얼버무릴 준비는 해 두자.

"그럼 얼른… 어라, 그 애… 누구야? 우리 학교 체육복을 입었는데…."

"아, 안녕하세요. 타이요의 공주님입니다."

"뭐? 고, 공주님?!"

어이, 아네모네. 본성을 폭로하지 않는 건 고맙지만, 그런 소리는 마라.

"썬, 어느 틈에 그런 애를…. 내가 괜히 왔나?"

"아니! 그게 아냐! 시바가 생각하는 그런 관계가 아니니까!"

"입을 옷이 없어서 체육복을 빌려 입은 관계입니다. 이거 타이요 거예요."

아네모네가 헐렁헐렁한 체육복의 배 부분을 두 손으로 잡아당기며 시바에게 어필을… 아니, 배꼽 보이잖아! 시바가 알아차리기 전에… 얼른!

"멍청아! 이상한 짓 하지 마!"

"어머머, 야단맞았다."

서둘러 아네모네의 손을 쳐 냈지만, 전혀 반성하는 기색도 보이지 않는다. …뭐 이런 녀석이.

"썬은 야구밖에 모르는 줄 알았는데…."

"그러니까 오해라고! 정말로 아니니까! 그냥 친구야, 친구!"

"니힛. 아까 칭찬 안 해 준 복수."

아네모네 녀석, 내가 노모보다 대단하다고 칭찬해 주지 않았다고 이런 앙갚음은 아니잖아! 봐, 시바의 표정이 엄청나게 혼란스럽잖아.

"그런 거야. 그러니까 시바가 생각하는 관계가 아냐. 납득했어?"

"어, 응. …알았어."

그로부터 5분 정도의 시간을 들여서 나는 시바에게 간결하게 사정을 설명했다.

어제 체육관 뒤에 갔다가 우연히 아네모네가 숨어드는 현장과 맞닥뜨린 것. 그 뒤에 우탄이 아네모네를 찾기에 숨겨 준 것. 그리고 우리 학교 야구부의 연습을 견학하고 싶다고 하기에 사복이면 눈에 띌 테니까 체육복을 빌려준 것을.

"니힛. 그런 거지요. 시바냥은 타이요랑 마찬가지로 니시키츠타 고등학교 야구부에서, 포수를 맡은 사람이지?"

소개도 받지 않았는데 아네모네가 시바에 대해 아는 것은 어제 내가 '쏘수 시바랑 연습한다'고 말했기 때문이겠지. 여전히 우리 학교 이름은 틀렸지만.

"응, 그래. …그보다 시바냥?"

"응, 시바냥. 멋지잖아?"

"애들용 애니메이션에 나오는 요괴 이름 같아… ."

나는 그냥 타이요고, 시바는 친근하게 어레인지해서 시바냥인
가.

…뭐, 상관없어. 큰 차이도 아니고.

"너는 어어… 아네모네, 라고 부르면 될까?"

"응, 편하게 불러. 동갑이고."

"알았어. 그러면 일단 본명도 가르쳐 줬으면 하는데… ."

"아네모네야."

"저기… 썬?"

시바의 곤혹스러워하는 시선을 받아도 나는 어깨를 으쓱일 수
밖에 없었다.

본인이 이름을 대고 싶지 않다면 억지로 이름을 대는 것도 아
니라고 생각하고.

역시 아네모네는 자기 본명이 싫은 모양이다.

그럼 나만 알고 있으면 되겠지. 그래, 나만 알면 돼.

…나는 마음이 좁군. …꼴사나워.

"뭐! 대충 이런 녀석이야! 괜찮아! 딱히 못된 녀석은 아니니
까!"

"썬이 그렇게 말한다면… 알았어. 잘 부탁해, 아네모네."

"응, 잘 부탁해, 시바냥. 그럼 나는 이 계단에 앉아서 견학할 테니까, 타이요는 나를 신경 쓰면서 연습 열심히 해."

거기서는 보통 '신경 쓰지 말고'라고 해야지.

"공주님은 왕자님이 자길 내버려 두는 게 슬픕니다."

아니, 아무 말도 안 했는데 내 생각을 읽다니. 너는 무슨 에스 퍼냐.

게다가 왠지 으스대는 기색이고.

"좋았어! 그럼 바로 연습을 시작할까, 시바!"

"그럴까…. 왠지 특이한 애네…."

"……으랴아!

"……! ……으음."

공을 잡은 뒤의 시바에게서 흘러나온 떨떠름한 목소리… 어 제와 같다. 여전히 내 투구 연습에는 진보가 없다. 공에 구위도, 날카로움도 없다. 그냥 조금 느린 직구다.

던질 수밖에 없다는 건 알지만, 이렇게 잘 안 되는 경험은 처 음이라서 지금까지와 다른 스트레스가 축적되었다. 내가 하고 싶은 일은 머릿속에 확실하게 박혀 있는데, 몸이 응해 주지 않는 것은 싫군.

"제길!"

"뭐, 좀 진정해, 썬."

무심코 짜증에 지면을 걷어찼다.

오래간만에 '썬'과 진짜 나의 언동이 완벽히 일치한 순간이었다.

"공은 제대로 쥐었지? 그럼 폼을 조금 바꿔 보면 어떨까? 암(arm)식 투구법*으로 던져 보면 잘되는 사람도 있다고 해."

"폼이라⋯."

시바가 나를 위해 귀중한 의견을 말해 주는 건 이해한다.

아마 포수인데도 일부러 투수에 대해 조사했겠지.

그 마음은 고맙다. ⋯하지만 나는 폼만큼은 바꾸고 싶지 않다.

바꿨다가는 벗어날 것 같으니까. 내가 목표로 삼는, 동경하는 선수에게서⋯.

정말로 어떻게 하면 잘 던질 수⋯.

"니힛. 내가 나설 차례네."

어째서인지 아네모네가 나와 시바 사이에 가볍게 끼어들었다. 자신만만한 태도로.

"아네모네, 미안한데 지금은 조금⋯."

"타이요는 겁쟁이잖아?"

※암(arm)식 투구법 : 투구 동작 중에 팔꿈치를 거의 굽히지 않는 상태로 던지는 방법.

"아니! 그런 건…."

이 녀석, 이 타이밍에 무슨 소리지!

맞는 말이지만, 그건 어디까지나 '썬'이 아니라….

"응, 분명히 썬은 겁이 많아. 시합에서도 이기면 이길수록 컨트롤이 흔들리고 구위도 떨어지지. 그러니까 콜드게임으로 이겼을 때가 제일 많이 맞았을 때랄까. 순조로우면 그만큼 무슨 실수가 있지 않을까 움츠러드는 거겠지."

"어? 시, 시바? 너, 알고…."

"포수를 맡고 있으면 싫어도 알게 돼. 애초에 우리가 하루 이틀 된 사이냐."

그렇게 말하면서 시바가 어딘가 겸연쩍은 미소를 보였다.

"뭐… 초등학생 때 우리 사이에 그런 일이 좀 있었잖아?"

초등학생 때 있었던 심술, 그것을 주도했던 사람은… 시바였다.

그 바람에 나는 '썬'이 되었다. 모두에게 미움을 사지 않도록.

시바의 명예를 위해 말하는데, 이 일은 이미 다 해결된 것이다. 시바는 자기 행동을 후회했고, 내게 분명히 사죄했다. 그러니까 지금 시바는 신용할 수 있는 최고의 동료.

하지만 그래도 겁쟁이인 나는 진짜 나를 숨기고 있다. 그걸 들키면 또 미움을 사지 않을까 두려워서. 그런데 시바는….

"그때 갑자기 썬의 성격이 변했으니까. 다들 신경 쓰지 않지만, 나는 아무래도 마음에 걸려서…. 혹시 썬은 지금도 나 때문에 모두의 앞에서는 강한 모습으로 있는 것을 의식하며 무리하는 게 아닐까 하고….”

“따, 딱히 무리하는 건 아냐! 나는 그때 일을 이제는 전혀 신경 안 써!”

“응, 그렇게 말해 주는 건 기쁜데, 그렇긴 해도 그 마음에 기대기만 할 수는 없어. 또 내가 이런 말 하는 것도 그렇지만, 뭐든지 자기 혼자서 끌어안는 것, 그건 썬의 안 좋은 버릇이야.”

“윽! 그건… 미안해.”

그렇지…. 야구는 팀플레이인 이상, 뭐든지 혼자서 할 수는 없다.

혹시 시바는 그런 이유로도 오늘 연습에 어울려 준 건가?

자기도 함께 내 문제를 같이 짊어지려고….

“사과 안 해도 돼. 애초에 나는 내가 한 짓을 제쳐 두고 하는 말이니까.”

…괜찮은 거야? 신용해도… 괜찮은 거야?

“부, 분명히 그렇지! 시바의 심술이 없었으면 아무런 문제도 없었어! 이 비겁한 놈!”

이런 건 지금까지의 나라면 절대로 할 수 없는 말이었다. 하지만 용기를 있는 대로 긁어모아서 말했다. 지금 한 발 내딛지 않으면 두 번 다시 다가갈 수 없을 것 같으니까. 괜찮…지?

"다리가 떨리잖아. 그렇게 말하면서 완전 쫄았군, 겁쟁이."

시바가 어깨를 으쓱이면서 웃었다. 뭐야… 그 시치미를 떼는 듯한 이상한 표정은?

""……풋! 아하하하하하!""

더는 참지 못하고 나와 시바는 나란히 웃음을 터뜨렸다.

…그래, 괜찮은 거야. 나는 겁쟁이라도 돼….

"내~이~야~기~"

아네모네가 볼을 불룩거리며 소리쳤다.

나와 시바가 둘이서만 이야기하는 게 마음에 안 들었던 모양이다.

"…아, 미안, 아네모네. …그래서 썬이 겁쟁이인 거랑 어떻게 이어지지?"

"어이어이! 그렇게 겁쟁이라고 하지 마! 상처 입는다고!"

그렇게 말하면서도 묘하게 가슴속의 짐을 내려놓은 기분이었다. 내가 계속 쌓아 두고 있던 것이 이렇게 쉽게 사라지다니. 고마워, 시바. 그리고… 아네모네.

"으음, 타이요는 캐치볼을 하고 있는 거야."

""캐치볼?""

나도 시바도 아네모네의 말을 이해할 수 없어서 한목소리를 내며 나란히 고개를 갸웃거렸다.

"그래. 시바냥이 잘 잡게 해 주려고 신경 쓰고 있어. 겁쟁이인 것만이 아니라 마음이 착해서 그런 거겠지. …하지만 그러면 안 되잖아? 아까도 말했잖아. 투수는 뭘 위해 공을 던지지, 타이요?"

"상대가 실패하게 하도록…인가?"

"정답. 그럼 일단 시바냥이 실패하게 해 봐. 절대로 못 잡을 만한 공을 던져서, 나랑 같이 시바냥을 비웃자."

"아니, 시바는 우리 편인데 실패할 만한 공을 던지는 건…."

"그걸 잡을 수 있게 되는 게 연습의 제2스텝 아냐?"

그렇다…. 그리고 아네모네의 말을 들으니 짚이는 게 많이 있었다.

예를 들어서 지역 대회 결승전… 나는 그때 시바가 내 공을 잡을 수 있을지를 전혀 마음에 두지 않았다. 시바라면 잡아 준다…. 그렇게 믿고 그저 승리를 위해 전력으로 던졌다. 그러니까 미완성임에도 토쿠쇼에게 통했다.

하지만 최근 연습에서는 그렇지 않았다. 확실히 던질 수 있도록, 시바가 잡을 수 있도록… 그런 생각만 하면서 던졌다. 그러니까 잘 안 되었을 가능성은… 없지 않다.

"…새벽녘의 하늘이로군."

"왜 그래, 타이요? 갑자기 멋진 말을 하고?"

"썬이 그런 촌스런 말을 할 줄은 몰랐어…."

내 말에 아네모네도 시바도 곤혹스러워 했지만, 나는 전혀 개

100

의치 않았다.

어둠 속을 방황하던 내게 빛이 비쳐 들었다. 할 수 있다… 지금의 나라면 던질 수 있어!

"지금 기분을 솔직하게 말로 표현했을 뿐이야. …좋았어! 시바! 미안하지만, 지금부터 네 얼굴에 먹칠 좀 해야겠다! 각오해!"

"나는 놀림 받기 싫으니까…. 어떤 공이 오든지 확실히 잡아 주지."

시바의 말에 거짓은 없었다. 진심이다. 반드시 잡겠다는 마음이 담겨 있었다.

자기를 믿으라고 말해 주고 있다. 함께 무거운 짐을 짊어져 주었다.

"하핫! 그렇게 말했지? 그럼 바로 연습 재개다! 내 전력투구를 확실히 잡아 보라고! 못 잡으면 신나게 놀려 줄 테니까!"

"그럼 썬이 또 실패하면 엄청나게 놀려 주지."

그런 농담을 주고받으면서 우리는 다시 투구 연습을 시작하기 위해 서로 거리를 벌렸다.

시바가 마스크를 쓰고 나를 향해 미트를 들었다.

반대로 나는 글러브 안에서 그 공을 던지기 위해 다소 특수한 그립으로 공을 쥐었다.

그리고 시바에게 등을 보이듯이 크게 몸을 비틀어서 전력을 다해 공을 던졌다.

"······으······랴앗!"

"······! 오? 오홋?!"

들려온 것은 시바의 다소 얼빠진 목소리. 내가 던진 공을 미트로 잡으려 했지만, 공이 예상 이상의 변화를 보이며 아래로 내린 미트의 밑을 스쳐 빠져나갔기 때문이었다.

"어?! ···어디지?! 어디로 갔어?!"

궤도에서 벗어난 공은 시바의 가랑이 사이로 떨어지더니 지면에 원바운드. 그대로 시바의 시야에서 사라져선 뒤에 있는 강으로 빨려들었다. 조용한 강가에 풍당 하고 뭔가가 물에 떨어지는 소리가 울렸다. 뭐가 떨어졌는지는 확인할 것도 없다. 내가 던진 공이다.

"""······."""

아무런 말도 없는 침묵이 우리 세 사람 사이를 지나갔다.

그리고 제일 먼저 말을 꺼낸 사람은 물론···.

"우우~ 우우~ 실패했다. 시바냥이 실패했다. 안 되잖아, 안 되잖아, 니힛."

장난스러운 표정을 한 아네모네였다.

"어이어이, 시바! 귀중한 경식 야구공이 물에 빠졌잖아! 어쩔 거야? 아이고! 엄청나게 중요한, 정말로 귀중한 경식 야구공이었는데~!"

이어서 나도 아네모네에게 편승. 물론 거짓말이다.

공 자체는 중요하지만, 개인적인 마음이 담기거나 한 것도 아니다.

그보다도 시바가 포구에 실패했다. 그리고 그 공을 던진 내게도 확실한 감각이 있었다.

즉… 성공했다! 아직 완전하다고는 할 수 없지만, 확실히 성공했어!

내가 익히려고 했던 변화구…… 포크볼이!

"………!! 기뻐하면 되는 거야? 아니면 분하게 여겨야 하는 거야?!"

뭐, 그렇겠지. 그렇게 장담한 주제에 더 없을 만큼 실패했으니.

게다가 실패했을 때의 소리가 또….

"시바냥, '오훗'이 뭐야? '오훗'이라고 했지? 자세히 가르쳐줘, 니힛."

아네모네, 제법이군! 나는 그 점을 건드리지 않으려고 참고 있었는데?

"시, 시끄러, 아네모네! 나는 그런 소리 안 냈어!"

"에이, 그렇게 오훗거리지 말고."

"끄~~~~!! 썬, 계속하자!"

정말이지 장난스러운 표정일 때의 아네모네는 성가시다.

"하핫! 그래! 그럼 시바의 포구 연습을 시작할까!"

"…큭! 다만 그 전에 저 선로 아래로 이동하자! 저기라면 벽이 있으니까! 아! 그런 거 아니거든? 딱히 자신이 없어서 그러는 거 아니니까! 만일을 위해서야! 만일을!"

서둘러서 등을 돌리고 선로 아래로 이동하는 시바의 모습은 묘하게 우스꽝스러워서 웃음이 그치지 않았다.

하지만 사실 내 웃음에는 약간의 부끄러움이 섞여 있었다.

겁쟁이인 나를 알면서 받아들여 주는 게 사실은 고맙고….

정말로 새벽녘의 하늘이다. 계속 어둠 속을 방황하던 내 세계에 빛이 비쳐 들었다.

그리고 그 빛을 비쳐 준 것은 틀림없이….

"공주님은 왕자님을 분명히 돕거든? 같이 싸우는 법이야."

내 옆에서 장난스럽게 웃음을 띠는… 이 헐렁헐렁한 공주님이다.

나와 시바는 시간도 잊고 투구 연습을 했지만, 아네모네가 "배고파~"라고 하는 바람에 일단 연습을 스톱.

시계를 확인하니 이미 오후 2시였으니 아네모네가 그렇게 말하는 것도 당연했다. 그래서 지금은 셋이서 강가의 계단에 앉아서 휴식 중.

아네모네가 "진심을 담아 준비했습니다."라는 여자다운 말과 함께 편의점 주먹밥을 대량으로 꺼냈을 때는 실망하는 반면 아네모네답다고도 생각했다.

그리고 익히 먹어 본 편의점 주먹밥일 텐데도 평소보다 단연코 맛있었다.

"…헤에. 타이요도 시바냥도 여동생이 있구나."

아네모네가 경식 야구공을 이리저리 가지고 놀면서 말을 했다.

그녀가 손에 든 공은 아까 시바가 포구에 실패해 강에 빠졌던 공이다. 우리가 연습하는 사이에 아네모네가 회수하여 "이건 이제 내 거니까."라고 사유화를 주장했다.

"타이요의 여동생도 야구 해?"

"아니, 내 여동생은 육상! 단거리 경주 선수야!"

"스포츠 가족이네. …시바냥의 여동생은?"

"오! 내 여동생 말이지!"

"으, 응…. 그래."

아네모네의 질문에 기다렸다는 듯이 시바가 말을 꺼냈다.

너무 신이 난 기색이라서 아네모네가 다소 곤혹스러운 모습을 보였을 정도다.

아아, 이렇게 짧은 시간 사이에 시바가 아네모네에게 사랑을 느껴서 멋진 모습을 보여 주려고 그러는 건 아냐. 그냥 단순히 시바는….

"내 여동생은 정말 엄청나게 귀엽거든! 취주악을 하는데 말이지! 플루트를 불 때는 진짜… 아아! 떠올리기만 해도 사랑스러워!"

꽤나 중증의 시스콤이야…. 본인은 숨기지 않는 정도가 아니라 공언하는데, 대부분의 녀석은 평소의 두 배로 흥분해 떠드는 시바의 태도에 고개를 내젓는다. 실제로 나도 처음에는 그랬지.

"하핫! 여전히 시바는 여동생을 좋아하는군!"

"이 정도는 괜찮잖아? 누구한테 폐를 끼치는 것도 아니고."

"좋겠다. 타이요도, 시바냥도 여동생이랑 사이가 좋아서…."

아네모네 녀석, 왜 저러지? 왠지 아까랑 비교해서 꽤나 쓸쓸한 눈을 하는 것처럼 보이는데…. 혹시 아네모네에게도 형제가 있는데 사이가 나쁘다든가 그런 건가?

"어, 아네모네. 너한테도…."

"정말로 내 여동생은 최고야! 혹시 남친이라도 생기면 니시키즈타가 출장 정지를 먹지 않을 정도에 한해 어떻게 할지도 몰라…."

아차. 시바의 분위기에 내 발언이 쓸려 가 버렸어.

"이거 무섭네. 타이요, 시바냥의 여동생에게 손대면 안 돼, 알았지?"

"뭣?! 그랬던 거냐, 썬!"

아네모네 녀석, 그렇게 나왔냐. 그럼 이쪽도 반격이다.

"하핫! 그럴 리 없잖아? 시바의 여동생은 귀엽긴 한데, 나한테는 멋진 공주님이 계시니까! 손을 댔다간 그쪽이 화내겠지! …안 그래, 아네모네!"

"히얏! 우와아…. 그, 그래…. 멋진 공주님이 있으니까…."

여전히 놀림 받는 것에 익숙하지 않은 아네모네가 얼굴을 붉히며 그렇게 말했다.

나도 계속 당하기만 하는 건 아냐.

"헤에, 아네모네도 의외로 순진한 구석이 있군."

"아, 의외라는 건 뭔데, 의외라는 건? 실례잖아."

어느 틈에 완전히 친해진 시바와 아네모네. 시바는 근본이 성실하니까 조금 까불거리는 아네모네와 마음이 잘 안 맞을 것 같아서 걱정이었는데, 기우로 끝났군.

뿐만 아니라 꽤나 마음이 잘 맞는다.

"…좋아! 정했어! …아네모네는 우리 연습을 보고 싶어서 오늘 온 거지?"

"응, 그래, 시바냥."

"그럼 내일부터는 우리 야구부의 임시 매니저를 맡아 봐! 특등석에서 우리의 연습을 구경할 수 있는 최고의 포지션을 준비해 주지!"

"어? 진짜?"

그 발언은 완전히 예상 밖인데.

"시바, 너 갑자기 무슨 소릴….."

"마침 새 매니저가 한 명쯤 필요하다 싶었거든! 우리 야구부는 매니저가 한 명밖에 없어서 업무를 혼자 도맡아 하고 있잖아?"

뭐, 그건 나도 동의하는 바다. 본인은 느긋한 성격이라 신경 쓰지 않지만, 실제로 탄포포가 하는 일은 상당히 많다. 그러니까 그걸 줄일 수 있다면 그게 낫지.

"물론 이유는 그것만이 아냐! 우리는 진짜로 올해 코시엔 우승을 노리고 있어! 아네모네의 어드바이스 덕분에 썬의 포크도 완성에 가까워졌고, 그러니까 아네모네가 있어 준다면 든든하지 않겠어? 다른 멤버들도 아네모네가 보기에 이상한 점이 있으면 아무리 하찮은 거라도 좋으니까 팍팍 말해 줘!"

과연. 항상 야구에만 정신을 쏟는 우리이기에 오히려 모를 수 있는 점을 아네모네가 알아차릴지도 모른다는 건가. 하지만 임시 매니저는 좀 그렇잖아?

"아니, 시바. 아무리 그래도 그건….."

"괜찮다니까! 모두에게는 아네모네에게 손댔다간 무서운 왕자님이 화낼 거라고 말해 둘 테니까, 썬이 걱정할 만한 일은 일어나지 않아!"

"아, 아니! 그런 건 전혀 걱정하지 않는데….."

"타이요, 시선이 흔들리고 있어."

"시끄러! 아네모네는 잠깐 조용히 있어 봐!"

"와. 부끄럽다고 소리치는 버릇 있는 왕자님이다."

조용히 있으라고 했잖아! 사실 제일 걱정하는 건 그 점이 아니라고!

"모두를 설득하는 건 나랑 썬에게 맡겨 줘! 잘 해 둘 테니까!"

그러니까 나는 반대거든! 내 말을 좀 들어….

"아니! 야구부 매니저가 늘어나는 것 자체는 상관없어! 시바의 말처럼 지금은 한 명밖에 없으니까 일손이 부족하기도 하고! 하지만 아무리 그래도 다른 학교 학생을 매니저로 넣는 건…."

"여기서 문제입니다. 공주님의 희망을 들어주는 것은 누구의 역할일까요?"

"윽! 그건, 저기…."

"좋았어~ 도구 손질에 그라운드 정비, 혹시나 싶을 때의 응급 처치. …그리고 유니폼 세탁. 앞으로 바빠지겠네~"

아직 허가도 나오지 않았는데 벌써 매니저 행세를 시작하는 군, 이 녀석….

"그래! 잘 부탁해! …안 그래, 썬?"

"어, 저기…."

"흐흥, 맡겨 주세용."

또 이상하게 대답이나 하고…. 이거 내일 연습 전에는 꽤나 고생하겠군….

"그럼 아예 내일부터 모두에게 소개해야지. 아, 혹시 모르는 게 있으면 우리 매니저… 탄포포라는 녀석인데, 그 녀석에게 물으면 뭐든지 가르쳐 줄 거야! 그 녀석, 바보에다가 금방 콧대가 높아지니까, 조금만 아부 떨면 쉽게 조종할 수 있달까!"

시바, 너는 탄포포를 그렇게 생각했냐. …나랑 완전히 똑같았군.

"물론 나나 썬… 다른 멤버에게 물어봐도 괜찮아!"

"와자. 완벽하네. 이것이야말로 공주님의 즐거움."

하아…. 나로서는 몰래 견학이나 시키려고 했는데.

"타이요도 잘 부탁해."

"…그냥 저번처럼 견학만 해도…."

"어라? 또 독점욕이 나왔어?"

짜증난다.

"으아아아아! 알았어, 알았어! 나도 말해 놓을게! 어이, 아네모네! 말해 두겠는데 나는 니시키즈타의 에이스니까! 이 정도 부탁이야 아주 간단히 통과시킬 수 있으니까!"

"든든하네. 역시 너는 내 왕자님이야."

참나, 탄포포를 비웃을 수 없겠군.

지금 바로 아부 좀 듣고 콧대가 높아져서 아네모네에게 제대로 조종당하고 있으니까….

☀

해가 저물고 주위가 어둑어둑해졌을 때 오늘 연습은 종료.

시바는 자전거, 나와 아네모네는 전철이라서 둘이서 역으로 향했다…지만, 서로 전철의 방향이 정반대였기에 개찰구까지만 같이 갔다.

맞은편 플랫폼에 선 아네모네가 전철에 탈 때까지 과장스럽게 손을 흔들어 왔기에 부끄럽지도 않은가 싶었는데, 그런 걸 신경 쓸 만한 녀석이 아니란 것은 이미 이해했다.

그 뒤에 아네모네가 전철에 타는 것을 지켜본 뒤에 나는 플랫폼에서 전철을 기다렸다.

"하아…."

설마 내일부터 아네모네가 임시 매니저로 우리 야구부에 오게 된다니…. 시바는 모두를 설득한다고 자신만만하게 말했지만, 괜찮을까?

혹시 문제라도 생기면… 아네모네라면 틀림없이 '왕자님의 역할이잖아'라고 하면서 또 나를 마구 휘둘러서 해결하게 할 게 틀림없다. …하지만 그렇게 신이 난 표정을 보면 바람을 들어주고 싶어지긴 하는군.

게다가 계속 벽에 부딪쳐 있던 내가 한 발 내딛게 해 준 사람은 틀림없이 아네모네다.

그럼 은혜를 갚아야겠지.

정말로 아네모네는 신기한 여자애다. 어쩌면 그 녀석은 사실 인간이 아니라 나리츠키에서 튀어나온 정령이나 승리의 여신 같은 존재가 아닐까?

아니, 그렇잖아? 갑자기 나타나서 내 소원을 들어주었잖아?

…하지만 저렇게 사람을 마구 휘두르는 승리의 여신은 좀 그렇지 않나? 뭐, 됐어.

"이렇게 되다니, 세상일은 참 모르는 법이야."

그런 혼잣말을 중얼거렸다.

휴우…. 내일부터는 더 바빠지겠군. 우선은….

"분명히 네 말처럼 이렇게 되다니, 세상일은 참 모르는 법이야."

"…응?"

"이얏호! 오오가 타이요!"

"…어? …어어?!"

거짓말이지?! 왜, 왜 이 사람이 내게 말을 걸어오는 거야!

"다, 당신은…."

갑자기 내 옆에 서서 말을 걸어온 한 남자.

짧게 민 머리. 키는 185센티미터 정도라서 나보다 조금 크다. 꽤나 실실거리는 느낌의 미소. …하지만 그 모습에 현혹되어서는 안 된다. 왼손을 힐끗 보니 새끼손가락 바로 밑에 물집이 보였다.

나는 이 사람과 처음 만난다. 즉, 저쪽도 나를 처음 만난다.

그런데도 나는 이 사람을 알고 있다. 아니, 전국의 고교야구 선수라면 누구든 안다고 해도 과언이 아니겠지. 오히려 저쪽이 내 이름을 안다는 게 놀랍다.

이 사람은 다름 아닌….

"소부 고등학교에서 4번을 맡은…."

"어? 너는 날 알고 있어? 이거 기쁜데~!"

당연히 알지. TV에서 특집으로 몇 번이나 다룬 사람이니까.

"지역 대회 결승에서는 깜짝 놀랐어~ 설마 토쇼부에게 이기다니! 너와 포수인 시바, 그리고 우익수인 쿠츠키와 유격수 히구치. 그 정도는 내년에 우리 학교에서도 주전 자리를 차지할 수 있지 않을까? 뭐, 쿠츠키와 히구치는 3학년이지만!"

왜 이 인간이 이런 곳에 있지?

소부 고등학교는 이웃 현에 있는 학교니까, 못 올 것은 없는 거리지만.

그래도 지금은 코시엔을 앞둔 중요한 시기인데? 왜 그런 때에….

"특히나 네 피칭은 꽤나 까다로워. 나도 치려면 고생 좀 하겠지!"

"……! 그렇게 말해 주니 영광입니다…."

치려면 고생 좀 한다…. 즉, 칠 자신이 있다는 소리인가. …내 공을.

환한 웃음 속에 담긴 압도적인 자신감이 내 심장을 움켜쥐는 듯했다.

…무섭다. 지금 당장이라도 도망치고 싶다.

하지만 나는 '썬'이다. 설령 사실은 겁쟁이라도 도망칠 수는 없다.

"그 말을 하려고 왔습니까?"

"어라, 기분 상했나? 에헷, 이거 미안하네."

전혀 반성하지 않는 모습. 도무지 정체 모를 인간이다.

"뭐, 물론 본론은 따로 있는데~"

그렇겠지. 잡담이나 하려고 일부러 이런 곳에 있을 리가 없다.

"사실은 강가에서 말을 좀 걸까 했는데, 너랑 시바가 즐거운 모습인데 찬물을 끼얹기도 그래서 기다렸어. 그럼 오빠로서 잔소리를 시작할까."

강가에서부터 봤다고? 잔소리? 이 사람은 대체 무슨….

"그 애랑 더 이상 어울리지 않는 편이 좋아."

"……!"

온몸의 털이 곤두섰다. 그 애… 그 말에 짚이는 녀석은 한 명밖에 없다.

아니, 넘겨짚지는 말자. 아직 확실한 것도 아냐.

"그, 그 애란 게 누굽니까?"

"모르겠어? …강가에서 너랑 시바랑 같이 있었던… 그 여자애."

역시나 그런가….

왜 하필이면 고교 야구 최강 팀의 최강 타자와 갑자기 나무에서 뛰어내린 신기한 여자애가 엮이는 거지? 말도 안 되잖아….

"아네모네…입니까."

"헤에…. 그 애를 그렇게 부르는군…."

대체 뭐야, 모든 것을 다 체념한 듯한 그 표정은?

대체 이 사람과 아네모네 사이에 뭐가 있는 거지?

"다, 당신에게, 아네모네는…."

"세상에서 가장 소중한 사람……이었다."

"이었다?"

"그래! 내가 일방적으로 마음을 들이댄 탓에 그쪽은 민폐로 여기고 있지만~ …이미 지나간 이야기지만."

"그러면 역시 당신은…."

"뭐, 조금 사정이 복잡하니까. 너를 괜한 트러블에 끌어들이고 싶지 않아. 이건 친절에서 나온 서비스! 그러니까… 이 이상 그 애랑 어울리지 말아 줘."

무슨 소린지 모르겠다. 하지만 거짓말이 아니란 것은 알겠다.

하지만 그래도 나는….

"사정을 모르는 이상 간단히 수긍할 수는 없습니다. 본인의 의사도 확인하지 않았고요."

싫다. 아네모네랑은 앞으로도 같이 있을 거다.

갑자기 어울리지 말라는 말을 듣고서 '네, 알겠습니다'라고 고개를 끄덕일 수는 없다.

"사정을 알면 간단히 승낙할 거야?"

"고개를 내저을 이유가 늘어날 뿐이겠죠."

일체 망설이지 않고 나는 그렇게 말했다. …근거는 없다. 하지만 어떤 사정이 있더라도 나는 아네모네를 믿는다. 그렇게 확신했기에 나온 말이었다.

"어허~ 그렇게 그 애를 편들어도 결국 다치는 건 너일걸?"

"무슨 소리입니까?"

왜 아네모네를 편들면 내가 다치는 거지….

"…그 애는 언젠가 네 앞에서 '사라져'. 결국은… 가짜고."

"무슨 소리인지 모르겠습니다."

"그렇겠지…."

다시 나타난, 어딘가 달관한 웃음.

…이상하다. 내가 아는 소부 고등학교의 4번 타자는 이런 사람이 아니었다.

올봄… 코시엔에서 우승한 뒤의 인터뷰에서는 더 밝고 맑은 눈동자를 가져서, 정말로 야구를 좋아한다는 게 전해져 오는 눈이었다.

주루, 공격, 수비… 어디에서도 결점을 찾아볼 수 없는 사람으로, 전국 야구 소년들의 존경의 대상.

물론 나도 이 사람을 존경하는 고교야구 선수 중 하나다.

타입은 다르지만, 이 사람 같은 선수가 되고 싶다고 생각했다.

그런 사람이 왜 이렇게 절망에 가라앉은 탁한 눈을 하고 있지?

"어쩔 수 없나. …응, 네게 물러날 마음이 없다는 건 잘 알았어. 하지만 그렇다고 내가 물러날 순 없지. 즉, 너와 나는 적이란 뜻이야."

"처음부터 당신과 나는 적입니다."

"그래. 남의 꿈을 짓밟고 자기 꿈을 이룬다. 그렇게 우리는 코시엔 출장권을 따냈지. …그걸 계속할 뿐인가. 그럼 이번에는 네 꿈을 짓밟도록 하지."

"그렇게 말하고서 설마 우리랑 붙기 전에 지진 않겠지요?"

"질 리가 없잖아. 코시엔에 담은 마음도 결의도 다른 학교랑은 다르거든? 올해 코시엔에서 우승해서 나는 그 애를 없애야만 해. …역시 무리니까. 아무리 스스로에게 '인정해'라고 말해도 마음이 거부해. 그럼 마음에 따르는 수밖에 없지."

"당신은 아까부터 대체 무슨 소리를…."

"어차, 전철이 왔네. 어디, 오오가, 그럼 다음 대화는 코시엔에서 하자고!"

그렇게 말하고 소부 고등학교의 4번 타자는 플랫폼 계단을 내려갔다.

아네모네… 너는 대체 뭘 끌어안고 있는 거야?

저 사람과 관계가 있다는 것도 놀랍지만, 그 이상으로… '사라진다'는 게 뭐지?

물어보면 가르쳐 줄까?

아니면 또 평소처럼 장난스러운 표정으로 '니힛' 하고 웃을까?

눈앞에서 전철 문이 열리고 퇴근길의 샐러리맨이 우르르 내려서 계단을 내려갔다. 그 지친 표정을 보면 내가 아직 학생이라 다행이라고 생각하게 된다.

그런 생각을 하고 있었더니 전철 문이 닫히고 플랫폼에 나만을 남겨 둔 채 발차했다.

멍하니 있는 나를 놔두고 시간에 맞춰 발차하는 전철.

아무리 내가 플랫폼에 남아 있더라도 전철은 간다. 절대로 멈추지 않는다.

그렇게 생각하니 아주 조금 서글퍼졌다….

열리지 않는 스마트폰

제 **3** 장

니시키즈타 고등학교의 아침 연습 시간은 오전 6시 30분부터.

그때까지는 각자 동아리방에서 준비를 하고 그라운드에 집합하는 게 규칙이다.

그러니 내 등교 시간은 대충 오전 6시경. 그 정도에 등교해서 교복에서 유니폼으로 갈아입고, 그라운드에서 스트레칭 등을 하며 준비를 하는데, 오늘은 연습 전에 특별한 예정이 하나 들어 있다.

"잘되면 좋겠는데…."

오전 5시 45분. 나는 니시키즈타 고등학교에서 10미터 정도 떨어진 주차장에 있었다.

그리고 거기서 교문을 확인하니,

"아…. 역시 있나…."

문지기처럼 떡하니 서 있는 유인원 한 마리… 어흠, 사람 한 명… 쇼모토 선생님(우탄)이다.

본래 여름 방학 중에는 교문 앞에 교사가 서 있을 필요가 없지만, 우리가 코시엔에 나가게 된 뒤로 우탄은 솔선해서 '다른 학교 학생이 숨어들지도 모른다!'라며 여름 방학 중의 문지기를 맡았다. 게다가 이렇게 이른 시간부터.

딱히 불만이 있는 건 아니고, 오히려 우리를 위해 그렇게까지 해 주는 거니까 크게 감사한다…지만, 오늘만큼은 없었으면 싶었지.

나는 이 주차장에서 **어느 인물들**과 만나기로 했다.

그리고 가능하다면 그중 한 명과 우탄이 마주치지 않았으면 싶다.

"썬, 안녕. …우탄, 있어?"

나 다음에 주차장에 나타난 것은 약속을 한 사람 중 한 명… 시바였다.

오늘은 어제 본 유니폼과 달리 교복 차림. …뭐, 나도 그렇지만.

"안녕, 시바. 아쉽지만, 떡하니 서 있네."

"쳇. 오늘만큼은 없었으면 했는데."

역시나 배터리. 나와 완전히 똑같은 감상을 흘린다.

…하지만 이 결과는 다소 의외였다. 분명히 제일 먼저 여기에 오는 것은 나도 시바도 아니라, 어제도 심상치 않은 시간에 나타난 그 녀석일 거라고만 생각했는데.

"어라? 아네모네는 아직 안 왔어?"

"음. 내가 제일 먼저 왔어."

내가 제일 먼저 올 거라고 예상한 인물의 이름을 시바가 말했다.

그래. 오늘의 다소 특별한 예정은 바로 아네모네를 임시 매니저로 참가시키는 것.

그걸 위해 우리는 니시키즈타 고등학교에서 조금 떨어진 곳에서 만나기로 했다.

교문 앞에서 만나지 않은 이유는 물론 우탄 때문.

이전에 아네모네는 우탄의 눈을 피해서 우리 학교에 침입한 전과가 있다.

그런 아네모네가 아무리 우리와 함께 있더라도 우탄이 그리 쉽게 입장을 허락해 줄 것 같지 않았다. 그러니까 일단 주차장에서 집합한 후 다 함께 교문으로 가기로 했다.

물론 우탄에 대한 대책은 생각했다. 그대로 하면 일단 괜찮겠지만… 문제의 아네모네가 아직 오지 않은 것이 조금 고민스러운 포인트다.

"참나, 제일 매니저를 하고 싶어 하던 녀석이 안 오다니 어쩌자는 거야…."

"자, 자, 썬. 이른 시간이고 여자애한테는 조금 힘들지도 모르잖아."

그건 아냐, 시바. 녀석은 9시에 약속해 놓고 이른 아침 6시에 나타나는 녀석이니까. …뭐, 아무튼 어제의 오명을 반납했으니까 좋은 걸로 칠까.

아네모네가 오면 어제의 앙갚음을 해 주자. '늦었잖아'라고….

"……늦잖아."

이미 약속 시간은 지났다. 그런데 문제의 아네모네가 오질 않는다.

녀석은 약속 시간보다 먼저 오는 타입이라고 생각했는데, 대체 뭐 하는 거지?

얼른 와 줘…. 왜 꼭 오늘 같은 날에….

"썬, 너답지 않네. 분명히 약속 시간은 지났지만, 겨우 5분밖에 안 지났어. 그렇게 안달하지 않아도…."

"윽! 아, 알고 있어…."

평소라면 이 정도로 짜증을 내지 않는다. 다만 아네모네가 상대라면 왠지 그렇게 되지를 않는다.

나는 이렇게 속 좁은 녀석이었나. 조금 더 관용적이라고 생각했는데….

하아…. 이럴 줄 알았으면 연락처를 제대로 물어 둘 걸 그랬나. 그랬으면….

"미, 미안. 역시 먼저 왔구나…."

그 목소리가 들린 순간 심장이 튀어나오는 게 아닐까 싶을 정도로 고양되었다.

틀림없어! 이 목소리는….

"아! 아네모네!"

"안녕, 시바냥, 그리고 늦어서 미안해."

"괜찮아, 괜찮아. 허용 범위니까."

숙였던 고개를 들자, 거기에는 긴 생머리에 일부를 삐죽 모아 올려 묶은 사이드포니의 여자애. 옷은 헐렁헐렁한 우리 학교 체육복… 아네모네다.

어제 강가에서 더러워졌던 옷이 깨끗한 것을 보면 아마도 밤 사이에 세탁했겠지.

"저기, 타이요. …화났어?"

그렇게 미안한 얼굴을 하면 뭐라고 할 수도 없잖아.

"화난 얼굴로 보여?"

가슴속에서 넘쳐 나는 감정을 억누르면서 나는 최대한 냉정하게 말했다.

…틀렸다. 표정이 풀어져.

"아니, 나랑 만나서 기쁜 얼굴로 보여."

"30점."

"우우, 점수가 짜."

플러스 70점으로 100점 만점이다. 말하지는 않겠지만. 아무튼 와서 다행이야….

"화내는 게 아니라 안심하다니…. 역시 타이요는 마음 착해. 역시나 나의 왕자님이야."

"…칭찬해도 나오는 건 없다."

"그렇지 않아. 타이요의 미소가 분명히 나왔잖아."

괜한 소리 하지 마. 그런 건 나도 잘 알아.

"썬도 화난 것 아니니까, 그렇게 신경 쓰지 않아도 돼, 아네모네. 우리가 너무 일찍 온 것도 있고!"

"아니, 원래는 늦지 않게 올 수 있었어, 시바냥. …다만 집에서 트러블이 좀 있어서."

"트러블? …아! 혹시 그거야? 가족이 '이렇게 아침 일찍부터 어디 가는 거야?'라고 붙잡았다든가?"

"어어…. 응, 대충 그런 느낌."

"그렇군! 가족의 마음도 이해가 돼! 나도 혹시 여동생이 이렇게 아침 일찍부터 나간다고 하면 분명히 이유를 묻겠지! 자세하게!"

"아하하…. 시바냥은 오늘도 여전하네."

아네모네, 그 얼굴은 뭐지? 웃고 있지만 전혀 즐거워 보이지 않는데?

"……."

'그 애랑 더 이상 어울리지 않는 편이 좋아.'

문득 머릿속에 떠오른 것은 어제 소부 고등학교 4번 타자가 남긴 말.

그 사람에 대해 아네모네에게 물어봐도 괜찮을까? 아니, 하지만….

"아아아아! 너는 저번의 그 녀석! 왜 우리 학교 체육복을 입고 있지?!"

이런! 거리가 좀 있다고 안심했는데, 우탄에게 들켰다!

일부러 교문 앞에서 여기까지 올 줄은 몰랐어!

큰일인데…. 아직 우탄에 대한 준비는 덜 됐는데….

"전에도 말했지! 우리 학교는 지금 중요한 시기니까 멋대로 들어오면 안 된다고!"

"히익. 아, 저기, 어어… 타이요, Help."

우탄의 험악한 기색에 겁먹은 아네모네가 다급히 내 뒤로 숨었다.

등에서 전해지는 감촉은 아네모네가 내 교복을 붙잡는 감촉이겠지.

…좋아! 어디 한번 해 보자!

"…응? 오오가, 그리고 시바 아닌가. 뭐야, 너희는 이 애랑 아는 사이였나?"

"아, 그게… 네! 그렇습니다! 실은 오늘부터 애한테 우리 야구부의 매니저 일을 거들어 달라고 할까 해서!"

"매니저라고?"

우탄이 잔뜩 고개를 갸웃거렸다.

"그렇습니다! 그게, 이제 곧 코시엔인데, 우리 야구부에는 사람이 부족하지 않습니까? 특히나 매니저가 한 사람밖에 없죠! 그래서 애한테…."

"야구부 고문이나 감독, 그리고 주장인 쿠츠키에게 허가는 받았나?"

"윽! 그건… 일단 받았습니다."

"일단, 이라…."

날카로운 눈으로 나를 노려보는 우탄. 이거 아무래도 안 믿어줄 기색이다.

"어이, 오오가. 너나 시바가 올해 지역 대회 결승전에서 활약한 건 잘 알아. 그러니까 웬만한 요망이라면 들어주지. …하지만 이건 안 돼. 잘 들어라. 우리 학교 관계자 이외에 야구부를 견학하고 싶다는 사람은 많아. 그건 알고 있지?"

"아, 알고 있습니다. 하지만…."

"이 아이의 참가를 허가하면 '그럼 나도'라면서 수많은 사람들이 쇄도해 너희가 제대로 연습도 못 하게 될지 모른다. …게다가 어쩌면 그 애가 다른 학교의 스파이일 가능성도 있겠지? 물론 그럴 확률이 엄청 낮다는 거야 잘 알아. 하지만 완전히 없는 것도 아니지."

"아네모네만큼은 그럴 리 없습니다! 그렇지, 썬?"

시바는 재빨리 우탄의 말을 부정했지만, 나는 그럴 수 없었다.

어제… 그 사람과 만나기 전이었으면 나도 부정할 수 있었겠지. 하지만 지금은 아니다.

아네모네는 거의 틀림없이 소부 고등학교 야구부의 관계자다.

우탄이 말하는 그런 인물일 가능성이 분명히 존재한다….

"…타이요."

평소의 밝은 모습은 사라지고 불안한 시선의 아네모네가 나를 걱정스럽게 바라보았다.

꼴사납군. 왕자님으로 선택받았으면서 공주님을 전혀 지켜 주지 못하잖아.

…어쩔 수 없지. 괜한 트러블은 일으키고 싶지 않으니 여기서는 얌전히 포기하고,

"쇼모토 선생님, 오오가와 시바가 무슨 잘못이라도 했습니까?"

주장에게 모든 것을 맡기자. 이걸로 간신히 우탄 대책이 완성되었다.

"오오! 쿠츠키인가! 마침 잘 왔다! 너도 이 녀석들에게 말 좀 해 봐라!"

"어어…. 무슨 소리를 하면 됩니까?"

"여기 있는 이 아이… 다른 학교 학생인데, 오오가와 시바가 야구부 매니저로 활동시키고 싶다면서 학교에 들여보내 달라지 않나. 그 이야기, 넌 알고 있었냐?"

"…흠."

쿠츠키 선배가 약간 몸을 기울여서, 내 뒤에서 살짝 얼굴만 내민 아네모네를 지그시 바라보았다.

195센티미터의 장신인 쿠츠키 선배가 다가와서 그런지, 아네모네가 몸을 떠는 감촉이 내 교복을 쥔 손을 따라 전해졌다. 그런 아네모네를 보고 쿠츠키 선배는,

"네가 바로 그 임시 매니저인가! 하하핫! 오늘부터 잘 부탁해!"

호쾌한 웃음과 함께 그렇게 말했다.

"어? 아, 네."

아네모네가 눈을 동그랗게 뜨고 깜빡였다.

"쿠, 쿠츠키… 알고 있었던 거냐?"

"물론이죠, 쇼모토 선생님!"

일단 말해 두는데, 이건 결코 쿠츠키 선배가 애드리브로 말을 맞춰 주는 게 아니다.

이것이야말로 내가 준비한 우탄 대책. 준비 완료란 바로 쿠츠키 선배의 등장이다.

나는 어제 쿠츠키 선배에게 연락해서 아네모네를 매니저로 참가시켜 달라고 부탁해 두었다. 더불어서 혹시나 우탄이 아네모네의 입장을 허가해 주지 않을 가능성이 있으니까 그때는 도와 달라는 말도 했다. 즉, 쿠츠키 선배야말로 여기서 모이기로 했던 '어느 인물들' 중에서 '가장 중요한 사람'이었던 것이다.

예상 밖이었던 점을 말하자면, 유사시에 도와줄 주장이 약속 시간에 아네모네보다 늦게 등장했다는 것인데… 그건 넘어가자.

"듣자 하니 어제 그녀가 썬… 어, 실례. 오오가의 연습에 함께 해 주면서 한 충고가 아주 정확하고 효과적이었던 모양이라서, 그렇다면 꼭 우리의 임시 매니저가 되어서 다른 부원들에게도 충고를 해 달라고 부탁했습니다! 그렇지, 오오가, 시바?"

"넵!"

"네! 썬의 그 공은 그녀 덕분에 거의 완성되어서!"

쿠츠키 선배의 말을 나도 시바도 즉각 긍정. 하지만 우탄은 아직 납득할 수 없는 건지 다소 험악한 표정으로 쿠츠키 선배와 아네모네를 교대로 바라보았다.

"하지만 고문이나 감독의 허가는…."

"그쪽도 걱정 마시길! 제가 어제 다 받아 놨습니다!"

쿠츠키 선배, 거기까지 손써 주다니….

"코시엔에서 우승할 가능성이 있다면 무슨 일이든 해 두는 편이 좋다고 생각하니까, 설령 다른 학교 학생이라도 우리의 힘이 되어 준다면 전력으로 환영한다! 그게 주장으로서의 제 방침입니다!"

"음…! 그래, 알았다…. 그럼 특례로, …정말로 특례로 그 아이의 입장을 허가하지. 다만! 혹시 수상쩍은 짓을 했다간 바로 보고하도록! 알겠지?"

누가 봐도 분한 기색이라고 할 만한 표정인 우탄을 보니 아주 조금 죄악감이 들었다.

딱히 우탄은 우리를 싫어해서 이러는 게 아니라, 정말로 우리를 생각해 주기에 악역을 도맡아 나선 거니까….

"알겠습니다! …그럼 저희는 연습이 있으니 실례하겠습니다! 가자, 썬, 시바, 그리고… 아네모네!"

"아, 내 이름."

"음! 물론 알고 있지! 나는 쿠츠키야! '쿠치키'가 아니라 '쿠츠키'니까! 헷갈리는 이름이라는 불평을 자주 듣지[*]! 이미 알지도 모르지만, 니시키즈타 고등학교 야구부의 주장이야!"

"와, 감사합니다. …쿠키 씨."

"쿠키라! 그렇게 불리는 건 처음이군! 하하하!"

호쾌하게 웃는 쿠츠키 선배에게 평소보다 다소 얌전하게 인사하는 아네모네.

덧붙여 너무 귀여운 별명이라서 쿠츠키 선배의 이미지에 전혀 맞지 않는다.

"…하지만 사실 네가 우리 야구부에 참가할 수 있는지는 아직 정식으로 결정된 게 아냐! 그러니까 아직 안심하지는 마!"

뭐, 그렇겠지. 그러니까 우탄에게도 '일단'이라고밖에 말할 수 없었고.

"어? 그, 그런가요…?"

"하하핫! 그렇게 기죽지 마! 모든 건 썬에게 달렸어! 그렇지?"

"넵! 약속은 확실히 지키겠습니다!"

쿠츠키 선배의 말에 나는 힘주어 끄덕였다.

괜찮아, 아네모네. 그렇게 불안한 얼굴은 네게 어울리지 않아.

"니힛. 역시 공주님을 지키는 건 왕자님이네."

※헷갈리는 이름~ : 일본 만화 『현시연』에 등장하는 인물인 쿠키치 마나부를 말한다. 일반적으로 '쿠츠키'로 읽는 성이지만, '쿠키치'로 읽는 것의 패러디.

"당연하잖아?"

아까는 꼴사나운 모습을 보였으니까. 이제부터 오명 반납의 시간이다!

·

"자, 썬! 그럼 얼른 보여 줘!"

동아리방에서 준비를 마친 우리는 그대로 그라운드로 직행.

본래 연습 전에 미팅을 갖고 메뉴에 따라 연습을 하는 수순이지만, 그 전에 오늘은 해야 할 일이 하나 있다.

타자석에 선 사람은 쿠츠키 선배.

그리고 시바가 포수 미트를 손에 끼고 마운드에 선 나를 향해 들었다.

"썬, 어제랑 똑같이 하면 되니까 쫄진 마."

"하핫! 시바는 어제처럼 하면 안 되겠지?"

"윽! 다, 당연하지!"

쿠츠키 선배에게 아네모네를 매니저로 참가시켜 달라는 뜻을 전했더니, 조건으로 돌아온 것은 내 포크볼을 보여 달라는 것이었다.

물론 그냥 보여 주기만 하는 건 아니다. 추가 조건은 쿠츠키 선배를 삼진으로 잡는 것.

그걸 성공하면 무사히 아네모네는 매니저로 참가할 수 있다.

"오? 무슨 일이야, 썬? 아침부터 쿠츠키 선배랑 남자 대 남자의 승부?"

"아나에, 아침부터 이상한 소리 마."

다른 멤버는 아직 아무것도 모른다. 아네모네가 매니저로 참가하는 것도, 내가 포크볼을 던질 수 있게 된 것도. 이것들을 숨긴 것은 쿠츠키 선배의 배려였다. 혹시 내가 포크볼을 던질 수 없었을 경우 모두가 낙담하지 않도록 하려는 것이다.

"타이요, 시바냥, 힘내~!"

아네모네가 헐렁한 체육복을 입고서 나와 시바를 향해 손을 흔들었다. ···맡겨 줘.

"그럼 갑니다! 쿠츠키 선배!"

"음! 언제든지 와라!"

이런 시간이니까 견학자는 우리 야구부 멤버뿐. 하지만 나를 덮친 긴장은 시합 중의 그것에 필적했다. ···솔직히 이제부터 하는 나와 쿠츠키 선배의 승부는 압도적으로 내가 불리하다.

애초에 본래 시합에서 타자는 투수가 어떤 구종을 던질지 모른다.

하지만 지금은 다르다. 쿠츠키 선배는 내가 포크볼을 던지는 것을 알고 있다.

참나··· 그런 상황에서 삼진을 잡으라니, 꽤나 어려운 문제를 던지는군.

하지만 문제없어. 내가 동경하는 노모의 포크는 이런 말을 들었거든?

"…으랴!"

"……흠! 음?!"

온다고 알아도 칠 수 없다고.

"나이스 피치!"

시바의 목소리가 그라운드에 울렸다. 동시에 야구부원들에게서 환성이 일었다.

"어이어이, 썬! 지금 그건, …포, 포크볼이야?! 그런 이야기 못 들었는데! 언제 그렇게 완벽하게 던질 수 있게 된 거야?!"

"지금 건 장난 아닌데. 저만큼 떨어진다고…? 쿠츠키, 다음은 나랑 교대해 볼래?"

야구부원 전원의 목소리가 울리는 가운데, 나는 조금 떨어진 장소에 선 아네모네를 보았다.

그러자 아네모네는 트레이드마크인 작은 사이드포니를 흔들면서 활짝 웃었고, 눈이 마주치자 소리 내지 않고 입만 움직여서 '멋져.'라고 말해 주었다.

"하하핫! 히구치, 그렇게 서두르지 마! 이제 겨우 초구거든? 썬, 다음이다! 지금 걸로 낙차는 알았으니까! 다음에는 친다!"

"OK임다! 그럼 다음도…."

그리고 나는 두 번 연속으로 포크볼을 던졌고, 두 번 다 시바의 캐처 미트에 들어갔다.

"그럼 미팅을 시작하는데… 그 전에 모두에게 보고할 게 있다!"

오전 7시. 그라운드에 쿠츠키 선배의 호쾌한 목소리가 울렸다.

평소보다 미팅이 30분 늦게 시작된 것은 쿠츠키 선배 이외에도 나의 포크볼에 도전하려는 멤버가 나왔기 때문.

하지만 결국 대부분의 멤버가 삼진. 힘없는 땅볼이긴 하지만 유일하게 배트로 건드리긴 한 사람은 히구치 선배였다. 역시 우리 야구부에서 타율이 제일 높은 1번 타자답군.

"실은 오늘부터 임시로 매니저가 한 명 더 우리 야구부에 들어오게 되었다! …자기소개를 해 줄 수 있을까?"

"효옷! 매, 매니저인가요?!"

술렁대는 멤버들 중에서 누구보다도 과민하게 반응한 사람은 탄포포였다.

"저어, 오늘부터 매니저로 참가하게 된 아네모네입니다. 여러분, 잘 부탁드립니다."

쿠츠키 선배의 말에 한 발 앞으로 나선 아네모네가 꾸벅 고개를 숙였다.

"우왓! 엄청 귀여운 애잖아요! 난 아나에! 취미는 서핑과 다트! 그리고 당구도 특기야! 잘 부탁해, 아네모네!"

"네, 잘 부탁드립니다."

이상하네? 내가 아는 아나에의 취미는 만화 보기와 게임, 그리고 프라모델 제작이었을 텐데, 어느 틈에 꽤나 멋진 취미를 익힌 모양이다.

…나중에 들켜도 난 모른다.

"아네모네… 본명은 뭐지?"

이런! 히구치 선배의 그 질문은….

"아! 죄송합니다, 히구치 선배! 아네모네는 자기 이름을 별로 안 좋아해서요! 그러니까 그냥 넘어가 주시면…."

"설령 그렇다고 해도 이름을 대야 하잖아? 별명만 말하고 매니저로 참가하겠다는 건 너무 이상해. 미안하지만, 난 그런 애를 신용할 수 없고 인정할 수도 없어."

히구치 선배의 말이 맞다는 듯이 몇몇 부원이 고개를 끄덕이며 아네모네에게 시선을 모았다.

"대주목이네. 와자."

이 녀석은 내 고생도 모른 채 느긋하게 기쁜 얼굴을 하고….

자기가 의심을 사는 걸 알면서 이런 태도니까 성가시다.

"그래서 본명은?"

"저기… 아네모네의 본명은…."

어쩌지? 일단 방법이야 있기야 있다. 하지만 가능하면 쓰고

싶지 않다.

"타이요, 괜찮아. 내 이름을 말하는 정도야."

아네모네, 안 돼. 네 본명이 알려지면 다들 너를 받아들이기 싫어할지도 몰라. 그러니까 절대로 누구에게도 가르쳐 줄 수 없어….

"아, 아니! 그런 거 있잖습니까? 누구에게든 비밀 하나 정도는 있다고 생각하잖아요, 히구치 선배! 예를 들자면, 저기…."

"저기, 뭔데?"

날카로운 눈으로 나를 노려보는 히구치 선배에게 할 말은 딱 하나.

정말로…… 미안합니다!!

"처, '천 년에 한 명 나올 미소녀인 아이돌을 장래 색시로 삼고 싶다'…든가?"

그것은 이전에 아네모네에게 들었던, 히구치 선배가 나리츠키에 빌었던 소원이다.

"뭐?! 써, 썬! 그건…!"

내가 그걸 알고 있으리라고는 생각도 못 했겠지.

이렇게 놀라는 히구치 선배의 얼굴은 처음 봤다.

"썬, 천 년에 한 명 나올 미소녀가 뭐라고? 그건 분명히 하시모토 칸*…."

"스토오오오옵, 아나에! 그, 그래! 뭐, 본명은 몰라도 별명을

138

알면 충분해! 음! 아네모네는 오늘부터 우리의 임시 매니저! 이 이야기는 이만 끝! 다른 녀석들도 알았지?! 반론은 인정하지 않겠다!"

히구치 선배의 압도적인 기세에 눌려서 다급히 고개를 끄덕이는 다른 멤버들.

주장인 쿠츠키 선배조차도 "어, 어어."라며 당황한 소리를 흘렸을 정도다.

대단히 미안하지만, 이걸로 부원들이 모두 납득해 준 모양이니 문제없겠지.

그럼 이제부터 연습을 시작….

"전 이 사람을 매니저로 받아들이는 것을 반대합니다! 우훗!"

하고 싶지만, 무시할 수도 없나.

왜 그래, 탄포포? 그렇게 콧김을 가쁘게 내쉬면서 아네모네를 노려보다니?

"탄포포는 왜 반대야?"

"시바 선배야말로 왜 찬성인가요?! 이렇게 중요한 시기에 갑자기 매니저를 하고 싶다는 다른 학교 학생이 왔다고요! 그런 사람의 목적은 하나밖에 없지 않습니까!"

이런. 어쩐 일로 탄포포가 날카로운 지적을 했다….

※일본 배우 하시모토 칸나. '천년돌'로 불린다.

그건 아니라고 생각하지만, 분명히 그럴 가능성이 전무하지는 않….

"야구부의 아이돌이라는 제 포지션을 위협하려는 게 틀림없습니다!"

전무해. 응, 그럴 가능성은 없어. 틀림없이 그럴 리 없으니까 안심해, 탄포포.

"…괜히 진지하게 들었네."

시바, 너는 그렇게 말해도 말이지, 본인은 지극히 진지해.

"이 사람을 보세요! 몸매도 좋고 얼굴도 예쁘고! 이런 사람이 매니저가 되면 제게는 너무나도 거슬립니다! 우훗!"

"으음, 그래. …그렇군…."

탄포포가 아네모네를 지적하면서 열심히 불평을 쏟아 냈다. 반대로 시바는 기막히다는 얼굴이다.

아네모네는 그런 말에 별로 개의치 않는 기색일 뿐만 아니라 어째선지 나를 물끄러미 바라보았다.

"타이요도 이런 말 정도는 해 주면 좋지 않아?"

내가 왜 그런 말을 하냐. 너무 콧대 세우지 마.

"좋아! 그럼 지금부터 오늘 연습 메뉴에 대한 이야기를 시작할까! 탄포포는 아네모네에게 매니저의 업무를 가르쳐 줘!"

"효옷?! 쿠, 쿠츠키 선배! 아직 제 이야기는 안 끝났어요! 게다가 저는 이 사람을 매니저로 맞아들일 수는…."

"음! 탄포포가 무슨 말을 하고 싶은지는 물론 알아! 하지만 이전부터 매니저가 너 혼자라 너무 짐이 무거운 게 아닌가 걱정했거든! 코시엔을 앞두고 소중한 멤버인 네게 무슨 일이 생기면 아무리 후회해도 소용없잖아! 그런 내 마음을 알아주지 않겠어? 우리 야구부의 천사… 사랑스러운 탄포포?"

역시나 주장. 탄포포를 어떻게 다루는지 잘 아는군.

"우후우우웃! 연습 시간은 한정되어 있으니까 야구부의 대천사이자 너무나도 사랑스러운 제가 떼를 쓰며 방해하는 건… 알겠습니다! 알겠어요! 그럼 가죠, 아네모네! 말해 두겠지만, 제 지도는 엄하니까요!"

그런 상황에서도 자기 어필은 빼놓지 않는군….

"네~ 잘 부탁해요."

"우후후…. 웃을 수 있는 것도 지금뿐입니다! …이대로 지도라는 이름의 심술을 잔뜩 부려 주죠! 그러면 분명 알아서 그만두겠다고 할 게 틀림없어요! 니시키즈타의 아이돌 자리는 넘겨주지 않겠어요!"

"와오. 엄한 지도가 기다리는구나. 아네모네, 위기~"

탄포포, 못된 짓을 꾸밀 때는 조금 더 작은 목소리로 해라. 아네모네의 귀에 다 들어갔다.

또 모르는 것 같은데, 너의 하찮은 꿍꿍이는 이제까지 한 번도 성공한 적 없으니까.

☀

아침 연습은 일단 전원이 운동장을 뛰는 것부터. 그라운드를 15바퀴 달린다.

얼른 끝낸 녀석은 그만큼 휴식 시간을 오래 확보할 수 있으니까 다들 자기 체력과 맞춰 가면서 조금 일찍 끝내곤 한다.

"간다아아아! 니시키즈타! 파이팅!"

""""""""""파이팅!"""""""""""

시작을 알리는 쿠츠키 선배의 목소리. 그 뒤를 따라서 우리도 소리를 지르며 달리기 시작했다. 그리고 그동안에 매니저가 하는 일 말인데,

"그럼 첫 일입니다만, 모두의 음료수를 준비합니다! 자! 스포츠드링크를 준비하죠! 아, 분말을 너무 많이 넣으면 안 되니까요!"

심술이네 뭐네 했던 것치고 매니저의 일을 잘 가르치는 부분이 탄포포의 미워할 수 없는 점이지. 이러니저러니 하면서도 성실한 녀석이고.

"알겠습니다. 그럼 일단 물을 떠 오면 되려나?"

"아닙니다~! 이전까지는 수돗물이었지만, 올해부터는 제가 너무나도 귀여운 나머지 학교에서 미네랄워터를 지급해 주게 되

었습니다! 우훗!"

그것도 아냐. 작년에 우리가 지역 대회 결승까지 올라가는 성과를 남겼으니까 지급되기 시작했어.

"그러니까 동아리방 냉장고에 차갑게 식힌 미네랄워터를 가지러 가겠습니다! 그때 동아리방이 더러우면 청소도 할 것! 알겠나요?!"

"알겠습니다."

"좋은 대답입니다! …우후후후. 미네랄워터를 잔뜩 들게 해서 지치게 만들고, 그런 꼴사나운 모습을 모두의 앞에서 보여 주도록 하죠! 이걸로 제 대승리입니다!"

일단 아주 값싼 꿍꿍이를 꾸미는 것 같은데, …아마도 실패하겠지.

그 후 10분 뒤. 주전 멤버는 모두 달리기를 마치고 다른 멤버가 끝나기를 기다리는 짧은 휴식에 들어갔는데, 그런 우리의 옆에,

"허억! 허억! 여, 여기요… 히우지 서언배애, 스포츠드링크예에에요오오…."

"어, 그래. 고마워. ……탄포포."

완전히 지쳐서 꼴사나운 모습을 보이는 탄포포가 있었다.

"자, 스포츠드링크야, 아나칭."

"이얏호! 땡큐! 아네모네!"

탄포포와는 정반대로 씩씩한 기색으로 아나에에게 스포츠드 링크를 건네는 아네모네.

왜 이렇게 되었는지 말하자면 간단해서, 탄포포가 알아서 자폭했기 때문이다.

탄포포는 미네랄워터를 가져올 때 "아네모네는 그 정도인가요? 저는 이만큼 들 수 있습니다! 으그그!"라면서 알 수 없는 고집을 발휘하며 대량의 미네랄워터를 동시에 옮겼다. 그 결과 체력이 바닥나서 지금 이 꼴이 된 것이다.

"어, 어째서, 제가 이러케… 다음에야말로… 다음에야말로~… 하우우~"

"괜찮아? 그렇게 한꺼번에 많이 옮기다니 대단하다고 생각했지만…."

"네에~ …그래요, 아네모네~ 저는 대단해요~ 우후후후후…. 이걸로 작전 성공입니다. 확실히 위엄을 보여 주었어요… 풀썩."

본래 목적은 어디로 갔지? 예상대로 꿍꿍이는 실패했군.

"저기! 아네모네는 남친 있어? 있으면 난 울어 버릴 거다?"

"어어, 그건…."

아나에가 던진 질문에 대답하지 않고 아네모네는 힐끗 나를 보았다.

어이, 그 '말해도 돼?' 같은 얼굴은 뭔데? 그만둬, 괜한 짓은….

"남친은 없지만, 왕자님이라면 있어."

그만둬! 아네모네 녀석, 왜 일을 귀찮은 방향으로 몰아가는 거지!

"뭐, 뭐, 뭐라고?! 그건 대체 누구…."

"하하핫! 아나에, 생각해 보면 알잖아? 누가 아네모네를 데려 왔다고 생각하지?"

"…쿠츠키 선배, 데려온 건 분명히… 시바와 썬. 시바는… 시 스콤이니까 아닐 테고… 그렇다면 썬인가!"

"정답. 니힛."

뭐가 정답이야. 제발 좀 참아 주라….

"썬, 썬, 썬! 나는 믿고 있었어! 썬은 공이 연인이라고!"

무슨 축구 만화 같은 대사구나, 아나에.

"아나에, 걱정하지 마! 공은 연인이 아니지만, 아네모네랑 그 런 사이는 아냐!"

진정해라. 그냥 사실을 말하면 될 뿐이야. 그러니까 조급해질 것 없어.

"…후우! 그런가! 그럼 안심이야!"

"뿌우, 재미없어."

아나에는 오버 리액션으로 가슴을 쓸어내리고, 아네모네는 볼 을 불룩거렸다.

대조적인 두 사람의 반응이 조금 재미있다.

"하지만 그럼 무슨 관계야?"

"무슨 관계야~?"

아네모네, 아나에게 편승해서 묻지 마라.

그렇게 두근거리는 눈으로 바라봐도 네가 기대하는 대답이 애초에 뭔지를 모르겠다.

"어어, 그건 말이지…."

나와 아네모네의 관계라…. 이렇게 질문을 받으니 곤란하군. 친구라고 말하는 건 조금 아닌 것 같다.

하지만 연인 관계인 것도 아니다. 이럴 경우 뭐라고 대답하면… 아, 그렇지.

"…캐치볼을 한 관계로군!"

"어? 그게 뭐야?"

"어제 아네모네랑 캐치볼을 했어! 그러니까 이 관계가 가장 알기 쉽지! 참고로 오늘부터는 야구부원과 매니저 관계이기도 해!"

"그렇군! 즉, 친구 같은 건가!"

그래. 친구 같은 거다. 친구 같은… 거다.

"으음. 교묘히 도망쳤네."

그렇게 불만이라는 눈으로 바라봐도 난 몰라.

"저기, 아네모네! 그럼 나중에 나랑 캐치볼 하자! 글러브는 누군가한테 빌려서 금방 준비할 수 있어!"

"어라? 야구 하는 사람들은 언제 글러브가 망가져도 괜찮도록 항상 두 개를 가지고 다닌다고 들었는데?"

"하하! 그럴 리 없잖아! 그런 녀석은 오히려 얼마 없어! 그건 말이지, 그 녀석이 사실은 처음부터 다른 목적이 있어서 두 개 준비한 것을 둘러대느라 한 말일 거야!"

"헤에~ 그렇구나~ 이거 많이 배웠습니다~ 니힛."

또 괜한 약점을 잡혔군….

"허억! 허억! 아네모네! 잡담만 하지 말고 일하러 가요! 다음은 공 닦기입니다! 모두가 쓰는 공을 반짝반짝하게 닦는 거예요!"

그때 간신히 체력이 회복된 탄포포가 아네모네를 불렀다.

딱 좋은 타이밍이야. 다른 멤버들도 슬슬 다 뛰고 돌아올 무렵이다.

"영차. 지금부터라도 매니저 일 열심히 할게, 타이요."

"음. 둘 다 열심히 하자, 아네모네."

"니힛. 어쩐 일로 순순하고 다정한 왕자님이네."

어쩔 수 없잖아. 그렇게 기쁜 듯이 웃으면 이쪽도 순순해지고 싶어지지.

"아, 그렇지. 아네모네, 나중이라도 좋으니까…."

"응? 왜, 타이요?"

내가 불러 세우자 아네모네는 고개를 갸웃거렸다.

좋아, 말한다? …말해 버린다? …괜찮아. 딱히 대단한 질문도 아냐.

지금까지 많은 이들에게 똑같은 질문을 했잖아? 그걸 하기만 하면 돼.

"어어, 그러니까. 앞으로 매니저 일을 할 거면 급한 연락이 필요할지도 모르잖아? …그, 그러니까, 점심 휴식 시간이라도 좋으니까 네 연락…."

"아네모네~ 나중에 나랑 캐치볼 하자! 약속한 거다!"

"물론이냐, 아나칭."

"예이~! 또 여유가 있으면 다음 연습… 80미터 단거리 전력 질주를 보러 와! 난 진짜로 발이 빠르니까! 다리만 보면 팀에서 넘버원이야!"

"와오, 그거 기대되네. 멋지겠어."

난 아직 이야기가… 뭐, 됐어.

아네모네는 탄포포와 공을 닦으러 갔고, 나도 얼른 연습하러 가자.

"좋았어! 다음 연습에서는 아네모네한테 멋진 모습을 보여 주자! 썬! 나는 지금 썬에게 지지 않을 만큼 뜨겁게 불타오르고 있어!"

"하하하! 그거 든든한데! 하지만 나도 지진 않을걸?"

"헤헹! 다른 연습이라면 몰라도 단거리라면 내 독무대야!"

자, 과연 그럴까?

그 후 다음 연습. 80미터 전력 질주 시작.

148

다섯 명이 나란히 서서 신호와 함께 전력으로 달리기. 순서를 기다리는 동안에 휴식을 취하고 또 자기 차례가 되면 전력 질주, 이것의 반복. 마침 이번에는 나와 아나에, 그리고 시바의 차례였지만.

"허억! 허억! 이, 이럴 수가…. 내가 지다니…."

"후어어! 아, 아나에… 아직 멀었어…. 허억! 헉!"

"헉…. 헉…. 썬, 빠르잖아…."

1위는 나, 2위는 아나에, 3위는 시바라는 결과로 끝났다.

뭐, 내가 제대로만 하면 이 정도지. 낙승이야.

"다, 다음에도 승부다! 다음에는 안 질 거니까! 제길!"

"허억! 허억! 흥! 조, 좋아…! 받아 주지!"

이를 가는 아나에와 여유 넘치는 나. …거짓말이다. 사실 꽤 힘들다.

"하하핫! 청춘이군!"

"응…. 뭐, 이건 좋은 경향일까."

그런 우리를 뒤에서 바라보는 이들은 쿠츠키 선배와 히구치 선배였다.

좀 냉정하게 생각해 보면, 꽤 창피한 짓을 하는 기분이 드는데….

그런데 아네모네는….

"저기, 이러면 어때? 반짝반짝?"

"아직입니다! 더 잘 닦아야죠…. 봐요! 여기에 더러움이 남아 있잖아요!"

"어, 진짜다. …생각 이상으로 어렵네."

공 닦이에 열중해서 보지를 않나…. …아니, 상관없어, 딱히….

"참나! 이러니까 새 매니저를 들이는 건 싫었다고요!"

투덜투덜 불평을 하면서 공을 닦는 탄포포. 저 녀석 1학년에 여자인 것도 있어서 지금까지 모두에게 귀여움을 받기도 했고, 자기가 가르치는 건 서투를지도.

"이렇게 많으면 힘들겠네. 탄포포 선배는 항상 이걸 혼자 했어?"

"그렇습니다! 달리 매니저는 아무도… 음? 지금 뭐라고 했나요?"

아네모네의 말에 신경 쓰이는 점이라도 있는지, 탄포포가 움찔 반응했다.

"어? 항상 이걸 혼자 했어?"

"아닙니다! 그 전에 말이에요!"

"이렇게 많으면 힘들겠네?"

"너무 되돌아갔어요! 그다음에 한 말 말이에요!"

"어어… 탄포포 선배?"

"그래요! 그겁니다!"

탄포포가 눈을 빛내면서 아네모네를 가리켰다.

"전 선배 소리를 처음 들었습니다! 중학생일 때는 동아리 활동을 안 했으니까 첫 경험입니다! 우훗!"

"으음… 그렇게 부르면 안 돼? 그럼 다른 걸로….''

"천만의 말씀! 저기, 한 번 더 불러 주겠어요? 한 번 더 듣고 싶습니다!"

"그럼, …탄포포 선배."

"우훗! 우후후훗! 그렇습니다! 저는 선배입니다! 그러니까 후배를 잘 돌봐 주죠! 자, 공 닦는 솜씨를 잘 보세요! 어떻게 하면 효율 좋게 닦을 수 있는지 가르쳐 줄게요!"

왠지 의외로 쉽게 친해졌군. 괜히 걱정했어. 하지만… 응, 다행이다.

"와아. 그럼 아네모네 후배는 열심히 배우겠습니다."

"오오옹~! 어쩔 수 없네요! 그럼 같이 열심히 공을 닦아 봐요!"

"알겠습니다, 탄포포 선배."

기쁜 듯이 웃는 탄포포와 즐겁게 공을 닦는 아네모네.

그런 두 사람의 모습을 보면서 나는 다시 연습에 몰두했다.

✴

오전 연습을 마치고 점심시간이 돼서 일단 휴식. 각자 준비해

온 점심을 먹으면서 담소를 나누는 시간이 되었다.

내 주위에 있는 사람들은 아네모네, 시바, 탄포포, 아나에, 그리고 쿠츠키 선배와 히구치 선배다.

"아네모네, 그건 편의점 주먹밥인가요?"

"응. 진심 담긴 참치마요네즈. 맛있어."

그러고 보면 어제도 아네모네는 편의점 주먹밥을 점심으로 준비했지.

혹시 요리를 잘 못하는 걸까? 뭐, 그렇더라도 이상하지는….

"집의 부엌을 쓸 수가 없어서 도시락을 준비할 수 없었어요."

아하, 그런 건가. 집합 시간이 꽤 일렀으니까 가족들이 깰까 봐 요리를 안 했겠지. …그렇다면 사실은 요리를 잘한다든가?

언젠가 기회가 있으면 먹어 보고 싶기도 하네. …어디까지나 그냥 흥미다. 진짜로 그냥 흥미뿐이니까.

"으음…. 분명히 맛있을지도 모르지만, 그것만으로는 앞으로 기다리는 힘든 업무를 뛰어넘을 수 없어요! 그러니 선배로서 제 도시락을 나눠 주겠습니다! 우훗!"

그렇게 말하며 탄포포는 자기 도시락 통 뚜껑을 뒤집어서 아네모네에게 내밀더니, 그 위에 달걀말이와 햄버그를 턱 하니 올렸다.

"오! 탄포포, 착하네! 좋았어~! 그럼 나도 닭튀김을 선물하지!"

이어서 아나에가 자기 도시락에서 닭튀김을 제공했다.

"그럼 나는 이 미트볼을 주지!"

"아나에도 쿠츠키도 고기만 주면 영양이 편중되잖아. …자, 우엉 무침."

"나는 여동생이 만들어 준 닭고기 경단이다. 안에 차조기 잎을 많이 넣은 게 최고야."

이번에는 쿠츠키 선배와 히구치 선배, 그리고 시바가 각자 자기 반찬을 나눠 주었다.

그러면 자연스럽게 아직 주지 않은 내게 시선이 모이는데….

"자, 아네모네! 이것도 먹어!"

어머니가 만들어 주신 미니 튀김꼬치를 제공. 왠지 모르게 아네모네에게서 시선을 돌리고, 모두의 반찬이 얹힌 탄포포의 도시락 통 뚜껑을 보면서 건넸다.

"와. 아주 푸짐한 도시락이다. 다들, …고마워."

순식간에 모두와 친해진 아네모네.

처음에는 경계했던 히구치 선배도 성실하게 매니저 일을 하는 아네모네를 보고 인정했는지, 지금은 우호적으로 대해 주고, 다른 멤버는 말할 것도 없다.

"어때, 타이요? 맛있겠지, 아네모네의 풀코스? 모두의 다정함이 양념이야."

자랑스럽게 자기 도시락을 내게 보여 주는 아네모네.

칭찬해 달라는 어필을 할 때는 특히나 티 없는 웃음을 보이는 게 특징적이다.

"그래. 프랑스 요리의 풀코스에 필적하는 메뉴군."

"난 그거 먹어 본 적 없어서 몰라."

"실은 나도 그래."

"으음…. 거기선 '내가 데려가 줄게'라고 말해 주었으면 싶었습니다."

"좋아. 그럼 다음에 내가 데려가 줄 테니까, …연락처 좀 가르쳐 줘."

"내 연락처?"

응. 괜찮게 대화 흐름을 탔다. 잘했어.

아까는 예상 밖의 해프닝 때문에 못 물었지만, 이번에는 확실히 말했어.

"아, 나도 알고 싶어! 나한테도 가르쳐 줘, 아네모네!"

"저도 알고 싶습니다! 저한테도 가르쳐 주세요! 우후후후!"

너희들 비겁하잖아. 편승하는 식으로 묻지 마.

"어떻게 할까~ 으음…."

뭐야, 아네모네? 꽤나 떨떠름한 기색으로….

없는 용기를 긁어모아서 물은 거니까 가르쳐 줘.

"왜 그러나요, 아네모네? 혹시 전화가 없다든가?"

탄포포도 그런 아네모네의 모습을 의아하게 여긴 건지 고개를 갸웃거렸다.

"으음… 없는 건 아닌데요…."

그 말과 함께 아네모네가 가방에서 스마트폰을 꺼냈다.

성실한 느낌의 수첩형 케이스인 것이 아네모네의 이미지와는 잘 안 맞는군.

조금 더 장난기 가득한 케이스를 쓸 거라고 생각했어.

"얏호! 아네모네의 스마트폰 등장! 그럼 얼른 소인에게 연락처를 가르쳐 주십시오~!"

어이, 아나에. 내가 먼저 물었으니까 순서로는… 뭐, 딱히 순서는 관계없나.

"아나칭은 성급하긴. …다만 미안해. 실은 연락처를 가르쳐 줄 수 없습니다."

"뭐, 뭐라고?! 그건 대체 왜?"

"실은 지금 나는 스마트폰의 비밀번호를 잊어버려서…. 그러니까 내 전화번호도 몰라."

뭐? 그게 뭔 소리야? 자기 스마트폰이잖아?

"우훗! 아네모네는 건망증이네요! 그렇다면 어쩔 수 없지요! 하지만, 하지만 기억나면 가르쳐 주세요!"

"응, 물론이야…."

"약속이에요, 약속! 우후후후!"

탄포포는 지금 가르쳐 주지 않아도 언젠가 알 수 있을 아네모네의 연락처가 기대되는지 평소보다 훨씬 텐션이 높다.

하지만 지금 무리라면 곤란한데. 일단 긴급 상황을 위해서라도 연락처를….

"그럼 모두 자기 연락처를 여기에 적어 두면 돼."

그렇게 말하며 노트를 한 장 찢어서 우리들을 향해 내민 사람은 히구치 선배였다.

"아네모네의 연락처를 몰라도, 아네모네가 알고 있으면 무슨 일이 있을 때 연락할 수 있겠지? 전화는 스마트폰 말고도 집 전화라든가 공중전화가 있어. 그러니까 여기에 모두의 연락처를 적으면 문제없어."

"오옷! 역시나 쪼잔한 남자, 히구치 선배! 나이스 아이디어임다!"

"괜한 소리가 있다. 아나에. 자… 얼른 다들 적어."

어딘가 겸연쩍은 듯이 히구치 선배가 우리 한가운데에 종이를 두었다.

"OK임다! 그럼 얼른 나부터…."

"아! 아나에 선배, 너무해요! 제가 먼저 적고 싶었어요! 우훗!"

히구치 선배의 재촉에 우리는 각자 자기 연락처를 종이에 기입했다.

위에서부터 순서대로 히구치 선배, 아나에, 탄포포, 쿠츠키 선배, 나, 시바.

제일 위도 제일 밑도 중앙도 아닌, 어중간한 곳에 내 연락처가 적혀 있다.

하지만 이걸로 언제든지 아네모네에게서 연락을 받을 수 있다. …응, 조금은 안심이다.

"자, 아네모네. 이걸로 문제없겠지?"

히구치 선배가 내민 종이를 아네모네는 조금 조심스럽게 받았다.

"…고마워, 히구마* 씨."

"히구마라니…. 그건 나보다도 쿠츠키 쪽의 이미지에 가까운데…."

히구치니까 히구마인가. 히구치 선배는 그렇게 투박하지 않은데.

"쿠키 씨는 쿠키 씨입니다."

"하하핫! 그래, 히구치! 나는 쿠키야!"

응, 분명히 이쪽이 히구마란 느낌이다. 호쾌하고 크고.

"그러고 보니 쿠키 말이 나와서 말인데, 저번에 내 여동생이 만들어 준 쿠키가 최고로 맛있었지! 그건 그야말로 사랑의 결정! 꼭 이 이야기를 모두에게 하고 싶어!"

"오옷! 시바가 시작했다! 좋아! 네 여동생 토크를 실컷 들어 주마!"

※히구마 : 히구마는 일본어로 '큰곰'이란 뜻.

시바의 여동생 스위치가 켜졌다면 이거 길어지겠군.

어때, 아네모네? 이게 우리 니시키즈타 고등학교 야구부다. 좋은 팀이지?

☀

"오늘은 여기까지! 다들 수고했다!"

그라운드가 오렌지색으로 물들었을 무렵, 쿠츠키 선배에게서 오늘 연습의 끝을 알리는 호령이 울렸다. 코시엔이 눈앞으로 다가온 탓도 있는지, 최근 연습은 평소보다 한층 더 힘들고, 끝난 뒤의 모두는 진이 쭉 빠진 모습이다.

…아니, 오늘만큼은 다른 이유도 있지.

다들 새로 들어온 매니저… 아네모네에게 멋진 모습을 보여주고 싶었던 거겠지.

"그럼 뒷정리 시간입니다! 저는 도구 정리 정돈을 할 테니까, 아네모네는 그라운드 정비를 해 주세요! 이걸 써서 깨끗하게 만들죠~"

"알겠습니다, 탄포포 선배."

탄포포에게서 밀대를 받아서 그라운드를 정비하는 아네모네. 오늘 야구부 활동은 끝.

딱히 트러블이 일어나지도 않고 무사히 끝난 것에 일단 안심

158

했다.

"오! 썬이잖아! 연습, 수고했어! 오늘도 열심이네!"

"죠로잖아! 너 왜 이런 시간까지 학교에 있어?"

내가 안도하는 타이밍에 말을 걸어온 사람은 죠로였다.

여름 방학 때 학교에서 만나는 건 좀 드문 일이군.

"학생회 일을 좀 거드느라고. 더불어서 도서실에 들렀다가 이제 돌아가는 길이야."

"여어, 썬. 오늘도 연습으로 땀 흘리고 있네! 나도 응원하고 있어!"

"썬, 수고했어. 코시엔, 열심히 해 줘."

죠로에 이어서 나타난 사람은 학생회장과 도서위원.

이 두 사람 외에도 항상 죠로와 함께 있는 사람은 몇 명 더 있다.

그 이유는… 여기서 말할 필요는 없나. 나도 친하게 지내고 있고.

구태여 고민을 말하자면, 어째서인지 최근 이 애들이 나를 보는 눈빛이 날카로워진 것이다.

마치 라이벌을 보는 듯한 시선이야. …왜지?

"음, 고마워! 코시엔에서는 확실히 활약할 테니까, 기대해 줘!"

"그래. 시합 당일에는 관객석에서 죠로와 함께 응원하도록 할게."

"…어? 뭐야, 너 코시엔에 갈 거야?"

도서위원의 말이 예상 밖이었는지 죠로가 눈을 동그랗게 떴다.

"당연하잖아? 죠로가 응원하러 가는데, 내가 안 갈 수는 없어."

"무, 물론 나도 갈 거니까! 나도 같이 가니까, 죠로!"

"그러십니까….""

아… 왠지 이 이상 여기에 있으면 훼방꾼이 될 것 같군.

"하하하! 다들 고마워! 그럼 나는 뒷정리를 해야 하니까 이만 돌아가지!"

"그래, 연습 수고했어!"

"수고했어. 내일도 열심히 해!"

"잘 가, 썬. …어머? 저 아이는…."

아무리 친구라고 해도 너무 이야기가 길어지면 히구치 선배의 벼락이 떨어지니까.

자, 나도 뒷정리를 도우러….

"아, 그렇지! 썬, 잠깐 기다려 줄 수 있겠어? 실은 네게 부탁할 게 있어!"

돌아가려는데 학생회장이 내 뒤를 쫓아왔다.

"부탁? 어떤 겁니까?"

"이걸 쿠츠키에게 전해 줄 수 있을까? 만일을 위해 응원단의 코시엔 스케줄을 주장에게 알려 둘까 해서."

"네! 알겠습니다!"

"고마워! 그럼 다음에 봐!"

나에게 프린트물을 건넨 학생회장은 서둘러 죠로와 도서위원에게로 돌아갔다.

3학년이라 연상이지만, 그 가벼운 발걸음을 보고 있으면 쿠츠키 선배나 히구치 선배와 비교해서 다소 어리게 느껴진다. 뭐, 여자인 것도 있어서 그렇겠지. 좋아, 프린트물도 받았으니 이번에야말로 돌아가자.

그렇게 생각하며 몸을 돌리자,

"여기는 공주님이 청소 중이니까 지나가면 안 됩니다."

"……."

어느 틈에 밀대로 내 앞길을 가로막는 아네모네가 서 있었다.

"왜 그래?"

"아무것도 아닙니다."

"…그냥 친구야. 이걸 쿠츠키 선배에게 전해 달라는 부탁을 받았을 뿐이야."

"아무 이야기도 안 들었습니다."

"그럼 그 얼굴은 뭐야?"

아주 뚱한 얼굴이잖아. 조금 재미있네.

"두 가지의 안심과 질투심이 뒤섞인 결과, 이렇게 되었습니다."

그건 뭐야? 또 영문 모를 소리를 하고.

"즐거운 것 같으니 다행이었습니다만, 왕자님은 어떻게 해 줄까요?"

나도 아는 여자 정도는 있고, 죠로도 같이 있었잖아.

…라고 말하고 싶지만, 들어 줄 것 같지 않으니….

"도울게."

"음. 그걸로 타협할게. 니힛."

나도 밀대를 들고 아네모네의 옆에서 그라운드 정비를 거들기로 했다.

그렇게 해서 간신히 평소의 표정으로 돌아왔으니 안심이다.

장난스러운 미소. 오늘 고생한 매니저 업무의 피로가 느껴지지 않는 웃음이다.

그럼 이대로 말없이 정비만 하는 것도 재미없으니, 적당히 대화라도….

"매니저 업무 첫날의 감상은?"

"타이요가 전력 질주에서 아나칭을 이긴 모습이 멋졌어."

뭐야, 공 닦느라 안 보는 줄 알았더니 보고 있었나. …좋았어.

"하지만 쿠키 씨와 승부할 때랑 투구 연습 할 때는 더 멋졌어. 타이요, 아주 즐겁게 공을 던지니까. 보고 있기만 해도 두근거려. …아, 배트를 휘두를 때도 멋졌어. 응, 슈웅 하는 느낌이."

"그, 그거 영광이로군…."

기쁘긴 한데… 이렇게까지 열심히 칭찬해 주니 쑥스럽군. 무슨 일이든 적당한 게 최고다.

"…그리고 고마워."

"뭐가?"

"내 소망을 들어줘서. 분명 타이요는 나리츠키의 정령일 거야."

"무슨 소리야?"

"실은 처음 만난 날, 타이요의 연습이 끝나기를 기다리는 동안에 '저 사이에 저도 들어가고 싶습니다. 동료로 받아들여지고 싶습니다'라고 생각했어. 그랬더니 이루어진 거야. 그러니까 타이요는 나리츠키의 정령입니다."

"그냥 평범한 인류야."

"그거 아쉽네."

그 이야기라면 내 소원도 이루어졌다.

그날 원래 나는 나리츠키에 '포크볼을 던질 수 있게 되기를'이라고 빌려고 했다. 결국 그러지 못했지만, 그다음 날에는 던질 수 있게 되었거든?

"…그러니까 사례로 네 질문에 뭐든지 대답할게."

"그거 기쁜 제안이군. 마침 물어보고 싶은 게 몇 가지 있었으니까."

"니힛. 역시나."

뭐든지 다 꿰뚫어 보나. 아네모네는 정말로 정령이나 그런 거 아냐?

아무튼 허가도 나왔으니 조금 더 파고들어 볼까.

"왜 스마트폰의 비밀번호를 잊어버렸어?"

"…아네모네는 건망증입니다."

오렌지색으로 물든 하늘 아래, 아네모네가 꽤나 달관한 목소리로 말했다.

"건망증으로 끝날 정도로 가벼운 일이 아닌 것 같은데."

"그 관점은 사람마다 달라. 나한테 중요한 건 확실히 기억해."

"즉, 스마트폰의 비밀번호는 중요하지 않다?"

"그래. 오늘 먹은 도시락의 맛이 더 중요해. 아주 맛있었어."

티 없는 미소에 행복한 목소리. 거짓말은 아니다. 그건 알겠는데….

"현재를 전력을 다해 살 생각만 하는군."

"아네모네는 과거를 돌아보지 않는 타입이야."

"가끔은 좀 돌아봐. 뒤에서 열심히 따라오고 있으니까."

"내 과거는 토끼야. 너무 열심히 달려서 조금 휴식 중이야."

'토끼와 거북' 동화인가. 하지만 그 이야기는….

"그건 승리를 확신한 토끼가 잠드는 이야기잖아?"

"나는 그렇게 생각하지 않아. 토끼는 분명 이기기 위해 최선을 다했어. 하지만 노력의 방향이 잘못되었어. 그러니까 지쳐서 못 움직이게 된 거야. 그래도 마지막에는 확실히 골인 지점까지 갔어."

"즉, 언젠가 토끼는 또 달리기 시작한다는 소리야?"

내가 그렇게 묻자, 아네모네는 살짝 고개를 끄덕였다.

"응. 기운이 난 토끼는 대단해. 이번에는 틀림없이 열심히 할 테니까, 순식간에 거북이를 추월해서 계속해서 달려갈 거야."

"그 동화에서는 토끼가 거북이한테 지는데."

"그건 골인 장소가 가까워서 그랬어. 더 먼 장소에 있었으면 토끼가 분명히 이겼을 것 같지 않아?"

"그럴지도. …그런데 이야기가 옆길로 샌 것 같은데?"

스마트폰의 비밀번호 이야기가 왜 토끼와 거북이 이야기가 되었지.

그쪽이 질문하라고 해 놓고선.

"슬슬 타이요의 다음 질문으로 넘어갈까 싶어서."

과연. 그럼 스마트폰 이야기는 여기까지로 하고 다른 이야기를 들어 보실까.

"…그 사람이 날 만나러 왔어. 너랑 어울리지 말라고 하더라고."

"알아. 본인한테 들었습니다."

뭐, 그렇겠지. 그만한 일을 해 놓고서 아네모네 본인에게 아무 말도 없을 리가 없다.

"…타이요, 착각하지 말아 줘. 그 사람은 아주 착한 사람이니까. 조금 까불대긴 하지만, 아주 올곧고 성실하고 착한 사람이야. 그러니까…."

왜 그런 소리를 들은 네가 그 사람을 감싸는 거야.

"내가 말하는 도중이었을 텐데, 왜 아네모네가 말하고 있지?"

"아, 그, 그랬지. …미안해."

그만해. 그렇게 순순히 사과하지 마. 평소처럼 굴라고.

"그래서 타이요는 어쩌고 싶어?"

무슨 말을 하고 싶냐는 소리겠지.

그렇게 불안에 짓눌린 얼굴은 네게 어울리지 않아.

"그래. 일단은…."

그 사람과의 관계를 캐물을까? 왜 그런 짓을 했는지 확인해?

아니, 지금 내가 해야 할 일은….

"오늘 이다음에 이탈리아 요리라도 먹으러 안 갈래?"

이것 외에 있을 수 없다.

"…어?"

"프랑스 요리 풀코스는 힘들지만, 이탈리아 요리라면 지금 당장이라도 공주님에게 대접할 수 있는데, 어쩔래?"

침을 한차례 삼킨 뒤에 나는 그렇게 말했다.

정말로 거절당하지 않았으면 하는 상대에게 식사 제안을 꺼내는 것은 친구에게 하는 것보다 백배는 힘들다.

"……응, 먹고 싶어."

잠시 침묵을 사이에 두고 아네모네가 조용하게 말했다.

"그럼 그렇게 결정."

다행이다. 거절당하지 않았어…. 정말로 잘됐다…!

"좋았어. 왕자님과 공주님의 디너다."

"아니. 모처럼의 매니저 첫날이니 파티로 할까."

"파티?"

고개를 갸웃거리는 아네모네를 보며 나는 살짝 멋진 웃음을 지었다.

그리고 아직 그라운드에 남아 있는 다른 멤버들에게,

"어이, 다들! 오늘은 아네모네의 환영회도 겸해서 이탈리아 요리를 먹으러 안 갈래?"

잘 울리는 목소리로 그렇게 말했다.

"오오! 썬, 나이스 아이디어! 갈래, 갈래! 난 갈 거다!"

"아나에, 호들갑은 그만 떨어. 너무 많이 먹진 마라? 내일 연습이 힘들어질걸. 뭐, 나도 참가다."

"OK. …그럼 여동생에게 연락해야지."

"하하핫! 썬에게 선수를 빼앗겼나! 내가 말을 꺼낼까 했는데."

"우후후후! 물론 저도 참가하겠습니다!"

내 말에 아직 그라운드에 남아 있던 멤버들이 반응했다.

아네모네는 조금 의외였는지 눈을 깜빡거리며 나를 바라보았다.

"독점욕이 강한 타이요답지 않아."

"승인욕이 강한 아네모네의 의향에 맞춰 준 거야."

"역시 너는 왕자님이야. 멋진 파티가 될 것 같아."

지금은 아직 이 정도면 된다. 이 이상 물을 필요는 없다.

아네모네는 우리 야구부에 들어온 새로운 동료. 그거면 되잖아.

"참고로 추천 요리를 물어봐도 될까?"

신이 난 기색의 아네모네.

이제부터 먹을 이탈리아 요리를 상상하고 있는 게 틀림없는 표정이다.

"그래. 역시 그 가게라면…… 밀라노풍 도리아로군."

"…나도 아는 가게*였어."

당연하지. 남자 고등학생의 지갑 사정으로 괜찮은 가게를 골랐으니까.

그렇게 아쉬운 표정 짓지 마. 맛있다고, 밀라노풍 도리아.

코시엔 대회가 지척으로 다가온 이 시기에 새롭게 우리의 동료로 들어온 한 명의 소녀.

아직 첫날인데도 그녀가 야구부에 준 영향은 컸다.

평소 이상으로 힘이 들어간 연습. 정말 남자는 단순하다.

여자에게 멋진 모습을 보여 주고 싶다는 생각만으로 그렇게나 발휘하는 힘에 차이가 생기니까… 아니, 제일 단순한 건 나인

※일본의 이탈리안 레스토랑 '사이제리야'. 저렴한 가격으로 이용할 수 있는 것이 장점이다.

가….

하지만 어쩔 수 없잖아?

이런 식으로 기대에 가슴이 찢어질 것 같다니, 좀처럼 할 수 있는 경험이 아니니까.

아직 아네모네에 대해 모르는 것은 많다. 하지만 아는 것도 있다.

이 녀석은 우리 니시키즈타 고등학교 야구부의 매니저다.

그렇게 생각하는 것만으로도 자연스럽게 얼굴이 풀어지는 나 자신, 그걸 한심하게 여기면서도 기쁨 어린 복잡한 감정을 품었다.

나를 좋아하는 건
너 뿐이냐

또 한 명의 공주님

제 **4** 장

"안녕하세요, 쇼 선생님."

"으, 응! …좋은 아침이다, 아네모네!"

오전 6시. 교문에서 등을 쭉 펴고 들뜬 목소리로 대답하는 우탄.

그 표정은 누가 봐도 알 수 있을 만큼 풀어져 있었다.

"오늘도 쇼 선생님이 제일 먼저 왔네요. 매일 아침 수고하십니다."

"당연하지! 관계자 이외에 누가 드나들지 모르니까!"

"저는 관계자입니다."

"알고 있어. 그러니까 안 막는 거지. 우호호홋!"

어이, 우탄. 신이 난 건 알겠는데 그렇게 웃지는 마.

아침부터 복근에 다대한 대미지를 받으니까.

"우호호홋!"

"어이! 선생님을 놀리지 마라! 참나, 아네모네한테는 못 당하겠군!"

이 상황을 보면 알겠지만, 우탄은 아네모네를 마음에 들어 했다.

이유는 아네모네가 취한 어떤 행동이라고 거창하게 말해 봤지만, 딱히 대단한 걸 한 것도 아니다. 그냥 이야기를 했을 뿐이다.

우탄은 매일 아침 교문 앞에 서 있는데, 대부분의 학생은 인사만 하고 지나간다.

하지만 아네모네는 인사 다음에 반드시 우탄에게 어떤 화제를 던진다. 날씨 이야기든, 야구부 이야기든, 뉴스 이야기든, 정말로 대수롭지 않은 것뿐이지만, 우탄으로서는 그게 기뻤던 모양이다. 그 결과가 지금의 모습.

말하자면 우탄은 우리 야구부를 위해서라는 이유 외에도 학생들과의 대화가 고파서 매일 아침 교문 앞에 서 있었다는 뜻이기도 하다.

참나, 나잇살이나 먹은 어른이 뭘 하는 거야…. 하지만 그런 걸 깨닫고 보니 '선생님'이란 존재도 우리와 같은 인간이구나 싶어서 친근하게 느껴졌다.

어른은 멀면서도 의외로 가까운 존재로군.

"안녕하십니까, 쇼모토 선생님!"

"오오가인가! 오늘도 일찍 나왔군! 좋은 아침이다!"

"늦었잖아, 타이요."

"지금 쇼모토 선생님은 일찍이라고 하지 않았나?"

"나랑 비교하면 늦은 겁니다."

거참 까칠하군. 이래 보여도 평소보다 조금 일찍 출발했으니까 관대하게 봐줘.

"아네모네와 비교하면 오오가라도 승산이 없지! 매일 학생 중에서는… 으음, 아네모네는… 뭐, 됐어! 학생 중에서는 아네모네가 제일 먼저 오니까!"

"그렇습니다. 학생 중에서는 아네모네, 선생님 중에서는 쇼 선생님이 일등입니다. 브이."

"브… 어흠, 아니, 나는 됐고…. 아니, 하지만… 브, 브이."

그 말처럼 V 사인을 만들어 내게 보여 주는 아네모네. 그 옆에서 우탄이 자기도 할지 말지 고민하다가 조그맣게 V 마크를 만드는 게 웃기다.

"알았어. 그럼 가자."

"응, 그러자. 그럼 쇼 선생님, 열심히 하세요."

"맡겨다오! 아네모네도, 그러니까… 매니저 일 열심히 해라!"

"맡겨 주세요."

우탄과 아네모네의 다소 묘한 대화를 들으면서 나는 교문을 통과했다.

"니힛. 쇼 선생님하고 친해졌어."

"알아. 아마 우리 야구부에서 우탄이랑 제일 사이좋은 건 아네모네일 거야."

"Yay~ I am number one."

동아리방으로 가는 도중에 옆을 걷는 아네모네가 자랑스럽게 웃었다. 기분 좋은 모습은 우탄과 친해진 것만이 이유는 아니겠지. 또 하나는….

"있잖아, 새로운 드레스는 어때? 어울려?"

지금 아네모네의 옷차림과 크게 관계가 있다.

어필하는 옷은 지금까지 아네모네가 입었던 내 헐렁한 체육복이 아니다.

본인이 '새로운 드레스'라고 말하듯이 니시키즈타 고등학교의 유니폼이다.

탄포포가 "그런 헐렁한 체육복보다 이걸 입어요! 분명 어울릴 겁니다!"라면서 자기 예비 유니폼을 선물했다.

…다만 탄포포는 체격이 다소 작기에, 평균적인 체형인 아네모네에게는 조금 작다.

덕분에 이전에 내 체육복을 입었을 때와는 정반대로 딱 달라붙었다.

"그래. 그거라면 어디를 어떻게 봐도 우리 야구부 멤버로밖에 보이지 않아."

"와아. 이걸로 나도 정식으로 니시키츠타 고등학교 야구부의 매니저다."

"니시키**즈**타, 야."

또 우리 학교 이름을 틀리고. 언제가 돼야 제대로 기억할 건지….

"그런데 그렇다면 낡은 드레스는 원래 주인에게 반납해도 되지 않아?"

"흐흥. 그건 아직 내 거야."

"그렇게 헐렁헐렁한 체육복을 어디에 입고 가려고."

"당연하잖아."

꽤나 자신만만한 아네모네의 표정. 이거 한동안 돌아오지 않 겠군.

"추억 속이야. 니힛."

요즘 그녀와 지내면서 안 건데, 아네모네는 물건을 수집하는 버릇이 있다.

내 체육복을 시작으로, 시바가 캐치에 실패한 경식 야구공, 탄포포와 함께 가져온 미네랄워터의 빈 페트병, 아나에가 다 썼 다는 미끄럼 방지 스프레이. 쿠츠키 선배가 버리려던 배팅장갑, 히구치 선배에게 받은 볼펜 등등, 아무튼 뭐든지 모은다.

물건을 소중히 여기는 성격…인 것도 아니지. 어딜 봐도 필요 없는 물건도 섞여 있고.

대체 뭘 위해 모으는 거지…. 정말로 이 녀석은 미스터리가 많 다.

"하지만… 오늘로 끝인가. 왠지 순식간이었어…."

지금까지의 밝은 목소리와 달리, 아쉬움과 쓸쓸함이 담긴 아 네모네의 목소리.

그 말을 듣고 살짝 가슴이 아파 오지만, 이것만큼은 어쩔 수 없다.

"정확하게 말하자면 아니지만. 니시키즈타 고등학교에서 연습하는 건 오늘이 끝이야."

내일부터 우리 니시키즈타 고등학교 멤버는 오사카로 간다.

즉, 드디어 시작되는 것이다. 전국 고교야구 선수권 대회… 통칭 '코시엔'이.

뭐, 저쪽에 간다고 바로 시합이 시작되는 건 아니지만.

시합 전에 공개 연습이나 시합 일정을 정하는 추첨 등이 있다. 그걸 위해 우리 레귤러… 정확하게 말하자면 시합에 나갈 수 있는 벤치 멤버, 그리고 감독과 고문은 오사카로 출발한다.

그보다 조금 늦게 매니저나 다른 멤버도 차례로 오사카에 들어오는 수순이다.

타이밍이 다른 건 금전적인 사정.

먼저 가는 멤버의 비용은 일본 고등학교 야구 연맹… 통칭 '고야연'이 다소 지급해 주지만, 지급은 그걸로 끝. 그 이외의 멤버는 고야연에서 도와주지 않는다.

다만 올해 니시키즈타 고등학교는 처음으로 코시엔 출장을 이루었다. 그 덕분에 고맙게도 졸업생이나 보호자분들에게서 기부가 많이 들어왔기에, 조금 늦기는 해도 야구부에 소속된 이 중 한 명을 빼고 모든 멤버가 코시엔에 갈 수 있다. 뭐, 즉…

"끝까지 잘 부탁해, 타이요."

유일하게 제외되는 한 명이 바로 임시 매니저인 아네모네다.

"응, 잘 부탁해."

"더 쓸쓸한 표정을 해야 한다고 아네모네는 생각합니다."

내가 평소처럼 대답한 것이 마음에 안 들었을까, 내 교복을 꾹꾹 잡아당기면서 불만스러운 기색이었다. 조금 재미있다.

"이래 보여도 충분히 쓸쓸해하는 건데. 하지만 어쩔 수 없는 일은 딱 포기할 수 있는 타입이야."

"그렇구나. 어쩔 수 없는 일은 딱 포기하는 타입이구나."

반대로 말하자면 어쩔 수 있는 일이라면 절대로 포기하지 않지만. …참고로 하는 말인데, 이번 케이스는 어쩔 수 있는 패턴에 들어가니까 포기하지 않고 행동했다.

"저기, 아네모네."

"왜?"

"실은…. 아니, 아무것도 아냐."

이런, 이런. 혀가 미끄러질 뻔했다.

이건 오늘 야구부 활동이 끝날 때까지 비밀로 하기로 했지.

알면 분명 아네모네는 들뜰 것이다.

그러다가 묘한 실수로 이어지면 안 된다. 그러니까… 지금은 참는다.

"우우. 왕자님이 다정하지 않아."

"그렇지 않아. 공주님을 제일로 생각해."

아아, 얼른 가르쳐 주고 싶다. 그걸 알았을 때의 아네모네의 얼굴… 상상만 해도 재미있다.

"그럼 아네모네! 오늘도 함께 매니저 일을 열심히 하죠! 일단은 물론 스포츠드링크 준비입니다! 우후후!"

"알겠습니다~ 탄포포 선배."

"그렇습니다! 저는 선배입니다! 우훗!"

아침 연습이 시작되는 동시에 들려오는 탄포포의 밝은 목소리. 연습 중에는 야구부의 누구보다도 아네모네와 함께 있는 경우가 많기 때문일까, 탄포포는 정말로 아네모네를 좋아하게 된 모양이다.

"물 준비는 다 되었고, 이제 만들기만 하면 됩니다! 아, 분말은…."

"너무 많이 넣으면 안 되죠. 잘 기억하고 있습니다."

"우훗! 아네모네도 훌륭한 니시키즈타 고등학교 야구부의 매니저로군요!"

그래. 나도 그렇게 생각해. 정말로 훌륭한 니시키즈타 고등학교 야구부의 매니저야.

"…좋아, 완성. 확인 부탁드립니다~"

"알겠습니다! 그럼… 음, 음… 푸하앗! 완벽하고 맛있습니다! 아네모네도 마셔 봐요!"

"와자. 그럼 한 잔 마실까. …응, 맛있어."

처음에는 어설프던 작업도 지금은 완전히 익숙해졌다.

아네모네는 그 성격을 보면 작업이 대충이겠다 싶지만, 사실은 정반대라서 한 번 가르치면 금방 익혀서 정확하기 그지없이 해내는, 예상 이상으로 우수한 녀석이었다.

"…아, 그렇지! 아네모네, 지금은 바쁘지만, 코시엔이 끝나고 시간이 생기면 저랑 같이 어디 놀러 가요! 전 아네모네랑 놀러 가고 싶어요!"

"어어, 나도 가고 싶기야 가고 싶은데… 저기, 사실은…."

"와아! 그럼 결정 사항이란 거네요! 우후후후! 기대됩니다!"

"아하하하…. 탄포포 선배한테는 못 당하겠네."

너희들, 스포츠드링크 만든 뒤에 마시는 건 좋은데 그러면서 잡담만 하다간,

"말하지 말라고는 안 하겠는데, 잡담이 좀 많지 않나, 매니저 제군?"

"효옷?! 히, 히구치 선배…."

"아차. 이거 안 되겠네."

그런 걸 절대로 넘어가지 않는 사람이 우리 야구부에 있다는 것을 잊지 마.

"탄포포, 아네모네. 지금부터 우리는 수비 연습을 할 건데, 공을 주울 멤버가 다 모이지 않으면 할 수가 없어. …그럼 너희가

해야 할 일은?"

"시, 실례했습니다! 바로 시작하겠습니다! 어서 가죠, 아네모네!"

"라, 라저, 탄포포 선배."

"하아…. 잠깐만 눈을 떼면 이러니…."

히구치 선배에게 주의를 받고 다급히 공을 주울 위치로 달려가는 매니저들.

하지만 개인적으로 내가 한마디 하고 싶은 것은, 설교라는 형태이긴 해도 여자와 대화해서 기분 좋게 콧노래를 부르기 시작한 듯한 히구치 선배였다.

행동 자체는 옳으니까 뭐라고 할 수 없어서 문제다.

"……하압!"

"……좋아! 나이스 피치!"

모두가 수비 연습을 하는 가운데, 나는 시바와 투구 연습.

수비 연습도 중요하지만, 포크의 완성도가 더 우선이기 때문에 조금 특별 대우다.

"시바도 익숙해졌군! 든든할 따름이야!"

"그렇지. **오홋** 했다간 안 되니까!"

"하하핫! 오히려 그랬다간 내가 큰일인데!"

내 포크볼은 그날 이후로 물을 만난 물고기처럼 단숨에 늘었다.

포크만 느는 것이 아니다. …직구도 그렇다.

아무래도 나는 포수가 공을 뒤로 흘릴까 겁내서 무의식중에 힘을 억제했던 모양이라서, 그런 두려움이 사라진 뒤로는 자연스럽게 구속, 구위 모두 늘었다.

그렇게 눈에 띄는 내 성장도 있어서, 다른 멤버들의 코시엔을 향한 의욕도 급상승.

지금의 우리라면 확실히 코시엔에서도 통한다. 어쩌면 우승도….

"쿠키 씨, 공 가져왔습니다."

"응! 고마워, 아네모네!"

조금 떨어진 곳에서 들려오는 아네모네와 쿠츠키 선배의 호쾌한 목소리.

탄포포와 나란히 있으면 조금 커 보이는 아네모네도, 쿠츠키 선배와 나란히 있으면 이번에는 오히려 작아 보인다. 비교 대상이 달라지기만 해도 인상은 꽤나 변하는군.

나와 같이 있을 때의 아네모네는 모두에게 어떻게 보일까? …뭐, 됐어.

"좋아! 그럼 계속해서…. 음, 그래! 아네모네, 해 보겠어?"

쿠츠키 선배가 자기가 든 배트를 아네모네에게 내밀었다.

아니, 그래선 연습이 안 되는데….

"어? 내가?"

"공 줍기만 하면 질리겠다 싶어서! 두세 번 쳐 봐도 좋아!"

"하지만 지금은 중요한 시기고, 귀중한 연습 시간을…."

"그래서 그런 거야! 오늘까지 아네모네의 어드바이스 덕분에 우리는 충분히 레벨이 올랐으니까! 어쩌면 노크로 새로운 발견이 있을지도 모르잖아?"

쿠츠키 선배의 말이 꼭 틀리기만 한 건 아니다.

연습 도중에 때때로 아네모네가 하는 어드바이스. 감각적인 것뿐인데, 어째서인지 그게 잘 맞았다. 덕분에 내 투구만이 아니라 시바와 아나에는 배팅, 히구치 선배와 쿠츠키 선배는 수비 쪽으로 지금까지 막혀 있던 벽을 돌파하고 다음 스텝으로 전진했다.

결과적으로 팀 전체의 실력이 늘었다.

뭐… 유일하게 복잡한 기분을 말하자면, 그 레벨업의 결과로 시바가 4번 타자로 승격하고 내가 3번 타자로 떨어졌다는 건데…. 기쁘지만 분하다. 제길.

"그럼 조금만…."

"응! 사양 말고 해! 그렇지, 목표는 유격수인 히구치다! 녀석은 우리 팀에서 제일 수비력이 좋으니까! 반드시 잡아 줄 거야!"

"참나, 쿠츠키는 괜한 소리를…. 쳐 봐!"

불평하면서도 히구치 선배도 쿠츠키 선배의 제안을 받아들이겠다는 듯이 아네모네에게 수비 자세를 보였다. 뭐, 조금 정도는 놀아도 되겠지.

"좋았어~ 아네모네, 열심히 하겠습니다."

쿠츠키 선배에게 받은 배트를 오른손에 들고 공을 왼손에.

그리고 공을 휙 위로 던지고,

"흥가바죠. ……어라?"

여전히 묘한 기합 소리와 함께 성대하게 헛쳤다.

의외로 어렵거든. 자기가 던진 공에 배트를 맞히는 건.

"하하핫! 나이스 페인트다!"

호쾌하게 웃는 쿠츠키 선배. 준비하던 히구치 선배도 글러브로 입가를 가리고 웃었다.

"음. 다음에야말로… 흥가바죠."

두 번째 도전은 멋지게 성공.

아네모네가 휘두른 배트는 멋지게 공을 맞춰서 앞으로 굴러갔다.

"…좋았어! 괜찮게 치잖아."

"와자."

히구치 선배의 감탄사에 기쁜 듯이 미소 짓는 아네모네. 사실은 유격수 수비 범위가 아닌 이상한 곳으로 굴러갔지만, 처음이니까 그것도 생각했겠지.

단숨에 뛰어간 히구치 선배는 화려하게 그 공을 잡아서 1루로 송구.

"그럼 조금만 있으면 점심 휴식인데, 그때까지 계속해서 공 줍기 부탁해!"

"알겠습니다."

"아네모네~ 이쪽이에요, 이쪽! 얼른 저랑 같이 공을 주워요! 우훗!"

으음. 나쁘다고는 않겠지만, 다들 아네모네에게 너무 신경 쓰는 것 아닌가?

조금 더 자기 연습에 집중하는 게 좋을 것 같은데.

"썬, 얼른 던져. 내가 한가하잖아?"

"아, 미안, 시바! 괜찮아, 금방 던질 테니까!"

"참나, 공주님에게 집중하는 것도 적당히 해."

"…음! 따, 딱히 그런 건 아닌데!"

시바 녀석, 날카롭게 지적한단 말이지. 다만… 내 자업자득이다. 응, 조심하자.

그 뒤로 나는 금속 배트에 공이 맞는 경쾌한 소리를 들으면서 투구 연습을 계속했다.

☀

오전 연습을 마치고 점심 휴식 시간.

최근에는 나, 아네모네, 시바, 쿠츠키 선배, 히구치 선배, 아나에, 탄포포가 함께 밥을 먹는 게 일과가 되어서, 오늘도 동아리방에서 그 멤버와 함께 점심을 먹고 있다.

이다음의 오후 연습이 끝나면 오늘 야구부 활동은 끝. 그러면 아네모네에게….

"저기, 아네모네! 우리가 말이지, 다 같이 돈을 모아서 아네모네 몫의 교통비와 숙박비를 마련할 거니까 같이 코시엔에 가자!"

"…어?"

어이, 아나에. 너는 왜 태연하게 커밍아웃하는 거야?

그건 내가 오늘 야구부가 끝나고 할 말이었는데….

"내가… 코시엔에…?"

"그래! 벤치에는 못 들어가지만, 같이 가는 거라면 할 수 있어!"

"우후후훗! 소중한 동료를 놔두고 갈 수는 없으니까요! 물론 아네모네도 같이 가야죠! 시간에 여유가 있으면 저쪽에서 같이 관광 같은 것도 해요!"

신이 난 아나에와 탄포포의 말에 눈을 동그랗게 뜨는 아네모네.

그대로 곤혹스러운 표정으로 내 쪽을 돌아보았다.

"타이요, 어떻게 된 거야?"

하아…. 이러면 얼버무릴 수도 없겠군.

"어떻게고 뭐고 없어. 지금 아나에가 말한 그대로야. 내일부터 가는 코시엔… 우리 레귤러 멤버들은 먼저 가는데, 그보다 조금 늦게 매니저랑 다른 멤버도 오게 되어 있어. 거기에 너도 낄 뿐이야. 뭐, 저기… 아네모네도….”

"나도?”

…긴장되네. 해… 말하는 거야.

"아, 아네모네도, 우리의 소중한 동료니까.”

간신히 말했다…. 오늘의 모든 용기를 다 써 버린 기분이다.

"…이건 조금 예상 밖의 전개였습니다. 저기… 고마워.”

눈을 동그랗게 뜬 아네모네가 솔직하게 놀라움을 표현한 뒤에 어딘가 난처한 기색으로 말했다.

아네모네라면 더 좋아할 줄 알았는데, 의외로 차분한 모습이다.

"하하핫! 썬의 말이 맞아! 요즘 며칠 동안 아네모네는 매니저로서 많이 도와줬으니까! 그 사례라고 생각해 주면 좋겠어!”

"그런 거야. 사양 안 해도 되니까 같이 가자, 아네모네.”

"그래. …아, 코시엔에는 내 여동생도 응원 오니까 소개해 줄게. 귀여워서 깜짝 놀랄걸.”

내 말에 쿠츠키 선배, 히구치 선배, 시바가 거들었다.

제일 중요한 말을 빼앗겨서 분한 반면, 분명히 말할 수 있어서 다행이라고 생각하는 달성감이 있었다.

"그럼, 어어… 가족에게 확인해 볼게.”

"네~ 알겠습니다! 우후후훗! 이걸로 코시엔에서도 아네모네랑 같이 다니겠네요!"

"와, 껴안는구나."

감정에 따라 아네모네를 꼭 껴안는 탄포포.

참나…. 어느 쪽이 선배인지 잘 모르겠잖아.

"이얏호! 이걸로 야구부 전원이 코시엔에 가기로 결정됐고, 이제 우승만 하면 완벽해! 아네모네, 기대해 줘! 우리가 우승하는 모습을 똑똑히 보여 줄 테니까!"

아나에. 흥분하는 건 알겠는데, 아무리 그래도 그건 좀 과하지 않아?

나도 얼마 전에 비슷한 생각이라면 했지만, 말로는 하지 않았어.

"나도 아나에의 말에 찬성. 지금 우리라면 어디랑 붙어도 질 것 같지 않아."

아니, 시바도…. 그렇다면 아마도,

"뭐, 오늘은 아나에의 의견을 존중할까. 어차피 목표는 그것밖에 없었고."

"그래! 역시 코시엔 우승은 야구 소년이라면 한 번은 동경하는 경지야! 거기에 손이 닿을 가능성이 있는 이상, 손을 뻗지 않을 수 없지!"

예상대로 히구치 선배와 쿠츠키 선배도 편승하고.

우리 야구부는 아네모네가 엮이면 일치단결하는 경향이 있군.

"좋았어~! 그럼 우리와 아네모네의 약속이다! 니시키즈타 고등학교 야구부는 아네모네에게 코시엔에서 우승하는 모습을 보여 주겠습니다! 다들, 알겠지?!"

"아아, 물론."

"당연하지."

"응! 분명히!"

"우후후! 저도 약속하겠습니다!"

참나…. 다들 사실은 불안하면서 그걸 전혀 태도로 보이지 않을 뿐만 아니라 고집스럽게 아네모네와 약속을 하다니…. 하지만 그게 우리답지.

짜증내는 건 어울리지 않는다. 싸우기 전부터 질 생각을 하다니 바보 같은 짓이지.

그리고 그런 상황에서 나는 아직 동의하지 않았는데….

"어라? 왕자님은 자신이 없어?"

어차피 네가 솔선해서 그럴 줄 알았다. 그렇게 나오셨다 이거지.

"그럴 리 없잖아? 코시엔 우승 정도야 여유야."

"와아. …그럼 기대할게. …모두가 넘버원이 되는 걸."

아네모네의 말에 우리는 나란히 고개를 끄덕였다.

이 멤버로 코시엔에서 우승할 수 있으면 최고다. 그럼 한번 도전해야겠지.

"그럼 아네모네와 우리의 약속도 끝났으니 또 하나 보고다! 오늘 연습은 15시에 끝낸다! 시합이 내일부터는 아니지만, 코시엔에 가는 거니까! 지금까지 노력했던 만큼 오늘은 더 많이 쉰다! 각자 일찍 끝났다고 너무 풀어지지 않도록!"

"네~! 물론 알고 있습니다, 쿠츠키 선배!"

목소리만 듣자면 전혀 모른다는 느낌인데, 아나에.

"저기, 아네모네! 오늘 근처에서 축제 하는 거 알아? 괜찮다면 나랑… 꾸에에!"

아나에가 끝까지 말하기 전에 히구치 선배가 뒤에서 유니폼 목덜미를 졸라 댔다.

예상 밖의 압박감에 아나에가 꽤나 웃긴 소리를 냈다.

"쿨럭쿨럭! 갑자기 무슨 짓입니까, 히구치 선배!"

"분위기를 못 읽는 아나에는 나랑 같이 마지막 짐 확인이다."

"예에에엣?! 아니, 나는 어제 다 준비를…."

"그렇게 말하면서 중학교 때 매번 빼먹었지?"

"윽! 그건…."

"자, 결정. 그리고 조금 더 눈치를 기르라고. 아네모네에게는 **누구 씨**와의 예정이 있을지도 모르잖아? 코시엔에 가기 전의 마지막 날이니까."

"눈치? 누구 씨? …아, 그런 건가! OK임다! 저는 짐의 최종 확인을 하겠습니다! 미안, 아네모네! 나는 못 가니까, **다른 녀석**

이랑 다녀와!"

아나에와 히구치 선배가 나와 아네모네를 교대로 보더니 히죽 웃었다. 어이, 이건….

"그런가~ 오늘 야구부는 일찍 끝나나~ 조금 시간이 생겼나~ 축제가 있나~ …알고 있었어, 타이요?"

"아, 알고는 있었는데…."

"그럼 문제입니다. 공주님을 축제로 데려가는 건 누구의 역할 일까요?"

가고 싶으면 솔직히 그렇게 말해. 내 용기는 아까 다 썼다고.

"저기, 쿠츠키 선배, 괜찮으면 같이 축제라도…."

"썬! 나는 이다음에 감독님과 마지막 회의를 해야 해서 시간이 없다!"

큭! 역시나 주장! 우리를 잘 생각해 주는군.

축제에 갈 거면 하다못해 한 명 더 있는 게 좋을 것 같은데… 아니, 아직 포기하지 마!

"그, 그렇습니까. …아! 그러면 시바는…."

"나는 여동생이랑 같이 축제에 가기로 약속했으니까, 이다음 에는 시간 없어."

어이, 시바. 그 히죽대는 얼굴은 뭐냐.

너도 축제에 갈 거면 그냥 같이 가도 되잖아.

"타, 탄포포! 너는 한가하지?! 아니, 아까 아네모네랑 놀러 가고 싶다고….”

"우훗! 오늘의 저는 예정이 있습니다! 토쿠쇼 선배가 코시엔에 가기 전에 축제에 가자고 그러기에, 어쩔 수 없으니까 같이 가기로 했습니다!"

그거면 방해할 수 없지…. 그런 짓을 했다간 얼마 전의 나와 죠로의 고생이 물거품이 된다. …이런. 큰일인데. 어느 틈에 노아웃 만루의 위기에 빠졌다.

게다가 상대는 본래 아군인 멤버들이니까 웃기는 소리다.

"어어~… 아네모네….”

일단 분위기를 보기 위해 공을 빼자. 갑자기 직구로 한가운데 승부는 아니다.

상대 타자가 배트를 휘둘러 주면 좋겠는데,

"뭐지, 타이요?"

""""뭐지, 타이요?"""" "뭐지, 타이요? 우후훗!"

선구안은 확실하군. 덤으로 다른 멤버들이 서포트까지 하나.

이 녀석들, 완전히 재미있어 하고 있어….

"오, 오늘의 이다음 예정은?"

"아까, 조금 시간이 생겼다고 말했잖아.”

"""""말했잖아!""""""

초등학생 때 불렀던 '개구리의 노래'가 떠오른다. 완전히 돌림노래다.

"으아아아! 알았어! 아네모네, 야구부 연습이 끝나면 나랑 축제에 가자!"

"니힛. 그렇게 타이요가 가고 싶다면 어쩔 수 없네. 특별히 같이 가 줄게."

가고 싶은 건 너잖아. 하지만… 응. 뭐, 나도 가고 싶었지만….

으으, 얼굴이 뜨겁다. 아마도 내 얼굴은 새빨갛겠지.

"좋아! 점심 휴식도 무사히 끝났으니, 슬슬 오후 연습을 시작할까! 썬! 다소 코스를 벗어나긴 했지만, 좋은 직구였다! 하하핫!"

"OK임다, 쿠츠키 선배! 으음, 썬에게 선수를 빼앗겼나! 부럽네~!"

"아나에, 불평하지 마. 우리도 조만간 기회가 올 거야."

"나는 여동생하고 여름 축제에 갈 거니까, 어쩌면 딱 마주칠지도 모르겠군, 썬."

"우후후훗! 그럼 아네모네! 오후부터는 아까 노크로 더러워진 공을 깨끗하게 닦아야죠! 열심히 해요!"

"알겠습니다. …아, 타이요."

뭐지, 아네모네 녀석. 갑자기 이쪽으로 다가오고. 이번에야말로 내 용기는 진짜로 다 바닥났으니까, 이 이상 무슨 리퀘스트에 답하는 건….

"고마워. 기뻤어."

"…윽! 따, 딱히 대단한 건 아냐!"

갑자기 귓가에 대고 그런 소리 하지 마. 어떻게 반응해야 할지 모르겠잖아.

☀

서둘러 집으로 돌아간 내가 제일 먼저 한 것은 목욕.

야구부 활동으로 더러워진 몸을 열심히 씻었다. 그다음에는 드라이어로 머리를 말렸다.

좋아. 머리는 말랐고, 다음은 헤어젤로… 그만둘까.

또 이상한 모습이 되면 아네모네가 웃는다. 그럴 거면 차라리 이대로 가는 게 낫지.

자, 어떤 티셔츠를 입고 갈까? 심플하게 흰색? 내 이미지에 맞는 빨강? 오렌지도 괜찮을지도. …좋아, 정했다.

아네모네가 상대라면 묘하게 의식한 모습보다도 평소처럼 자연스러운 모습이 나을 것 같으니, 심플하게 하얀 티셔츠에 청바지로 가자.

그런고로 내가 고른 것은 아버지가 직장 관계자에게 받아 왔다며 주신, 알파벳이 프린트된 하얀 티셔츠. 받은 것이고, 그리 비싼 것도 아냐.

이거라면 축제에서 더러워지더라도 신경 쓰지 않아도 된다.

영어를 잘 모르니까 거기 적힌 단어의 의미는 모른다. 'LOUIS

194

V'라고 적혀 있는데, 무슨 의미지? 뭐, 됐어.

그런 로우이스 브이 티셔츠와 파란 청바지를 입고 준비 완료.

나는 바지 뒷주머니에 용돈을 전부 담은 지갑을 넣고 역으로 향했다.

오후 5시 30분. 약속 장소인 역에 도착하자, 유카타를 입은 사람들이 드문드문 보였다. 유카타를 입을 기회는 축제가 아니면 좀처럼 없기 때문인지, 다들 어딘가 들뜬 모습이다. 축제는 그 자체를 즐기는 것도 물론이지만, 유카타를 입는 즐거움도 있군. …이런 싸구려 티셔츠가 아니라 나도 그러는 게 좋았을까?

하지만 애초에 집에 유카타가 있는지도 모르겠고, 결국 그럴 수 없었지만.

자, 그러면 아네모네는….

"짠짜잔. 아네모네, 도~착~"

뒤에서 들려오는 목소리. 누군지 확인할 것도 없이 본인이 이름을 댔다.

누가 먼저 왔는지는 모르겠지만, 아무튼 만나기로 한 사람이 온 모양이다.

"야호, 타이요."

"여어, 아네모네."

뒤를 돌아보자 거기 서 있던 사람은 우리의 임시 매니저인 아네모네.

옷차림은 처음 만났을 때와 마찬가지로 하얀 티셔츠에 살로페트 스커트였다.

뭐야, 유카타가 아닌가….

"뭐야, 유카타가 아닌가."

"그건 내가 할 말 아닌가?"

"아쉽지만 유카타는 가지고 있지 않습니다. 하지만 이것도 귀엽지?"

아네모네가 웃으면서 어깨 부분을 두 손 엄지로 잡아당기며 어필했다.

그 모습을 보고 있으니, 처음 만났을 때의 일이 떠오르는군.

그 뒤로 얼마 시간이 지나지 않았을 텐데, 꽤나 긴 시간이 지난 것처럼 느껴지는 것은 그만큼 이 녀석이 나타난 뒤의 시간이 쉴 틈 없이 즐거웠기 때문이겠지.

"어라? 타이요의 티셔츠는… 우와아…."

그때 아네모네는 뭔가가 눈길을 끌기라도 한 건지 흥미진진한 눈치로 내가 입은 티셔츠를 응시했다. …뭐지? 그냥 보통 티셔츠잖아?

"오늘의 왕자님은 아주 멋진 턱시도네."

"그렇지? 오늘을 위해 준비한 최고급 단벌옷이니까."

그렇지. 일단은 저번 헤어젤 때처럼 추태를 보이지 않고 넘겼고, 이번의 심플한 자연체 작전은 대성공이다.

"응. 비통비통이라니, 부르주아 패션이네."

…대성공, 인가? **비통비통**이라는 묘한 효과음으로는 칭찬을 들은 것 같지 않은데.

"얼른 축제에 갈까. 아네모네는 하고 싶은 거나 먹고 싶은 것 있어?"

"전부 다. 후회가 남지 않게 뭐든지 하고 뭐든지 먹고 싶어."

"다 먹을 수는 없잖아."

"괜찮아. 추억에 넣을 거니까."

"아네모네의 추억은 꽤나 용량이 크군."

"물론이야. 듬뿍 들어갈 수 있어."

잘난 듯이 가슴을 펴도 한계는 있겠지만.

"아, 그렇지."

왜 그래, 아네모네? 뭔가 떠오른 표정을 하고?

"문제입니다. 공주님을 축제에 에스코트할 때, 왕자님이 해야 할 일은 무엇일까요?"

그렇게 말하며 나를 향해 자기 손을 내밀었다. 즉….

"이상한 놈이 헌팅하러 오지 않도록 잘 지키는 거로군."

"그거 말고도 있어. …힌트는 인파에 휩쓸리지 않도록 하는 것입니다. 얼른."

손을 쭉 뻗는단 말이지. 그럴 거면 그냥 자기가 잡으면 어때?

"서로 표식이 될 만한 것을 준비할까."

"더 간단한 방법이 있잖아. 얼른! 얼른!"

내 대답이 마음에 안 드는지, 재미있을 정도로 볼을 불룩거리는 아네모네.

그 표정이 웃겨서 무심코 놀리고 싶어졌다.

"나는 누구 씨한테 축제에 가자고 말하느라 용기를 거의 다 써서 지쳤는데."

"괜찮아, 용기가 없으면 사랑으로 메워."

"그건 왕자님보다도 공주님의 일 아닌가?"

"와, 와와와."

나는 아네모네 앞으로 스윽 내 손을 내밀었다. 순간 얼굴을 빨갛게 물들이는 아네모네.

여전히 자기가 그런 소리를 듣는 것에는 약한 모양이군.

"…부끄러워."

"알아. 나도 말했더니 엄청 창피했어."

"그럼 똑같네."

"그래. 똑같아."

"……"

말과 행동, 무엇이 먼저였는지는 모른다.

다만 어느 틈에 나와 아네모네는 서로의 손을 붙잡고 있었다.

"니힛. 이러면 떨어지지 않아."

너무 기쁜 듯이 웃지 말아 줘. …이 정도 힘이면 되려나?

이런 식으로 여자랑 손을 잡는 건 처음이니까 잘 모르겠다.

아무튼 슬슬 진짜로 축제에 가 볼까.

아네모네는 이것저것 해 보고 싶은 모양이고, 시간은 아무리 많아도 부족하니까.

☀

축제 장소로 가자, 거기는 이미 대성황. 많은 노점이 줄을 잇고, 주인이 저마다 호객을 하고 있었다. 노점이 늘어서서 만들어진 길에는 가족들, 유카타를 입은 여자들의 집단이나 커플로 북적거렸다. 남자끼리 온 녀석은… 사복이 눈에 띄는군. 마치 남자 중 유카타를 입을 자격이 있는 것은 여자랑 같이 오는 사람에 한한다는 조건이 있다고 암암리에 말하는 듯하다. …나는 사복이지만.

"배고파. 엄청 고파~"

옆에서는 클레임. 나도 배는 꽤 고프다.

"그럼 일단 뭐 먹을까?"

"솜사탕."

"…다른 건?"

"사과 사탕."

"나는 당분보다도 탄수화물을 섭취하고 싶어."

"역시나 스포츠맨. 그럼 중간으로 타협해서 일단은 타코야키로 하자."

어떻게 중간이 타코야키가 되는 걸까. 뭐, 상관없지만.

목표가 정해졌기에 주위를 탐색했더니 타코야키 가게를 쉽게 발견.

"여기요. 타코야키 하나 주세요."

"네! 500엔입니다! …감사합니다!"

노점 아저씨에게 돈을 내고 대신 팩에 든 8개짜리 타코야키를 획득.

여자와 손을 잡고 노점에서 물건을 사는 것은 꽤나 창피한 일이라는 걸 배웠다.

"좋아. 어디에 앉아서 먹자."

"OK~ 하지만 어떻게 먹어? 나는 한 손을 못 쓰는 상황인데."

"나도 그래. …일단 놓자."

"괜찮아? 다시 잡는 건 힘들지도?"

일리가 있군. 하지만 이대로 계속 손을 잡고 있으면 한쪽이 타코야키를 들고 다른 쪽이 먹여 준다는 이벤트가 발발할 가능성이 있다. 어느 쪽이 큰일이냐면… 비교할 것도 없다.

"…용기가 회복되었으니까 어떻게든 돼."

그렇게 말하고 나는 아네모네와 맞잡았던 손을 놓았다.

"패기 없긴. 니힛."

…다 꿰뚫어 보았나.

그 뒤에 노점에서 조금 떨어진 적당한 장소를 찾았기에, 거기에 둘이서 앉았다.

응. 사복이라서 다행이었을지도. 유카타면 더러워질까 봐 앉는 장소를 발견하기도 힘들겠지만, 다행스럽게도 두 사람 다 더러워져도 문제없는 옷차림이다.

"아앙~"

"…응. 맛있어."

옆에서 입을 벌리는 녀석을 무시하고 나는 이쑤시개로 타코야키를 찍어서 내 입에 넣었다.

"용기는 회복되었다고 했잖아."

바보처럼 입을 쩌억 벌린 아네모네에게서 불만이 날아들었다.

"나중에 쓰기 위해서 온존해 두는 거야."

"아쉽네. 그럼 아네모네도 하나 먹어야지. …호오호오. 맛있네."

타코야키를 단숨에 입에 넣은 뒤에 뜨거워서 그런지 숨을 내쉬는 아네모네. 묘하게 에로틱.

가만히 보고 있자니 이상한 기분이 드는군.

여기서는 눈을 좀 돌리고… 아니, 저건… 이런!

"좋아! 다음은 고리 던지기야! 내가 일등!"

"후후훗! 그렇게 간단히 이길 수 있을까요? 저도 고리 던지기는 잘하거든요~!"

"와아! 이게 고리 던지기구나~! 대단하네~!"

"…절대로 질 수는 없어."

딱 정면에 있는 고리 던지기 가게에 나타난 4인방의 모습을 확인한 순간, 나는 다급히 고개를 숙였다. 저 애들은 나와 같은 니시키즈타 고등학교 학생이다.

게다가 하필이면 자주 엮이는 멤버들뿐. 저 애들도 왔나….

"어라? 왜 그래, 타이요? 갑자기 몸을 잔뜩 웅크리고?"

"신경 쓰지 마. …그리고 되도록 내 이름은 부르지 말아 줘."

들키지 마라… 들키지 말아 줘….

"오호, 숨바꼭질인가. 그럼 아네모네도 참가해야지."

너는 딱히 몸을 웅크리지 않아도 되는데. 게다가 얼굴이 가까워.

"재미있네, 타이요."

"나는 하나도 재미있지 않아."

평소에 맡았던 것과 다소 다른, 달콤한 소스 냄새. 그것이 아네모네의 숨결과 함께 흘러와서, 나는 이런 현장을 들키고 싶지 않아서 두근거리는 건지, 아니면 다른 이유인 건지 알 수 없어졌다.

"우우~! 졌어~! 분해!"

"설마 제가 지다니… 믿을 수 없습니다…."

"아우! 하나도… 못 넣었어."

"휴우. 위험했어. …하지만 내 승리야. 그럼 다음에는 모의 사격으로 갈까."

…5분 뒤. 거기 나타난 소녀들은 고리 던지기 승부를 마치고 그 자리를 떠났다. 다행이다. 고리 던지기에 열중해서 날 알아차리지 못했던 거지?

아니, 왜 축제 노점에서 승부를 하는 거지? 뭐, 신경 쓸 일은 아닌가.

"지금 애들, 전에 연습 보러 온 사람도 있었어."

"그래. 자주 같이 있는 멤버들이니까."

"흐응. …그렇구나."

뭐지, 그 눈은? 묘하게 차가운 시선을 보내지 마.

"마, 말해 두는데, 딱히 이상한 관계는 아니니까. 이상한 착각하지 마?"

"착각은 안 하지만, 타이요가 허둥대는 이유를 알고 싶다는 마음일까. 니힛."

"그거냐…."

또 함정에 걸렸군….

"…응. 조금 걱정이지만, 믿을 수밖에 없네."

그런 내 모습에 만족했기 때문인지, 아네모네는 평소와 다르게 부드러운 미소를 보였다.

왜 사람을 함정에 빠뜨리고서 그런 얼굴로 웃을 수 있냐고 말하고 싶지만, 그만두자.

그보다 축제 시간은 유한하다. 그 애들도 사라졌으니, 우리도 이동을 개시하자.

그렇게 결의하고 파래 조각이 묻은 티셔츠를 털면서 일어섰다.

"좋아. 가자, 아네모네."

"공주님은 혼자서 일어설 수 없습니다."

아네모네가 나를 향해 손을 내밀었다. 벌써부터 온존했던 용기를 쓸 때가 찾아왔다.

"…자, 이거면 돼?"

"할 때는 하네, 왕자님. 니힛."

아네모네의 손을 붙잡고 번쩍 일으켜 세웠다. 힘이 너무 들어갔는지, 아네모네가 생각 외로 가까이 다가왔다. …이대로 안아 버릴 수 있을 정도로 가깝게.

"혹시 일부러 한 발 전진한 거야?"

"아쉽지만, 충전 기간에 돌입해서 말이지. 그건 또 다음으로."

"호오. 그건 즉, 한 발 전진할 예정이 있다?"

"…글쎄."

나는 곧바로 아네모네에게서 얼굴을 돌리고 걷기 시작했다.

"니힛. 그렇게 얼굴 돌리지 않아도 되는데."

내 얼굴을 보이면 분명 놀려 댈 테니까 돌린 거야.

어차피 또 그 장난스러운 표정으로 날 바라볼 거잖아.

역시 아네모네 쪽이 한 수 위다. …제길.

☀

그 뒤로 나와 아네모네는 여러 장소를 돌아다녔다.

아네모네가 찾던 사과 사탕을 먹거나, 뽑기를 하거나, …이런 식으로 누군가와 함께 축제를 즐긴 게 얼마 만이더라? 게다가 여자랑 단둘이라니….

"후후후. 멸종위기종의 보호에 성공했어."

아네모네가 기분 좋게 껴안고 있는 것은 20센티미터 사이즈의 개 인형.

털 색깔이 잿빛이라서, 아네모네의 말로는 일본늑대나 보다.

마침 축제에 나와 있는 노점 중에 스트라이크 아웃*이 있어서, 아네모네의 꼬드김에 내가 도전한 결과 멋지게 빙고를 달성. 그 경품으로 입수했다.

뭐, 투수로서 이 정도는 해내야지.

다만 그 스트라이크 아웃을 마친 직후에, 우연히 근처에서 보고 있던 동년배인 듯한 2인조 여자에게 "우와, 저 사람 멋있어!"

※스트라이크 아웃 : 여기서는 사각형의 틀 안에 숫자 1부터 9까지 적은 판을 달고, 공을 12개 던져서 그 판을 모두 맞히는 놀이를 말한다.

라고 칭찬을 들었기에 기분은 괜찮았는데, 아네모네가 "나도 있어~"라며 정체 모를 대항심을 불태우며 손을 잡고 붕붕 휘두르는 어필을 하는 것에는 꽤 난처했다.

[곧 불꽃놀이 시간입니다. 곧 불꽃놀이 시간입니다.]

어차, 그러고 보니 축제에는 그게 있었지. 분명히 강가 쪽으로 가면 제법 괜찮은 자리에서 불꽃놀이를 볼 수 있을 텐데, 아네모네는 불꽃놀이에 흥미가 있을까?

아니면 이대로 노점들을 돌아다니고 싶을까?

"불꽃놀이이구나~"

불꽃놀이에 흥미진진한가. 알기 쉬워서 다행이다.

"강가 쪽으로 가자. 그럼 좋은 장소에서 볼 수 있어."

"와자. 난 불꽃놀이 보는 게 처음이야."

일본에 살면서 불꽃놀이를 본 경험이 한 번도 없다니 신기한 녀석이다.

하지만 그렇다면 좋은 장소를 확보해 주고 싶군.

그럼 분명 기뻐하겠지. 응… 틀림없어.

다소 서둘러서 아네모네의 손을 끌며 나는 강가로 향했다.

역시 축제의 일대 이벤트인 만큼 사람이 많이 있었지만, 내 덩치도 있어서 다소 무리를 한 끝에 제법 좋은 장소를 확보할 수 있었다.

"아네모네, 안 힘들어?"

"안아 주는 것을 희망합니다."

"쌩쌩한 것 같아서 다행이군."

"니힛. 들켰나."

오히려 그러고서 안 들킬 것 같아?

참나, 정말로 아네모네가 나타난 뒤로 나는 고생 연속이다.

내 체육복은 빼앗겼고, 열심히 머리를 세팅했더니 웃음을 샀고, 시바에게는 내가 계속 숨기던 비밀을 들켰고, 우탄과는 조금 문제가 있었다.

하지만… 전부 즐거웠어…. 메리트와 디메리트를 비교하면 단연코 메리트 쪽이 많다. 뿐만 아니라 디메리트라고 생각했던 것이 메리트로 변할 정도다.

"고마워…. 아네모네."

그러니까 나는 솔직하게 그 마음을 말했다. …아니, 거짓말이야.

사실은 말로 하고 싶은 마음을 숨기고, 다른 본심을 전했다는 게 정확하다.

"이쪽이야말로, 타이요."

그런 나에게 평소와 달리 부드러운 어조의 아네모네가 대답을 했다.

"그날…. 너랑 만나지 못했으면 나는 이렇게 즐거운 여름 방학을 보낼 수 없었어. 네가 있었던 덕분에 계속 외로웠던 매일이 정말로 멋지게 변했어. 아무리 감사해도 부족해."

그런가. 나도 아네모네에게 힘이 될 수 있었나…. 다행이다….

"그러니까 그 답례도 겸해서…. 자, 이거 줄게."

잡고 있던 내 손을 더 센 힘으로 붙잡아 왔다. 익숙하지 않은 감촉에 기분 좋은 느낌을 받고 있는데, 아네모네는 다른 쪽 손을 이용해 부적을 하나 쥐어 주었다.

"마음이 듬뿍 담긴 것이야."

아네모네의 선물인가.

이런 식으로 아네모네에게서 뭔가를 받는 것은 처음이로군.

아니, 으음, 기쁘다… 그런데, 이 부적….

"교통안전인가."

"응. 역시 투수는 자기 몸을 걱정해야지."

"그거라면 건강 기원 쪽이 나을 것 같은데."

"교통안전입니다. 아, 참고로 빌려주는 것뿐이니까 돌려줘야 해?"

"빌려줄 뿐이냐…."

"그래. 빌려주는 것뿐. 꼭 돌려받겠습니다. 니힛."

꽤나 달성감 있는 미소다. 그렇게 이걸 나한테 빌려주고 싶었나?

"구두쇠."

"또 너랑 만날 구실이 될지도?"

"네네, 그렇습니까. …그래서 언제 돌려주면 돼?"

"니시키츠타 고등학교의 코시엔이 끝나면 돌려줘. 그때까지는 소중히 간직해 줘."

그런 건가…. 말하자면 이건 아네모네 나름대로의 격려였다.

이 부적을 오랫동안 가지고 있고 싶으면 코시엔에서 계속 이기라는….

참나, 말을 괜히 어렵게 하네.

"알았어. …그럼 코시엔에서 우승하면 돌려줄게."

"응. 그래 주면 고맙겠어."

받은 부적을 청바지 주머니에 넣었다. 여자에게 처음으로 받은 선물이 설마 교통안전 부적이라니…. 하지만 빌리는 것뿐이라면 노 카운트인가?

어느 쪽이든 좋아.

"니힛. 이걸로 코시엔에 갈 준비는 거의 다 됐네."

"**거의**라는 소리는 아직 뭔가 준비가 남은 건가?"

"응. 하나 더… 아주 중요한 준비가 남았어. …타이요에게 꼭 전해야 할 것을 확실히 전한 뒤에 코시엔에 보낼까 해서."

나를 올려다보는 모습. 살짝 선정적인 목소리.

심장이 터지는 게 아닐까 싶을 정도로 뛰었다. 진정해. …진정해.

"저, 전해야 할 것… 무슨 이야기인데?"

안 돼. 목소리가 상기되었어. …한심하잖아.

"그게 말이지… 아, 불꽃이다."

어느 틈에 불꽃놀이 시간이 되었는지, 하늘에 아름다운 불꽃이 솟았다.

하지만 동시에 그 불빛에 살짝 붉게 물든 아네모네의 얼굴은 더 아름다웠다.

"예쁘네, 불꽃."

"그, 그래…."

"정말로 마지막까지 즐거운 시간이었어. 조금 부족한 감도 있지만, 아네모네는 대만족이야. 처음에 하려고 했던 것도 확실히 달성될 것 같고."

아네모네가 처음에 하려고 했던 것? 그게 뭐지?

어어… 아, 떠올랐다. 분명히 '내가 나 자신이 된다'라고 했나.

"있잖아, 타이요…."

"뭐, 뭐야?"

아네모네의 아련하면서도 예쁜 눈동자가 가만히 내 눈을 바라보았다.

어느 틈에 우리는 마주 서서 서로를 바라보고 있었다.

혹시 이건….

"있잖아…."

아니! 이런 중요한 말은 남자인 내가….

"   "

"……뭐?"

예상 밖의 말에 나는 그만 얼빠진 소리를 냈다. 내가 잘못 들었나?

"어이, 갑자기 무슨 말이야?"

아니, 이상하잖아? 이런 상황에서 아네모네가 나에게 이렇게 말했거든?

이제 작별이야.

뭐야, 또 이상한 소리나 하고.

불꽃놀이가 끝날 때까지 같이 있을 거고, 이다음에는 코시엔에서도 만나게 될 텐데.

하아… 괜히 기대했네.

뭐, 내가 말하고 싶다는 마음도 있었으니까 괜찮지만.

…어, 어라? 어느 틈에 손이 떨어졌군.

게다가 아네모네 녀석, 아까 내가 따 준 인형을 떨어뜨렸잖아.

"모처럼 따 줬으니까, 떨어뜨리지 마."

떨어진 인형을 주워서 아네모네에게 내밀었다.

"……."

응? 아네모네 녀석이 왜 저러지?

왠지 멍하니 있나 싶더니, 인형을 내민 순간 눈을 크게 뜨고 날 바라보는데?

"…뭐야? 갑자기 사람을 요괴라도 보는 눈으로 보고?"

아까랑은 전혀 느낌이 다르군.

아하… 또 나를 놀리려고 뭔가 꾸미고 있나?

"다, 당신은…."

"…응?"

떨리는 입술로 짜내는 듯한 목소리. …뭔가 이상한데.

"뭐, 뭔가요?! 어떻게?! 아니, 나는… 아니?! 뭐가 어떻게 된 건가요?!"

"어, 어이…. 왜 그래?"

말을 걸었지만 대답이 없었다. …아니, 혼란스러워서 반응할 여유가 없나.

"꿈? …아니, 지요? 현실, 이죠? 어? 그럼 뭔가요?! 이상해요! 어째서 이 사람하고…. 어떻게 이런 일이 있을 수 있나요!"

아네모네가 두 손으로 자기 머리를 마구 헝클어뜨렸다.

마치 자기한테 무슨 일이 일어났는지 모르는 기색이다.

이건 뭐지? 나를 놀리…는 게 아냐. 아무리 그래도 이건 심하잖아!

"괘, 괜찮아? 아네…."

"여기는, 어디인가요?! 왜 제가 이런 곳에 있나요?! 아빠, 엄마!
오···."

아네모네가 평소의 티 없는 미소도, 퉁명스러운 표정도 아닌,
공포로 가득한 표정으로 거듭 자기 몸을 만지면서 자기 자신의
상황을 확인했다.

"어, 어이. 아네모네! 일단 이쪽을 봐!"

재빨리 나는 아네모네의 어깨를 붙잡고 나를 보게 했다.

괜찮아, 아네모네. 여기는 위험한 곳이 아냐···.

"이, 이러지 마세요!!"

"···웃!"

하지만 그 손을 난폭하게 쳐 냈다. 다른 누구도 아닌 아네모네
자신이.

어이, 대체 뭐야? 왜 내가 아네모네에게 거절당해야만 하지?

아까까지는 그렇게···.

"제가 뭘 하고 있었나요?! 저는···."

나를 전혀 신경 쓰지 않는다. 자기 자신만으로도 힘든 기색이
다.

주변에서 불꽃놀이를 바라보던 사람들이 아네모네를 주목했
지만 바로 시선을 거두었다.

조그맣게 들리는 소리는 "뭐야, 사랑싸움인가?"지만, 아냐···.
그런 게 아냐···.

"아, 아네모네…. 일단 진정해. 여기는 딱히 위험한 장소도 아냐. 아니, 또 나를 놀리는 거지? 또 평소처럼…."

"!"

간신히 조금 진정했는지, 아네모네가 내 쪽을 바라보았다.

하지만 아직 마음은 진정되지 않았나 보다. 시선이 우왕좌왕해서 혼란스러운 게 느껴졌다. 그리고 그대로 떨리는 입술을 움직였다.

"아네모네라는 게 누군가요?! 저는…… 보탄 이치카입니다!"

그렇게 말하고 달려갔다.

"…이게 뭐야?"

그저 멍하니 아네모네의 뒷모습을 지켜본 내가 간신히 쥐어짜낸 말은 이것.

나는 오늘 저 녀석과 함께 축제를 즐겼다. 타코야키를 사 먹고, 뽑기를 하면서 즐겁게 보냈잖아. 그런데 마지막에 왜 이렇게 되었지?

달려갈 때의 아네모네의 표정… 그건 거짓말을 하는 태도가 아니었다.

정말로 자기가 '아네모네'라는 것을 몰랐다.

이전에 소부 고등학교의 4번 타자가 했던 말이 머리를 스쳤다.

'언젠가 네 앞에서 '사라져'. 결국은… 가짜고.'

그럼 마지막에 나타난 **저 녀석**이 '진짜'란 소리인가. 저게 진짜….

그러니까 아네모네는 나에게 작별이라고….

"……아니, 어떻게…… 된 거야…?"

아네모네가 내 손을 쳐 낼 때 지면에 떨어졌던 인형을 주워서 물었지만, 당연하게도 대답은 없었다. 그저 무기질적인 눈동자로 나를 바라볼 뿐이었다.

"…어 …라?"

내 의식을 간신히 붙들어 준 것은 바지 주머니에서 전해지는 진동. 전혀 힘이 들어가지 않는 손으로 스마트폰을 확인하자, 화면에는 '키사라기 죠로'라고 표시되어 있었다.

"…여보세요?"

[오! 썬인가! 저기, 내일부터 코시엔에 가지? 나도 물론 응원하러 갈 건데, 그 전에 지금부터 밥이라도 어떨까 하고! 아, 물론 나만 있는 건 아냐! 다른 애들도 있어! 그러니까 올 수 있으면 따끈따끈한 튀김꼬치 가게로 와 줘!]

쉴 새 없이 말하는 죠로. 뭔가 좋은 일이라도 있었는지 살짝 들뜬 어조였다.

"그, 그렇군! 시간은 있어! 하하! 시간이라면 얼마든지 있으니

까 맡겨 줘…!"

몽롱한 의식 속에서 간신히 목소리를 짜냈다. 정말로 아슬아슬하게 평소처럼 '썬'을 연기한 스스로를 칭찬해 주고 싶었다. 나도 제법이잖아.

[…….]

죠로에게서 대답이 없었다.

그 침묵이 묘하게 무서워서, 마치 세계에 나 혼자밖에 없는 듯한 착각에 빠졌다.

[…지금 어디 있어?]

"어?"

[지금 어디 있는 거야, 썬?]

방금 전까지의 들뜬 목소리가 아니라 진지한 목소리가 스마트폰에서 울렸다.

"어어… 불꽃놀이를 봤으니까, 강가 선로 아래에…."

[그럼 잘됐군. 거기서 기다려, 썬. ……아, 미안. 너는 다른 애들하고 먼저 가게로 가 줘. 나는 일을 좀 끝낸 뒤에 갈 테니까.]

[그래, 알았어.]

스마트폰 너머에서 들려온 것은 한 소녀의 목소리.

뭐야, 같이 있었나. 그럼 나는 훼방꾼이군….

[썬, 거기서 꼼짝 말고 있어. 지금 당장 갈 테니까. …그리고 전화 끊지 마.]

"…어 ……어어."

그 말과 행동이 얼마나 나를 구해 주었을까?

죠로의 지시를 지키기 위해서인지, 아니면 너무나도 충격이 커서 그런지, 아마도 양쪽 다겠지만, 나는 그대로 지면에 무너지듯이 주저앉았다.

"헉! 헉! …여어, 썬. 꽤나 재미있는 얼굴이 되었잖아."

전화가 걸려온 지 5분도 지나기 전에 나타난 죠로.

아마도 근처에 있었겠지.

"그쪽도 남 말 할 모습은 아닌데? 스태미나 부족이 보인다."

"코시엔에 나가는 에이스랑 비교하면 일본인의 절반 이상은 스태미나 부족이겠지. …아아! 힘들다! 일단 좀 쉬어야지."

그렇게 말하며 난폭하게 내 옆에 앉는 죠로. 이미 불꽃놀이도 끝나고, 방금 전까지 있던 구경꾼들은 다 없어졌다. 강가에 있는 거라고는 우리뿐이었다.

"그런데 나는 지금 휴식 중이라서 엄청나게 한가해. 그러니까 하고 싶은 말이 있으면 멋대로 떠들어도 상관없어."

"…하고 싶은 말이 없다면?"

"아무 말도 안 해도 돼."

그렇게 말하고 크게 숨을 내뱉는 죠로. 손을 부채처럼 흔들었다.

"…………여자애가 도망쳤어."

"그거 힘들었겠군."

너는 내가 뭘 했다고는 의심도 않는군.

보통 '여자애가 도망쳤다'라는 말을 갑자기 들으면, 일단 좋지 못한 일을 연상한다고.

"지금까지 계속 친하게 지냈어. 고민도 많이 해결해 주는 든든한 애였어. 야구부의 임시 매니저도 해 줬고. 정말 감사도 하고, 은혜를 갚고 싶어. 그래서 오늘도 지금까지처럼 사이좋게 지냈는데, 도중에 갑자기 무서워하는 거야. 마치 모르는 사람으로 변신한 것 같은 태도였어."

그래, 아네모네의 마지막 모습은 완전히 다른 사람이었다. 얼굴과 목소리는 똑같았지만, 성격은 전혀 다른 여자애. 그건 내가 아는 아네모네가 절대 아니었다.

"헤에, 그런 일이 있었나."

죠로가 머리를 벅벅 긁으면서 말을 흘렸다.

"그럼 정말로 변신한 거 아냐? 우리 지인들 중에도 있잖아. 학교에서랑 개인적인 시간일 때랑 전혀 모습이 달라지는 녀석이."

"그거랑은 좀 달라. 모습은 똑같아. …뭐라고 할까, 겉은 똑같은데 속이 완전히 달라지는 느낌이야. 컵 안에 든 게 콜라에서 녹차로 바뀐 듯한 느낌."

"대단한데. 색깔까지 변했냐?"

어떻게 그런 일이 일어나는 거지? 불가능하잖아….

"그래서 썬은 어쩌고 싶어?"

"…어? 어쩌고 싶냐니, 무슨 소리야. 그 애는 이미 도망쳤고…"

아니, 무슨 수도 없잖아. 내일부터 나는 코시엔에 가. 아네모네는 도망쳤어. 덤으로 나는 연락처도 몰라. …아무런 수도 없어.

"아니, 솔직히 사정은 아무래도 좋아. 그 여자애가 변신했네 어쩌네도 이미 일어난 일이면 받아들일 수밖에 없어. 문제는 그 다음이야. 썬은 어쩌고 싶어? 사방이 막힌 상황이라면 간단한 해결 방법이 있으니까 가르쳐 주지."

"무슨 방법이야?"

그렇게 묻자 죠로는 자신만만한 웃음을 보였다.

"다른 방향으로 나아갈 뿐이야."

"핫! 말도 안 되는 소리잖아! 그게 뭐야!"

무심코 웃음을 터뜨렸다. 참나, 이 녀석은 정말로 말도 안 되는 소리를 하는군.

사방이 막힌 상황이 뭔지 이해는 하는 거야?

"그래, 말도 안 돼. 하지만 지금 썬에게 일어난 일도 말이 안 되잖아. …그럼 정공법으로 할 수 있는 상대가 아니란 거 아냐?"

참나, 맞는 말이니까 성가시군. …아네모네에게 일어난 수수께끼.

제대로 된 방법으로는 해결 방법을 찾을 수 없겠지.

"죠로의 말이 맞아. …하지만, 그래. 그럼 그 방법으로 갈까."

이야기하면서 깨달은 바가 있었다.

…있다. 해결의 실마리로 이어지는 방법이 딱 하나 있다.

"헤에. 다른 길을 찾았다고 생각하면 될까?"

"아쉽지만 그건 아냐."

아니, 가령 찾았다고 해도, 나로서는 그걸 할 수 없겠지.

아무도 상상할 수 없는, 말도 안 되는 수단으로 해결하는 건 죠로의 전매특허다.

그러니까 나는 나만이 갈 수 있는 다른 길을 택한다.

"그럼 어쩔 생각이야?"

"…눈앞의 벽을 뚫고 전진할 거야."

"하하핫! 그거 썬답네! 나로서는 못 할 일이야!"

죠로는 웃으면서 내 등을 다소 난폭하게 두드렸다.

내가 택한 길. …그것은 지금부터 아네모네를 찾는 것도, 사정을 알아내는 것도 아니다.

초지일관. 처음부터… 아네모네와 만나기 전부터 내가 목표로 한 장소로 갈 뿐이다.

거기가 어디냐고? 뻔하잖아. …코시엔이다.

코시엔에 가면 딱 한 명… 분명히 아네모네와 이어지는 인물과 만날 수 있다.

소부 고등학교 4번 타자… 아마도 그 사람은 사정을, 아네모네의 비밀을 알고 있다.

그 사람과 만나서 이야기를 듣자. 혹시 들려주지 않는다면 실력 행사다.

물론 폭력 사태란 이야기는 아니다.

나의 제일가는 특기라면, …야구밖에 없으니까.

"그럼 슬슬 튀김꼬치 가게로 갈까?"

"그래! 오늘은 먹고 먹고 먹어 주지! 죠로, 혹시 내가 튀김꼬치를 너무 먹고 쓰러지면 어떻게든 해 줘!"

"맡겨 줘. 끌고서라도 갈 테니까."

함께 일어서서 웃는 나와 죠로. 고마워. 항상 내 등을 밀어 줘서.

역시 너는 내 최고의 친구야.

나를 좋아하는 건
너 뿐이냐

우리의 소원

제 5 장

그 축제 날로부터 1주일이 경과하고, 현재 내가 있는 곳은 오사카의 한 여관.

지금은 무사히 공개 연습과 대진표를 정하는 추첨을 마치고, 야구부 멤버들은 빌린 방 중에서 가장 넓은 방에 모여 미팅을 마친 참이다.

…그날 이후로 나는 아네모네와 만나지 못했다.

그도 그렇지. 다음 날부터 나나 주전들은 오사카에 가야만 했다. 어쩌면 우리보다 한발 늦게 오는 매니저 탄포포와 함께 모습을 보이지 않을까 하는 희미한 기대를 품었지만, 아쉽게도 빗나갔다.

결국 그날 이후로 니시키즈타 고등학교 야구부 사람들 중에 아네모네를 만난 이는 한 명도 없었다.

"우후~…. 쓸쓸합니다…."

여관의 한 방에서 나뭇가지를 빙글빙글 돌리면서 추욱 풀 죽은 탄포포.

평소에는 감정을 솔직히 드러내는 녀석인데, 이렇게까지 힘없는 모습을 보는 건 처음이다.

"어어… 탄포포, 기운 내. …예쁜 얼굴이 아깝잖아?"

"아까워도 괜찮아요, 시바 선배."

"그, 그런가…."

조금만 추어올려 주면 금방 콧대가 높아지는 탄포포가 이럴 정도니까 꽤 심각하군.

물론 탄포포가 이렇게 된 이유는,

"아네모네, 왜 오지 않은 걸까요. 만나고 싶어요…."

이것 외에는 있을 수 없다.

누구보다도 아네모네와 함께 코시엔에 가는 것을 기대했으니까….

"하아…. '아네모네와 만나고 싶다'고 몇 번이나 빌었는데 이뤄 주지 않다니, 나리츠키의 전설은 거짓말입니다. 우후…."

움켜쥔 나뭇가지를 바라보면서 탄포포가 그런 말을 했다.

…응? 잠깐만. 지금 나리츠키라고 했는데, 혹시….

"어이, 탄포포. 혹시 그 손에 쥐고 있는 건…."

오컬트 쪽을 꺼리는 시바의 얼굴이 순식간에 창백해졌다.

"이거 말인가요? 나리츠키의 가지인데요? 부적 대신 가져왔어요."

"…떠, 떨어져 있는 걸, 주워 온 거지?"

"아뇨, 가지를 꺾어 온 건데요?"

"벌 받을 짓을…."

나도 시바에게 동감이다. 설마 전설이 있는 나무의 가지를 부러뜨려서 가져오다니….

어떤 의미로 배짱이 있군. 아마 딱히 생각도 없이 한 짓이겠지만.

"우뉴우~! 아네모네를 만나고 싶어요오오오~!"

"…흠. 만일을 위해 확인하는데, 썬은 아네모네가 안 온 사정에 짚이는 것 없나? 연락도 전혀 없는 게 조금 마음에 걸리는데…."

마치 녹기 시작하려는 슬라임처럼 바닥에 쓰러지는 탄포포를 무시하고, 쿠츠키 선배가 내게 물었다.

"죄송합니다. 정말로. 전혀 몰라서…."

"그런가…. …그럼 어쩔 수 없지!"

…미안합니다, 쿠츠키 선배. 거짓말을 했습니다. 사실은 짚이는 데가 있습니다.

그 축제 날에 아네모네에게 일어난 이변.

나에게 작별을 고한 직후에, 마치 다른 사람이 된 것처럼 변한 것을 나는 누구에게도 전하지 않았다. 나 혼자만 해도 혼란스러운데 다른 멤버까지 끌어들일 수 없었기 때문이다. 하지만 물론 손 놓고 있을 생각은 없다.

…슬슬 행동을 시작할 시간이다.

"어라? 썬, 어디 가? 갑자기 일어서서."

"아! 잠깐 죠로와 만날 약속을 해서! 이제 곧 시합이 시작되잖아? 그 전에 한번 얼굴을 보여 줄까 했지!"

미안, 죠로. 잠깐만 너를 이용하도록 할게!

"오오~! 키사라기는 일부러 오사카까지 응원을 와 주었나! 고맙군! 그럼 잘 부탁한다고 전해 줘!"

"음! 맡겨 줘! 확실히 아나에의 뜨거운 마음을 전해 줄 테니까!"

미안, 아나에. 네 마음은 죠로에게 전해지지 않을 것 같아.

누굴 만나러 간다는 건 사실이지만, 그 사람은 죠로가 아냐.

그게 누구인지는 말할 수 없어. 아직은 말할 수 없어….

"썬, 친구와 만나는 건 좋지만, 모레가 시합이다. 컨디션 조정에 들어가는 단계니까 너무 늦지는 마라?"

"네! 알겠습니다! 히구치 선배!"

마지막에 히구치 선배의 주의를 들으면서 나는 여관을 뒤로했다.

☀

오후 4시.

여관을 나선 나는 전철을 타고 30분 정도 이동.

그 뒤에 스마트폰의 지도를 확인해 목적지로 향했다.

"좋아, 도착했다."

내가 간 곳은 우리가 묵는 여관과는 다른 호텔.

여기는 우리 니시키즈타 고등학교와 마찬가지로 코시엔에 출장하는 어느 학교 야구부가 숙소로 이용하는 장소. 물론 내가 만나러 온 인물은 그 야구부에 소속된 남자다.

"기다릴 수밖에 없나…."

주변을 확인해도 그 인물은 보이지 않았다. 그러니 나는 로비에 있는 소파에 앉아서 심호흡을 했다. 각오를 하고 오긴 했지만, 그래도 역시 긴장되는군.

사람을 만나러 온 거니까 얌전히 프런트에 물어볼까 하는 생각도 했지만, 갑자기 다른 학교 학생이 와도 가르쳐 주지 않을 가능성이 있고, 최악의 경우 쫓겨날지도 모른다.

그러니까 기다릴 수밖에 없다. 설령 본인이 아니더라도… 좋아! 나왔군!

"미안합니다! 잠깐 괜찮을까요?!"

"응?"

호텔 로비의 엘리베이터에서 나타난, 다소 덩치 좋은 까까머리 남학생에게 말을 걸었다. 물론 첫 대면인 상대지만, 나는 이 사람을 안다.

이 사람은 이 호텔에서 머물고 있는….

"소부 고등학교 야구부원이죠? 6번 타자에 3루를 지키는…."

"그런데, 너는… 아하, 니시키즈타 고등학교의 오오가 타이요인가. 잘 왔어."

"…어? 혹시 나를…."

"물론 알고 있지. 너는 여러 의미로 요주의 인물이니까."

"그, 그렇습니까…."

나도 유명해졌군. 설마 천하의 소부 고등학교 야구부원에게 이름과 얼굴이 알려지다니.

여러 의미로 요주의라… 야구만이 아니라는 소리겠지.

"녀석을 만나러 왔지? 잠깐만 기다려. 지금 불러올 테니까."

"고맙습니다."

내가 인사를 하자, 소부 고등학교 야구부원은 가볍게 손을 흔들더니, 타고 내려왔던 엘리베이터를 다시 타고 내 요망대로 그 사람을 부르러 가 주었다.

보아하니, 저쪽은 내가 오리라고 예상했던 거겠지.

조금 분한 마음도 품었지만, 마침 잘됐다. 일일이 사정을 설명할 수고가 줄었으니까.

그럼 시키는 대로 얌전히 기다리도록 하지.

10분 뒤.

"여어! 오오가! 아, 그대로 있어도 돼~ 나도 앉을 거고. …여차."

내가 소파에 앉아 있자, 드디어 목적하던 인물… 소부 고등학교 4번 타자가 나타났다.

여전히 어딘가 사람을 깔보는 듯한 장난스러운 태도가 다소 거슬리는 것은 분명 내게 여유가 없어졌기 때문이겠지.

이 사람은 틀림없이 아네모네가 지금 어디에 있는지, 어떤 비밀을 품고 있는지 안다.

그러니까 본래 바로 만나서 이야기를 듣고 싶었지만, 시간을 둔 것에는 이유가 있다. 얼마 전에 있었던 대진표를 정하는 추첨에서 우리 니시키즈타 고등학교의 제1시합은 후반이었지만, 소부 고등학교는 전반 일정. 즉, 저쪽은 추첨이 끝나고 바로 시합이었다.

아무래도 시합 전의 중요한 시기에 개인적인 용무로 귀찮게 할 수는 없었다.

그러니까 소부 고등학교의 제1시합이 끝나는 오늘까지 기다린 것이다.

"일부러 와 줘서 고맙습니다. 그리고… 1회전 축하합니다. 놀 랐습니다, 설마 모든 타석에서 안타를 치다니."

"오, 고마워, 고마워! …하지만 개인적으로는 좀 별로였달까~ 하다못해 홈런을 하나 정도 더 치고 싶었으니까."

그 결과로 만족하지 않는다니 대단하군…. 5타수 5안타 7타점 에 홈런이 하나라고.

압도적인 힘에 꺾여 버린 상대 학교의 절망적인 표정이 우리 의 미래를 시사하는 듯해서, 이쪽이 얼마나 겁먹었는지 알아?

"그렇긴 해도 일부러 우리의 제1시합이 끝날 때까지 기다리다 니, 너는 예의도 바르군~ 이 형은 감동했어! 너희도 다음 시합, 잘해 봐!"

"네, 그럴 겁니다."

어딘가 여유가 느껴지는 소부 고등학교 4번 타자의 태도. 이 전에 만났을 때의 비장감 넘치는 눈은 자취를 감추고, 어딘가 희 망으로 가득한 걸로도 보였다. …1회전에서 이겨서 그런 걸까?

아니, 그것만이 아니지. 아마도… 아네모네가 관련이 돼 있겠 지.

"그럼 바로 본론으로 들어가도 되겠습니까?"

"으음! 한가운데 직구로 오는군! 역시나 올해의 넘버2 투수 후보!"

넘버1이야. 그쪽의 투수보다 내가 위라고 말해 주고 싶었지 만, 그건 나중이다. 일단은 본론으로 들어가는 게 우선이다.

나는 이 사람이 아네모네와 관계가 있다고 확신했다.

그건 이전에 강가에서 연습하고 돌아올 때 갑자기 나타나서 '아네모네와 어울리지 않는 편이 좋다.'고 말했기 때문이 아니 다. 더 간단하고 당연한 이유가 있다.

내가 아네모네와 처음 만났을 때, 그 녀석의 본명을 듣고 순간 품은 의문.

그리고 아네모네가 임시 매니저가 되었을 때, 본인은 괜찮다 고 말했어도 내가 끈덕지게 녀석의 본명—보탄 이치카라는 이 름을 밝히지 않았던 이유. 그것이 답이다.

괜히 거창하게 말했지만, 이미 소부 고등학교 4번 타자가 답을 말하고 있다.

그럼 그게 뭐냐 하면….

"당신과 아네모네는 왜 니시키즈타에 있었습니까? …보탄 다이치."

이 사람은 아네모네의 **오빠**다.

"아무리 이웃 현이라고 해도 그런 장소에 있는 건 이상하지 않습니까?"

"그 애가 거기 있었던 이유는 미안하지만 몰라. …하지만 내가 있었던 이유는 간단해. 그 애를 확인하러 갔던 거다."

"코시엔을 앞둔 중요한 시기에?"

"그래~ 뭐, 멤버들도 사정을 알고 있어서 나는 특별 대우! 물론 연습을 게을리 한 건 아니거든? 혼자서 훈련을 계속했어!"

사정…이라. 즉, 다이치만이 아니라 다른 소부 고등학교 야구부 멤버들도 아네모네의 비밀을 안다고 보면 되겠군.

뭐, 그럴 거라고 생각했어.

안 그러면 '여러 의미로 요주의'라는 말이 나오지 않았을 테고.

"으음, 그때는 깜짝 놀랐어! 갑자기 이치카가 울면서 전화를 했으니까!"

아무래도 불꽃놀이 때 도망친 뒤에 아네모네는 다이치에게 연락했던 모양이다.

"이치카의 스마트폰에서 걸려온 연락이었어. 이거 틀림없다!

싶어서 기쁘게 전화를 받았지."

다이치는 무슨 소리를 하는 거지? …게다가 이상하다.

아네모네는 자기 스마트폰의 비밀번호를 잊어버렸다.

그러니까 스마트폰으로 전화를 걸 수 없다. 애초에 틀림없다니, 그게 무슨….

"가족이 다 모여서 이치카를 대환영했어. …다만 바로 또 잠들었지만. 하지만 일단 돌아왔다는 건 틀림없어. 얼마 안 남았어…. 조금만 더 있으면 이치카는 완전히 돌아와. 그렇게 확신했지."

단순히 생각하면 축제에서 돌아온 직후에 잠들었다는 식으로도 들리지만, 아니다.

그것만으로 '완전히 돌아온다'는 식의 표현을 쓸 리가 없다.

"무슨 의미입니까?"

"그렇게 무섭게 노려보지 마시지~ 원래는 네게 이렇게까지 가르쳐 줄 필요도 없었거든? 괜한 걸 알고 멘탈이 무너지면 안 되고."

"내 걱정은 됐습니다. 어떤 상황이든 최고의 실력을 낼 수 있으니까."

"든든하군. …하지만 정말로 그럴까? 이 이상 가면 네가 한 번도 맛본 적 없는 최악의 절망이 기다리고 있을지도 모르는데?"

"최악의 절망?"

"…참고로 나는 견뎌 내지 못했어. 시합으로 익숙하다고 생각했는데, 아직 멀었더라고. 상당히 힘들었어. 행복감과 죄악감 사이에 낀다는 것은."

"……!"

지금까지의 장난스러운 어조와는 완전히 다르게 진지한 목소리.

…행복감과 죄악감 사이에 낀다라. 분명히 시합에서 이겼을 때에는 그런 감정이 있다.

우리가 이겼다는 행복감과 상대를 짓뭉갰다는 죄악감이 동시에 발생하지.

하지만 승부의 세계라면 어쩔 수 없지 않을까.

그것을 각오하고 우리는 야구를 하고 있다.

"…훗. 뭐, 네가 짓는 표정, 그게 정답이야."

다이치가 내 생각을 꿰뚫어 본 것처럼 조용한 웃음을 흘렸다.

"오오가, 너는 모를 거야. 세계에서 제일 소중한 사람이 같은 모습, 같은 목소리인데 전혀 다른 사람이 되었을 때의 절망을. 내 소중한 사람이 있는 곳을 빼앗은 주제에 아무것도 모르는 철없는 얼굴로 사랑을 보챈단 말이야. …진짜로 좀 참아 달라는 말밖에 안 나와."

다이치가 하는 말의 의미를 전혀 이해할 수 없다. 하지만 주먹을 굳게 움켜쥐고 입에서 쥐어짜내는 슬픔으로 가득한 목소리가, 분명히 농담이 아니라고 내게 가르쳐 주었다.

"그러니까 나는 네게 충고했어. '그 애와 이 이상 어울리지 마'라고. …하지만 그 판단은 완전히 틀렸고, 지금은 네게 매우 감사하고 있지만."

"나한테, 감사? 아니, 나는 아무것도…."

"해 줬어. 우리가 아무리 애써도 할 수 없었던 일을, 그렇게 짧은 기간 동안에 해내다니 아무리 감사해도 부족하지. 너의… 아니, 너희 니시키즈타 고등학교 야구부 덕분에 이치카가 돌아왔어. 대신 그 아이는 사라지지만."

우리 덕분에 돌아왔다. 대신 사라져? 진짜 무슨 소리야?

"어차, 이건 실언이었네."

어깨를 으쓱이는 동작이 일일이 나를 짜증나게 했다.

"미안해, 오오가. 이런 소동에 휘말리게 해서."

"사과할 거면… 사정을 설명해 주세요."

아까부터 일방적으로 떠들잖아. 그렇게 멋대로 떠들고 억지로 납득시키려 한다고 내가 알겠다고 말할 줄 알았어? …웃기지 마.

"안 돼. 안 그래도 오오가에게는 시합에 영향이 갈지도 모를 정도로 폐를 끼쳤지. 이 이상 가도 네가 바라는 것이 없다는 걸 아는 이상, 더는 보낼 수 없어. …그러니까 그 애에 대해서는 이제 잊어버려. 신기루 같은 것이었어. 여름에 아주 잠깐 나타나는 환상이라고."

그게 뭐야. 그런 우리와 아네모네의 추억도 전부 환상이었다는 소리냐?

　그런 건 인정할 수 없어….

　"지금까지 고마웠어. 하지만 이제부터는 우리 차례야. 그리고 우리가 코시엔에서 우승하면 이치카는 틀림없이 돌아와. 그러니까 그걸 해낼 뿐이야."

　"…무슨 말인지 모르겠습니다. 제대로… 설명을 해 보세요…."

　"아무리 붙들고 늘어져도 내가 더 이상 해 줄 말은 없어. 그러니까 이야기는 이걸로 끝이야."

　"기다리세요! 이야기는 아직…!"

　"여기서 트러블을 일으키는 건 서로에게 좋지 않겠지?"

　"…큭!"

　맞는 말이다. 여기서 내가 다이치와 폭력 사건이라도 일으켜 봐라.

　그건 이미 개인의 문제로 끝나지 않는다. 최악의 경우 양쪽 다 코시엔 출장 정지다.

　"그럼 다음에 보자고. 우리와 만날 때까지 지지 말아 줘. 시합에서 너의 니시키즈타 고등학교를 철저하게 짓밟는다. 그게 우리 나름의 가장 큰 감사의 표시라고 생각하니까."

　왜 다이치는 할 말은 다 끝났고 해피엔딩으로 향한다는 듯한 어조로 말하지? 아직 하나도 모르겠고, 하나도 해결되지 않았는데….

15분 정도 호텔 소파에 멍하니 있었지만, 다이치가 돌아오는 기색은 없었다. 때때로 지나가는 소부 고등학교 야구부원인 듯한 사람이 의심 어린 시선을 보낼 뿐이었다.

나는 뭘 하는 거지? 아네모네에 대해 뭔가 알아내려고 했지만, 결국 아무것도 알아낼 수 없었다. 상상 이상으로 두껍고 일방적인 벽에 부딪쳤을 뿐.

가슴에 품은 불투명한 고민을 해결하지 못한 채로 계속 전진해야 하게 되었다.

"…응?"

내 다리에 뭔가가 진동하는 감촉이 전해졌다. 그건 주머니에 넣어 두었던 스마트폰이었다. 으음… 시간도 꽤 됐으니까 야구부의 누군가가 전화를 했나?

…아니, 공중전화? 요즘 시대에도 이걸 쓰는 녀석이 있었나.

"…여보세요."

[그렇게 풀 죽은 목소리는 왕자님에게 어울리지 않는다고 생각합니다.]

"……!"

심장이 튀어나올 뻔했다.

틀림없다…. 이 목소리는….

"너, 너… 아네모네야?!"

[딩동, 정답. …미안해. 잔뜩 폐를 끼쳐서….]

"돼… 됐어! 그런 건 됐으니까!"

목소리를 들은 것만으로 충분해! 이야기를 할 수 있어서 다행이다!

하지만 왜 이 타이밍에? 완전히 노린 듯한….

[오빠한테 '오오가가 너를 걱정하고 있다'고 들어서. 사실은 더 이상 타이요랑 말할 생각이 없었지만… 안 되겠네. 가만히 있을 수가 없었어.]

그렇다면 다이치가 아네모네에게 말을 전해 주었나?

왜 그 사람이… 아니, 그런 건가.

분명히 말했다. '**내가** 더 이상 해 줄 말은 없어.'라고.

즉, 사정을 들을 거면 아네모네에게 들으란 말인가.

"……고맙습니다."

아무도 없는 엘리베이터 쪽을 향해 나는 인사했다.

"저기… 아네모네. 너 지금 어디에 있어? 혹시 이쪽에 와 있어?"

[응. 실은 코시엔에 왔습니다.]

"진짜야?! 그럼 바로 합류하자! 우리 쪽 여관으로 오겠어?! 탄포포도 외로워해! 시바나 아나에나 쿠츠키 선배나 히구치 선배도 너를 걱정하며…."

[하, 하지만, 제일 걱정, 한, 건?]

이 녀석은…. 이렇게나 걱정을 시켜 놓고서도 평소처럼 까불 대는군.

아니, 그게 아냐. 잘 들어 보니 목소리가 떨리고 있다. 열심히 허세를 떠는 거로군….

"……당연히 나잖아."

[니힛. 왕자님이니까.]

다행이다. 정말로 평소의 아네모네야….

그럼 나도 평소처럼 대해야지.

"뭐, 그래. 그래서 공주님을 만나고 싶은데, 어떻게 하면 될까?"

[그래. 그럼….]

그 후 아네모네는 자기가 묵는 호텔을 가르쳐 주었다.

약속 장소로 고른 것은 그 호텔에서 조금 떨어진 곳에 있는 공원.

그 장소로 나는 혼자 나갔다.

간신히 아네모네와 만날 수 있다는 고양감과 가슴에 쌓인 불안과 함께….

☀

"늦었어."

"…이것도 전속력이야."

오후 5시 반, 지정된 공원에 도착하자, 거기에는 그네에 앉은 아네모네가 있었다.

옷차림은 사복…으로 오려나 싶었는데, 내가 빌려준 헐렁한 체육복이었다.

"역시 오래간만에 왕자님과 만날 때는 추억의 드레스가 제일이야."

"…그렇군."

지금까지라면 '무슨 바보 같은 소리를 하는 거야.'라며 가볍게 상대했을지도 모른다.

하지만 아네모네의 슬픈 표정을 보니 아무래도 그럴 수 없었다.

"작별의 말을 했는데 또 만났네."

역시 그 불꽃놀이 때 했던 말은 그거였군….

"처음부터 그날로 끝낼 생각이었어?"

"……응."

아네모네가 작게, 그리고 어딘가 미안한 기색으로 끄덕였다.

"왜 작별이지? 우리는 너를 코시엔에 데려갈 준비도 했어. 앞으로도 매니저로 같이 열심히 뛰자고 했잖아. 게다가 코시엔이 끝나도 못 만날 거리는…."

"토끼가 달리기 시작했으니까."

"뭐?"

아네모네의 달관한 웃음.

처음부터 내 의문을 상정하고 발언했다는 게 보이는 태도였다.

"……."

우리 이외에 아무도 없는 공원에서, 조용하게 바람이 지나가는 듯한 소리.

그것은 아네모네가 심호흡하는 소리였다.

"저기, 타이요. 내가 몇 살로 보여?"

"열여섯에서 열일곱."

"땡. 틀렸어. 정답은…… 4개월 남짓이야."

"꽤나 큰 애기가 다 있군."

"응애. …라고 해 볼게."

"…계속 말해 봐."

장난 같지만 장난이 아니다…. 아네모네는 진심으로 말하고 있다.

"…처음에 눈을 뜬 '내'가 맨 먼저 본 것은 새하얀 병원의 천장. 그다음은 눈물을 흘리며 나를 필사적으로 바라보는 아빠와 엄마와 오빠였어."

잠깐의 침묵을 사이에 두고 아네모네가 말하기 시작했다. 병원…이라고? 즉, 아네모네는 무슨 병에 걸렸던 걸까? 아니면….

"4개월 전, 니시키츠타 고등학교 근처에서 사건이 있었어. 사건이라기보다는 사고지만. 택시가 졸음운전으로 신호를 무시했고, 마침 횡단보도를 건너던 세 사람이 거기 휘말렸어. …한 명은 경상으로 끝났지만, 나머지 둘은 의식 불명의 중태였어."

그랬나…. 하지만 듣고 보니 떠오르는 바가 있다.

봄 방학… 내가 야구부 활동으로 학교에 가는 도중에, 무슨 일인지 크게 찌그러진 가드레일과 노란 테이프가 쳐진 장소가 있었다. 그리고 경찰관이 몇 명. 아마도 그게 그것일 거다.

"혹시 그 희생자 중에…."

"응. 중태인 여자애가 보탄 이치카."

그렇지…. 지금 흐름이라면 경상으로 끝났다는 이야기일 리가 없다.

그래서 아네모네가 내게 빌려준 부적은… 교통안전의 부적이었던가….

"지금은 이렇게 다친 데도 다 낫고 **나는** 쌩쌩. …하지만 **이치카는** 그렇지 않았어. 아주 중요한 것을 잃어버렸어."

나? 이치카? 아까부터 아네모네의 표현이 이상한데.

마치 자기 자신의 이야기에 남의 이야기를 섞은 듯한 말이다.

"중요한 것이라니…."

"기억."

"……!"

"가족도, 친구도, 그 외에 소중한 것을 모두 잃어버린 이치카는 완전히 다른 사람처럼… 아니, 완전히 다른 사람이 되었어."

그런, 건가. 즉, 아네모네란 여자애의 정체는….

"감각적으로 이해해. 나랑 이치카는 다른 인간. 사고로 잠든 이치카의 대용품으로, 일시적으로 태어난 존재. …그게 나라는 거야. 니, 니힛…."

그만둬…. 그렇게 울 것 같은 눈으로, 평소처럼 장난스러운 표정을 짓지 마….

이쪽이 울고 싶어지잖아.

"그, 그러니까…. 본래의 주인이 깨어나면, 이 몸을… 잘 돌려줘야만 합니다. 내가 가져선 안 되는 거니까…."

그러니까 아네모네는 자기 본명으로 불리기를 싫어했다.

성도 이름도 사실 아네모네의 것이 아니었으니까….

"처음에는 아빠도 엄마도 오빠도 내 기억을 **되돌리려고** 해 줬어. 이치카가 좋아했던 요리를 하고, 옛날에 가족이 갔던 유원지에 데려가 주고, 오빠의 야구 시합 비디오를 보여 주고. 하지만 무슨 짓을 해도 내 기억은 돌아오지 않았어. 당연하지. 나는 4개월 전에 태어난 존재라서, 돌아올 기억 자체가 없으니까."

다이치가 '코시엔에서 우승해서 아네모네를 없앤다'라고 했던 말은 이런 거였나.

자기가 야구에서 활약하는 모습을 보여 줘서 아네모네 안에 잠들었을 보탄 이치카를 깨우려고… 확증이 없는 가능성에, 도

박에 나선 것이다.

"그리고 조금 지났을 무렵일까. 모두가 나와 이치카가 다른 존재라는 걸 안 뒤로 분위기가 서서히 변했어. 아빠랑 엄마는 일에, 오빠는 야구부에 집중하느라 귀가가 늦어졌어. 내가 돌아오면 테이블 위에 엄마가 한 요리가 랩에 씌워져 있고. 그걸 혼자 먹었어. 만든 지 시간이 지나 다 식은 요리라서… 정말로 차가워서… 하나도 맛이 없었어…."

"……."

"세 사람 다 나름 최선을 다한 것은 알아. 다른 사람이라는 걸 알아도 어떻게든 열심히 날 사랑하려고 해 주었어. 하지만 날 보면 아무래도 이치카가 떠오르니까, 서서히 멀어지는 거야. 아, 무시하는 건 아냐. 말을 걸면 평범하게 웃으면서 이야기도 하고. …하지만, 그 웃음이…… 인형 같은 웃음이야."

아네모네는 뜬금없는 행동을 곧잘 하지만, 바보는 아니다. 오히려 풍부한 감성을 가졌다. 그렇기 때문에 알아차렸다. 세 사람의 사랑이 가짜라는 사실을….

"그래서, 너무 폐를 끼치면 안 되겠다 싶어서, 나도 나대로 요리를 해 볼까 했어. 그랬더니 엄마가 '위험하니까 부엌을 쓰면 안 돼'라고 주의를 주는 거야. …목소리는 다정해. 하지만 눈이…. '너는 만지지 마'라고 말하는 거야. …이치카의 집에는 내가 써선 안 되는 게 너무 많아서 난처했어…."

그래서 아네모네는 우리와 같이 연습에 참가할 때 항상 편의점 주먹밥을 가져왔던 건가…. 자기가 요리를 하려고 해도 시켜 주지 않고, 가족의 식어 빠진 요리는 먹고 싶지 않다. 그러니까 편의점 주먹밥이었다. '진심 담긴 참치마요네즈'… 편의점 주먹밥을 그렇게 말할 정도로 아네모네는 몰려 있었다.

"하, 학교에서도, 다들 점점 멀어지고…. 이치카는 인기가 많았는지, 처음에는 많이들 내 기억을 되돌리려고 해 주었어. 하지만 무리라는 걸 알고서는 멀어지더라고. 처음부터 외톨이였으면 외롭지 않겠지만, 사람이 많이 있었다가 외톨이가 되는 건… 힘들어…."

그 마음은 나도 조금 안다. 초등학생 때 사이좋은 줄 알았던 멤버들이 나를 거북하게 여겼다는 걸 알았을 때의 절망감은 보통이 아니었다.

아무것도 없는 것보다 갖고 있던 것을 잃어버릴 때가 더욱 괴롭다.

아네모네가 이상한 것까지 수집했던 것은 아마도 이게 이유일 거다.

우리에게 필요 없는 것이라도 추억이 하나도 없는 아네모네에게는 보물 같은 것이라서, 그것을 필사적으로 모았던 것이다.

"하지만 이대로 있는 건 싫었으니까 용기를 내서 말했어. '나는 보탄 이치카가 아냐. 하지만 보탄 이치카야. 그러니까 가족이

되고 싶어. 모두의 곁에 있고 싶어…. 날 사랑해 줘…'라고. 그
랬더니… 그랬더니…."

아네모네의 몸이 떨렸다. 그 정도 말까지 해야만 했던가.

그 정도로 무너졌던 걸까.

"엄마한테, 맞았어."

그때 내 머릿속에 떠오른 것은 여기에 오기 전에 다이치가 한
말이었다.

'오오가, 너는 모를 거야. 세계에서 제일 소중한 사람이 같은
모습, 같은 목소리인데 전혀 다른 사람이 되었을 때의 절망을.
내 소중한 사람이 있는 곳을 빼앗은 주제에 아무것도 모르는 철
없는 얼굴로 사랑을 보챈단 말이야. …진짜로 좀 참아 달라는
말밖에 안 나와.'

분명 아네모네… 아니, 보탄 이치카의 가족은 악인이 아니다.

과거에 TV에서 보았던 다이치를 보면 잘 안다.

조금 장난스러운 기색은 있어도, 사근사근하고 밝고 마음 다
정한 사람이었다.

하지만 견딜 수 없었다…. 보탄 이치카를 잃었다는 슬픔을….

"거절할 거면 철저하게 거절하던가. 하지만 내 몸은 이치카니
까 전부 거절할 수는 없었겠지. 다들 **표면상으로는** 받아들여 주
었어."

처음부터 아무것도 없는 것도, 전부 거절당하는 것도 아니다.

받아들이는 척하면서 겉치레뿐인 희망을 준다. 그게 겉치레라는 걸 알아도, 매달리는 것 이외의 선택지는 준비되어 있지 않고, 매달린 결과 모두 다 빼앗긴다. …그걸 몇 번이나 반복한다.

아네모네는 그런 지옥에 계속 있었나….

"나도 나름대로 열심히 모두에게 받아들여지려고 애썼거든? 폐를 끼치지 않도록 아침에는 일찍 일어나서 준비도 하고, 방도 더럽히지 않고, 공부도 열심히 하고, …하지만 틀렸어. 뭘 해도 아빠, 엄마, 오빠, 학교 사람들, 모두에게 받아들여지지 않아. 이치카는 아주 성실했던 모양이라서 나랑은 전혀 다르다고…. 그저 내 주위에는 인형 같은 미소만 계속 늘어나는 거야."

"그러니까 아네모네는 자기 자신이 되고 싶다고…."

"…응. 처음부터 내 목적은 이치카에게 이 몸을 돌려주고 사라지는 것. 타이요… 아니, 야구부 연습을 보여 달라고 한 것은 이치카가 야구를 좋아했으니까. 방은 야구 관련 물건으로 가득했고, 학교에서도 야구부 매니저를 했어. 그러니까 야구와 가깝게 있으면 자연스럽게 이치카가 눈을 뜨지 않을까 하고."

아네모네의 말이 지금까지의 내 의문을 차례로 풀어 주었다.

전에 내가 "야구를 좋아하는구나."라고 물었을 때 "아마도." 라고 대답한 이유. 꽤나 정확한 어드바이스, 한 번 배운 것은 곧바로 익혀서 정확하게 해내는 실력.

그것은 예전에 보탄 이치카가 쌓았던 경험을 감각적으로 이해했던 걸지도 모른다.

"그 작전은 대성공. 타이요와 야구부 사람들 덕분에 무사히 이치카는 확실히 눈을 떠 주었어. 이것도 이유는 설명할 수 없지만, 금방 알 수 있었어. 그날 이치카가 눈을 뜬다. 즉, 내가 사라지는 때가 왔다고."

그래서 축제 때 아네모네는 내게 작별을 고했던 건가.

자기가 사라지는 걸 알았으니까. 마지막 메시지로….

"하지만, 예상 밖의 일이 생겼어."

예상 밖? 뭐지?

"나는 이치카가 눈을 뜨면 그걸로 끝이라고 생각했어. …하지만 아니었어. 아직 이치카는 완전히 눈을 뜬 게 아니라서 나랑 이치카가 교대로 왔다 갔다 해. 정말로 놀랐어. 정신을 차렸더니 불꽃놀이를 보던 강가가 아니라 집에 있었으니까."

즉, 아네모네와 보탄 이치카는 기억을 공유하지 않는 거로군.

아네모네의 시간은 아네모네만의 것이고, 보탄 이치카의 시간은 그녀만의 것.

그러니까 불꽃놀이 날에 그렇게 당황했던 것이다.

거기에 있던 사람은 아네모네가 아니라 보탄 이치카였다.

"그래서 아빠랑 엄마랑 오빠가… 우, 우우우…."

더는 견딜 수 없어졌는지 아네모네의 두 눈에서 눈물이 뚝뚝 흘렀다.

체육복을 꽉 움켜쥐고 몸을 떨었다.

"마, 말하는 거야. '제발! 다시, 이치카로 돌아와!'라고…. 엄청나게 필사적이더라고. 정말로 이치카가 소중하니까, 그녀로 돌아와 달라고. 하지만, 그게, 무슨 의미냐면, 나는… 역시, 필요 없다는 소리야…."

그것은 아네모네에게 무엇보다도 잔혹한 말이었겠지. '이치카로 돌아와'…. 그 말뿐이면 나쁘지 않게 들린다. 하지만 그건 간접적으로 이렇게 말하는 것이다.

너는 사라져 버려라…라고.

"알아. 알고 있었지만… 그래도 확실히 알게 되는 건… 슬퍼…."

한번 넘쳐 난 눈물은 그치지 않고 계속 나와서, 공원에 물 떨어지는 소리가 뚝뚝 울렸다.

이런 건 여자애 혼자서 끌어안고 있을 문제가 아니잖아….

"아빠한테도, 엄마한테도, 오빠한테도 사랑받고 싶어…. 곁에 있는데도, 너무 멀어…."

아네모네. 그러니까 너는 모두에게 이상한 별명을 붙이고 불렀던 거야?

조금이라도 자기를 기억해 달라고. …사랑해 달라고.

"하, 하지만… 그것도… 얼마 안 남았으니까. 점점, 이치카의 시간이 늘어나니까, 이제 완전히 내가 사라지면 만사 해결. 이제 곧 이치카가 돌아와서, 올바른 모습이 돼. 그러면 모든 게 원래대로 되고, 모두가 행복해지는 해피엔딩이 기다려. 니, 니힛…."

"그럴 리가… 없잖아!"

더는 견딜 수 없어져서 나는 아네모네의 몸을 껴안았다.

사라져도 될 리가 없다. 아네모네가 사라지다니, …그런 건 인정 못 해!

"네가 거기 없잖아, 아네모네! 나도… 우리도 거기 없어! 뭐가 해피엔딩이야! 웃기지 마! 정말로 사라지고 싶어?! 전부… 전부 없애고 싶은 거야?!"

"……우, 우우우…."

울음소리와 함께 고개를 내젓는 아네모네.

그대로 내 등에 손을 두르고 힘을 줘 껴안았다. 자기를 거절하지 말아 달라고, 자기를 사랑해 달라고, 그런 마음이 가득 담겨 있는 듯했다.

"이대로가 좋아…. 타이요랑 야구부 사람들이랑 같이 있고 싶어…. 겨우… 겨우 내가 있을 곳을 찾았는데, 그걸 가져가지 말아 줘…."

예전에 아네모네에게 들었던 '토끼와 거북' 이야기.

잠든 토끼는 눈을 뜨자 엄청난 기세로 달려서 골인 지점에 도착한다.

그것은 즉, 아네모네라는 존재가… 웃기지 마…. 그런 건 아니잖아….

"…훌쩍. 고마워. 사실을 다 말했더니 조금은 후련해졌어."

그리고 잠시 동안 나는 말없이 아네모네를 껴안고 있었지만, 계속 그대로 있을 수도 없었다. 아네모네는 내 팔에서 빠져나가 부어오른 눈을 북북 문질렀다.

"아하하. 부끄러운 모습을 보이고 말았다."

"지금까지의 내 추태와 비교하면 귀여울 정도야."

"맞는 말이네."

"좀 부정해라."

""…….""

묘한 침묵이 우리 사이에 떠돌았다.

돌이켜 보면 부끄럽다 정도로 끝나지 않을 소동을 벌였군.

"…미안, 아네모네."

침묵 속에서 내가 쥐어짜낼 수 있었던 말은 사죄.

내가… 우리가 아네모네를 매니저로 맞지 않았으면 이런 일은 일어나지 않았을지도 모른다. 혹시 다이치의 말이 사실이라면 보탄 이치카를 다시 깨운 것은, …우리 니시키즈타 고등학교 야구부다. 아네모네가 야구를 접하게 했으니까….

야구와 접하지 않으면 아네모네는 지금도 평범하게….

"그런 건 아냐."

아네모네가 내 옷자락을 붙잡았다.

"나는 말이지, **이대로**가 좋아. 모두와 함께 지냈던 이대로가. 코시엔을 목표로 탄포포 선배와 매니저 일을 하고, 아나칭의 장난에 어울리고, 시바냥의 여동생 이야기를 듣고, 히구마 씨에게 가끔 혼나고, 쿠키 씨를 웃기고, 타이요를 열심히 응원하고…. 아, 하지만 타이요랑은 이대로라면 싫으려나. 니힛."

체념과 달관이 뒤섞인 아네모네의 미소. 그것이 모든 것을 말하고 있었다.

아네모네는 이제 곧 사라진다. 시간은 거의 남아 있지 않다….

"그러니까 아무것도 안 하는 게 나았을 거란 생각은 하지 마. 모두가 있어서 나는 정말로 즐거운 매일을 보냈어. 어두컴컴하던 세계가 아주 환해졌어. 짧은 시간이었지만, 누구에게도 지지 않을 정도로 멋진 시간을 보냈어. 그 계기는 모두 타이요. 너는 그 이름처럼 내게 왕자님이고 태양이야. …정말로 고마워."

톡, 아네모네의 이마가 내 가슴에 닿았다.

그만둬. 그런 말은 듣고 싶지 않아….

"…코시엔에서 우승하는 걸 보여 줄 테니까 기대하고 있어. 그러니까 이 부적은… 그 뒤에 돌려줄 테니까."

주머니에서 꺼낸 부적을 보여 주면서 그렇게 말했다.

내가 할 수 있는 것은 매달리는 것뿐.

하다못해 약속을 지킬 때까지 아네모네의 존재가 남아 있어 달라고 빌 수밖에 없다.

"…응. 열심히 해."

아네모네의 힘없는 목소리는 이미 허세를 부릴 여유도 없다는 걸 증명하고 있었다.

한계는 코앞까지 다가왔겠지. 코시엔이 끝날 때까지 존재할 수 있을지도….

"그, 그렇지! 아네모네, 내일 시간 있어? 저기, 우리는 모레가 시합이니까, 내일은 근처 그라운드를 빌려서 마지막 마무리 연습을 해! 그러니까 매니저가 없으면 곤란하니까! 너도…."

아네모네의 검지가 내 입술에 닿았다.

"오늘로… 마지막이야."

그런 쓸쓸한 미소를 내게 보이지 말아 줘….

"타이요, 내가 마지막으로 연습에 참가한 날 말했지? '나는 어쩔 수 없는 일은 딱 포기할 수 있는 타입이야'라고. 나는 이제 곧 사라져. 이건 정해진 일이고 결코 뒤엎을 수 없는… 어쩔 수 없는 일이야. 그러니까… 포기해 줘."

웃기지 마…. 포기할 수는 없어!

그렇게 소리치고 싶었지만 목소리가 나오지 않았다.

"저번 축제 때랑 같지만, 다시 한번 확실히 말할게."

모든 것을 달관한 아네모네의, 지금까지 들을 수 없었던 담백한 목소리.

그것이 모든 것을 말하고 있었다. 아네모네는 더 이상 나와…

우리와 만날 생각이 없다.

이 이상 우리에게 폐를 끼치지 않도록, 혼자서 사라질 생각이다….

"타이요…."

그 말과 함께 한 걸음 뒤로. 그대로 서서히 거리를 벌리더니,

"이제 작별이야."

그렇게 말하고 아네모네는 공원을 떠났다….

✸

아네모네의 이별의 말을 듣고 압도적인 허무감에 휩싸인 나는 혼자 여관으로 돌아왔다.

솔직히 제대로 걸었는지도 모르겠다. 온몸을 감싼, 정체 모를 부유감, 흐릿한 풍경. 그렇게 망연자실한 나를 현실로 되돌린 것은….

"우에에에엥!! 싫어요! 이런 건 싫어요! 흑! 흑!"

소리 내 우는 탄포포의 목소리였다….

어어… 이건 대체 무슨 상황이지?

내가 야구부원이 모인 방으로 돌아가자, 거기에는 대성통곡을

하는 탄포포와 그걸 달래는 다른 멤버가 있었다.

"탄포포. 울지 마. 아니, 무슨 사정이 있었겠지. 그거 말고는 생각할 수 없다니까."

"사, 사정 같은 건 몰라요! 저는⋯ 저는 싫어요! 사과 같은 거 필요 없어요! 같이 있어 주면, 그거면 된다고요! 우에에에엥!!"

아나에가 탄포포를 달래지만, 전혀 효과가 없는 모양이다.

"흠. 이거 큰일이군. ⋯어떻게든 하고 싶은데⋯."

"무리일 거야. 그칠 때까지 마음대로 하게 놔두는 게 좋아."

쿠츠키 선배는 곤혹스러운 기색이고, 히구치 선배는 냉정한 모습이었다.

다만 잘 보니 히구치 선배의 손이 안절부절못하고 있어서 다소의 동요가 느껴졌다.

"아! 썬! 겨우 돌아왔구나! 기다렸어!"

"⋯기다렸어?"

내 모습을 보고 곧바로 달려온 사람은 시바. 나를 기다렸다니 무슨 소리지?

"사, 사실은 말이지, 방금 전에 우리에게 연락이 왔어. ⋯⋯아네모네한테서."

"뭐?"

"저번에 우리 연락처를 종이에 적어 줬잖아? 아마 그걸 보고 한 것 같은데, 아무튼 나랑 아나에, 쿠츠키 선배에 히구치 선배.

그리고, ……탄포포한테 연락이 왔어."

아네모네에게서 연락이 왔다…고?

혹시 아네모네는 나와 만나기 전이나 작별을 고한 뒤에, 모두에게 연락을 한 건가?

"아네모네한테서 갑자기 '폐를 끼쳐서 죄송합니다. 코시엔, 열심히 해 주세요'라는 전화가 와서…. 다른 사람들도 비슷한 얘기를 들었나 봐."

역시 아네모네는 더 이상 우리와 만나지 않을 생각이군….

그러니까 억지로 힘을 쥐어짜내서, 마지막으로 모두에게 메시지를 전했겠지….

"전화는 그걸로 끊어졌는데, 탄포포만큼은 그걸 붙들고 '아네모네! 만나고 싶어요! 내일 연습에 와 주세요!'라고 부탁했나봐. 그랬더니 아네모네한테서 '이제 나를 잊어 주세요'라는 말을 들어서. 그래서 저렇게….''

"흑! 흑! 이, 잊을 수 없잖아요! 아네모네는, 제 소중하고 소중한 후배고, 아주 좋아하니까! 또 만나고 싶어요!"

그렇지. 탄포포가 아네모네를 좋아하는 건 잘 알아.

하지만 무리야…. 아네모네와는 더 만날 수 없어….

"큰일인데. 설마 이렇게 되다니…."

"그, 그래! 이건 큰일이군!"

한발 늦게 나는 '썬'으로서 그렇게 말했다.

모두에게 진실을 전해 봤자 어떻게 되는 것도 아니다. 아네모네는 곧 사라진다.

그런 슬픈 사실을 전할 거면 차라리 이대로 떠나간 것으로 하는 편이 낫다.

설령 거짓이라도 또 만날 수 있을지 모른다는 희망은 남으니까….

"…썬, 뭔가 알고 있지?"

역시나 배터리로군. 예리하잖아. …하지만 말할 생각은 없어.

"아니, 아무것도 몰라! 하핫! 뭐, 어쩔 수 없는 일이지!"

"…거짓말…하지 마!"

"…큭!"

하지만 그 거짓말은 시바에게 통하지 않았다. 격앙한 시바가 내 멱살을 잡고 소리쳤다.

"내가 전에도 말했지?! 꼭 혼자서 끌어안지 말라고! 썬이 아네모네의 사정을 하나도 모를 리가 없잖아! 그런데 숨긴다면 그만큼 커다란 문제인 거지?! 큰일인 거지?! 아무리 큰일이라도 좋아! 하지만 그걸 혼자 끌어안는 짓만큼은 하지 마! 우리는 팀이야! 네 문제는 팀의 문제야!"

"…시, 시바."

"분명히 썬은 대단해! 우리 팀의 에이스고, 내가 가장 동경하는 선수고… 하지만 그렇다고 뭐든지 혼자 할 필요는 없어! 야구는 팀플레이야! 너는 혼자서 시합에서 이길 수 있어?! 그럴 리 없잖아! 그럼 말해! 썬이 가슴에 쌓아 놓은 걸 전부 토해 내! 이 정도로 말해도 모르겠다면 한 방 때려… 우왓!"

"음! 시바의 마음은 잘 전해졌지만, 그건 안 되지!"

시바가 내게 주먹을 휘두르려는 찰나 뒤에서 녀석을 붙잡은 사람은 쿠츠키 선배였다.

"일단 진정하자. 시합 전에 배터리가 싸운다니 말도 안 되니까."

이어서 히구치 선배도 조금 기막히다는 기색으로 나와 시바 사이를 가로막듯이 섰다.

…응. 위험했어. 폭력 사태는 여러모로 안 좋으니까.

"뭐, 시바가 한 짓은 칭찬할 수 없지만, 그 말에는 일리가 있지. 썬, 사정을 좀 알고 있지? 솔직히 축제 다음 날부터 이상한 게 뻔히 보였지만 쿠츠키랑 의논한 끝에 본인의 의사를 존중하기로 했는데, 그것도 더는 안 되겠어. …얼른 말해."

윽! 그랬던가…. 뭐, 그 말처럼 보통은 알아차리겠지….

"그렇게 됐다, 썬! 주장으로서 명령한다! 우리에게 사정을 말해!"

선배들은 사정이 없군. 정말 딴소리를 할 수가 없어.

"오, 오오가 선배는 아네모네에 대해 뭔가 알고 있나요?! 그럼 가르쳐 주세요! 저도 알고 싶어요! 우훗!"

"아니, 그건 말이지…."

"썬, 시바가 이 정도까지 했으니까 솔직하게 말해라~? 게다가 나도 아네모네가 걱정돼서 마음이 편치 않으니까~"

"아나에…."

사람이 정적 속에 잠겨 있고 싶은데 시끄럽게 떠들고….

아니, 다들 필사적이다. 아네모네가 정말로 걱정되니까, 무슨 수를 써서라도 내게서 이야기를 들으려고 한다. 그런 녀석들에게 사정을 설명하지 않는 건… 불가능한가….

게다가 시바의 말이 맞다. 이 문제는 나 혼자서 끌어안기에는 너무 크다.

그럼 얌전히 동료들에게 의지하도록 하지. 야구는 팀플레이.

혼자서는 아무것도 할 수 없는 스포츠니까….

☀

"그렇게 된 겁니다. 죄송합니다, 지금까지 말 안 해서…."

그 뒤로 나는 야구부 사람들에게 모든 사정을 설명했다.

아네모네의 본명은 보탄 이치카, 소부 고등학교의 보탄 다이치의 여동생이란 사실. 이전에 니시키즈타 고등학교 근처에서 일어난 교통사고의 희생자가 보탄 이치카였던 것. 그 사고 때문에 아네모네라는 소녀가 태어난 것. 기억이 돌아오는 동시에 아네모네의 존재가 사라지고 보탄 이치카가 나타난다는 것. 그리고 오늘 내가 아네모네와 만나서 그 사정을 들은 것. …모든 것을.

"그, 그렇군…. 좀처럼 믿기 어려운 이야기지만, 그거라면 납득이 가…."

침묵에 잠긴 여관에서 누구보다도 먼저 말을 꺼낸 사람은 주장인 쿠츠키 선배였다.

선배는 팔짱을 끼고 깊은 한숨을 내쉬었다.

"…그래서 아네모네는 탄포포에게 자기를 잊어 달라고 말한 건가. 다음에 만나는 일이 있어도 이미 다른 사람이 되었을지도 모르니까…."

"네. 아마도 히구치 선배의 말이 맞을 겁니다."

"뭐야! 분명 아네모네가 저를 싫어하는 줄 알고 깜짝 놀랐잖아요! 하지만 그게 아니라는 걸 알고 안심했습니다! 참나! 아네모네는 장난기도 많다니까요! 우후후후!"

탄포포는 일의 무게를 모르는 건지, 아니면 아네모네가 자기를 싫어하는 게 아니라는 걸 알고 안심한 건지, 밝은 웃음을 보였다.

이건 참 실례되는 생각이지만, 이럴 때 바보는 참 강하구나….

"무슨 수단이 없을까? 아네모네가 사라지지 않는 방법이라든가…."

"모르겠습니다. 이런 경험, 지금까지 한 번도 없었고…."

"…그래. 뭐, 그렇지…."

히구치 선배는 당황하거나 허둥대는 기색도 없이 조용히 끄덕였다.

쿠츠키 선배도 그렇고, 히구치 선배도 그렇고, 이런 이야기를 들어도 냉정하게 있는 모습을 보면 '아, 역시 이 사람들은 3학년이구나.'라는 생각이 든다. 내년에 나는 이 사람들처럼 될 수 있을까?

"저기, 썬. 그래서 아네모네에게는 시간이 어느 정도 남아 있어?"

"시바, 나도 몰라. 하지만 녀석은 '오늘이 마지막'이라고 했어. 그러니까…."

"그런가…."

"그럼 아네모네는 이대로 사라지는 거야?! 우리와 같이 야구부 매니저로서 열심히 뛰어 준 기억은 완전히 사라지는 거야?!"

"어… 그래. 아네모네와 보탄 이치카는 기억을 공유하지 않는 모양이고."

"…진짜냐."

아나에의 넋 나간 목소리. 이런 뜬금없는 문제와 마주치면 혼란스러운 게 당연하다.

사실 나도 어째야 좋을지 전혀 모르고 있었다.

"""""……."""""

침묵이 여관방을 뒤덮었다.

할 수만 있다면 다시 한번 아네모네에게…라는 마음은 있지만, 그건 이미 불가능하다.

아네모네 자신이 그걸 바라지 않기도 하지만, 아까 다이치에게서 호텔을 통해 '지금 이치카는 대단히 불안정한 상태다. 그러니까 앞으로 일체 그 아이와 만나지 말아 달라'는 연락이 왔다.

솔직히 생각하는 바는 있었지만, 오늘 다이치가 내 희망을 받아들여 행동해 준 것을 생각하면 아무래도 뭐라고 할 수 없었다.

알고 있어…. 다이치는 다이치대로 필사적이야. 보탄 이치카를 되돌리기 위해서….

하지만 이런 식으로 끝내도 될까? 이대로 가다간 녀석은 외톨이인 채로 사라진다.

그런 걸 인정할 수는….

"저기…. 다들 왜 그렇게 난처한 표정을 하고 있나요?"

그때 어리둥절한 목소리가 여관방에 울렸다. 그 말을 한 사람은 탄포포였다.

"그야 그렇잖아. 이대로 가다간 아네모네가 사라…."

"우훗! 우후후훗! 아나에 선배는 바보네요~! 아네모네가 사라지지 않을 방법이라면 분명히 있잖아요!"

"탄포포, 너 무슨 소릴…."

"간단합니다! 우리 니시키즈타 고등학교가 코시엔에서 우승하면 됩니다!"

""""""에엑?!""""""

우리는 목소리를 모아 얼빠진 소리를 내고 말았다.

"보세요! 우리는 아네모네랑 약속했잖아! 코시엔에서 우승하는 것을, 넘버원이 되는 모습을 보여 준다고! 즉, 그 약속을 지키면 아네모네는 사라지지 않습니다!"

아니, 이 녀석은 대체 무슨 소리를 하는 거야?

"매니저로서 함께 지내 온 저는 자~~알 알고 있어요! 아네모네는 야구를, 우리 니시키즈타 고등학교 야구부를 정말로 좋아해요! 그러니까 우리가 약속을 지키면 정말로 기가 막히게~ 멋진 추억이 남아서 사라지지 않을 게 틀림없어요! 우후후훗!"

"저기, 탄포포…. 코시엔에서 우승해도 아네모네는 아마 돌아오지 않아. 우리의 상황은 완전히 벽에 부딪쳤다고…."

다이치가 그 수단을 취하려고 한 건, 아마도 원래부터 존재했을 터인 이치카에게 자기들이 코시엔에서 우승하는 모습을 보여줘 기억을 자극하려고 한 것이다.

하지만 새롭게 태어난 아네모네에게 같은 수단은… 아마도 통하지 않을 것이다….

"오오가 선배! 벽에 부딪쳤을 때 어떻게 하면 되지요?! 그걸 저는 이전에 분명히 가르쳐 줬잖아요! 벌써 잊어버렸나요?"

"벽에 부딪쳤을 때의 방법…이라고?"

"어쩔 수 없네요~ 그럼 특별히 다시 한번 가르쳐 드릴게요! 우흥!"

탄포포가 일어서서 가슴을 폈다. 그리고 크게 숨을 들이마셨다.

"그건 바로 소중한 사람을 떠올리면서 싸우는 것입니다! 강한 마음은 몸에도 크게 영향을 미치니까요! 이 사람을 위해 이기고 싶다고 바라면, 자연스럽게 몸도 따라오는 법입니다! 마지막에 승부를 결판 짓는 것은 강한 몸이 아니라 강한 마음! 결국은 마음입니다! 마·음!"

"그건….."

"오오가 선배! 저는 아네모네를 좋아해요! 다들 아네모네를 좋아해요! 그러니까 그 마음은 전해질 거라고요! 소원은 이루어지는 법이에요! 반드시, 바아아아아안드시 이뤄지는 겁니다!"

대단한 자신감이군…. 근거도 전혀 없는 주제에 아주 의기양양하잖아.

"그래도 불안하다고 말한다면…."

그 말과 함께 탄포포가 꺼낸 것은 나뭇가지 하나.

그건… 천벌 받게도 탄포포가 꺾어서 가져온 나리츠키 가지다. 무슨 소원이라도 반드시 한 번은 이뤄 준다는 전설이 있는….

"자, 여러분! 여기에 빌지요!"

활짝 웃으며 우리 앞에 나리츠키 가지를 내미는 탄포포.

하핫. 정말 대단하네. 알고 있어?

아네모네를 없애지 않는다는 건 보탄 이치카를 없앴다는 소리가 되는데?

지금까지 계속 함께 지내 왔던 다이치나 그녀의 가족이나 친구의 마음도 있는데… 하지만 그런 건 관계없나. 어려운 생각은 나중에 하자.

"하하핫! 탄포포, 나이스 아이디어야! 좋았어! 나는 하지!"

"쿠츠키 선배, 나도 찬성임다! 아네모네를 위해서 빌어 보겠슴다!"

"뭐, 어차피 우승을 목표로 하는 건 변함없고, 하는 김에 할까. 좋아, 나도 빌지."

"물론 나도 찬성이야. 아직 아네모네는 내 여동생을 못 봤거든"

무겁던 분위기를 쫓아 버리듯이 쿠츠키 선배, 아나에, 히구치 선배, 시바가 탄포포의 제안에 찬성했다. 하지만 네 사람의 표정을 보고 깨달았다. 다들 이미 알고 있다….

설령 우리가 코시엔에서 우승하더라도 아네모네가 사라진다는 사실을.

그래도 이렇게 탄포포의 제안에 응한 것은 희미한 희망에 매달리고 싶은 걸지도 모른다.

처음부터 코시엔 우승이 우리의 목표였으니까.

그래…. 아네모네가 있든 없든 코시엔 우승은 전국의 고교야구 소년의 꿈이다. 그걸 목표로 하지 않으면 어디를 목표로 할까.

하는 김에 아네모네와의 약속도 이뤄 보실까.

"헤헷! 탄포포, 좋은 생각이야! 나도 물론 함께해야지!"

그러니까 나는 그렇게 말했다. 설령 녀석이 가짜라고 해도 나는 녀석의 왕자님이다.

공주님 앞에서는 멋진 모습으로 있어야지.

가끔은 괜찮잖아? …해피엔딩에 정면으로 거스르는 것도.

"우후후훗! 그럼 여러분, 구령에 맞춰서 빌어 보지요. 준비는 됐나요?"

탄포포가 나리츠키 가지를 우리 정면으로 향했다. 그리고,

"하나, 둘……"

""""""""아네모네가 사라지지 않게 해 주세요!!""""""""

우리는 목소리를 모아서 나리츠키 가지에 그렇게 빌었다.

나를 좋아하는 건
너뿐이냐

승자 없는 결승전

제 6 장

나리츠키 가지에 모두가 소원을 담은 뒤로 2주 정도가 지났다.

　"좋아! 다들, 가자!!"

　""""""네에!!""""""

　벤치에 울리는 쿠츠키 선배의 호쾌한 호령에 맞춰 우리는 구장의 홈 베이스로 향했다.

　드디어… 드디어 여기까지 왔다….

　"이야~! 대단한 환성이네~!"

　"아나에, 너무 두리번거리지 마."

　구장에 울리는 대환성. 지금까지 몇 번이나 들었지만, 한층 감개에 젖는 것은 오늘이 특별한 날이니까… 아니, 그런 생각을 하는 건 이르겠지.

　진짜는 지금부터니까.

　전국 고교야구 선수권 대회, 결승전. 그것이 지금부터 여기—한신 코시엔 구장에서 치러진다.

　대전 카드는 작년 여름, 그리고 올봄의 패자인 소부 고등학교.

　그리고… 첫 출장인 니시키즈타 고등학교. 우리다.

　오늘 아침에 본 뉴스에서는 '예상을 거스르며 연승 중인 니시키즈타! 쾌조의 진격으로 하극상을 이루는가?!'라는 특집을 하고 있었다. 드라마틱한 것을 찾는 매스컴에게는 패자인 소부 고등학교보다도 첫 출장인 우리 쪽이 더 안성맞춤인 모양이다.

지금까지 제대로 다루지도 않았던 주제에 참 뻔뻔스럽다 싶으면서도, 간신히 소부 고등학교와 나란히 설 수 있었다는 달성감을 맛보는 순간이기도 했다.

정말로… 드디어… 드디어 결승전이다.

편한 싸움은 한 번도 없었다. '이렇게 힘들 거면 차라리 져서 편해지고 싶다'며 도망칠 뻔도 했다. '이제 틀렸다. 우리는 모든 것을 잃는다'라고 절망도 했다.

그래도 아슬아슬하게 한계까지 간신히 버티며 싸워 왔다.

승리할 때마다 맛보는 마음은 행복감과 죄악감.

우리는 많은 고교야구 소년의 꿈을 발판 삼아서 여기에 서 있다.

모두가 행복해질 수 있는 해피엔딩 같은 건 존재하지 않는 장소… 그것이 코시엔이다.

그러니까 귀하고, 아름답고, …그리고 슬픈 세계겠지.

언젠가 내가 어른이 되었을 때, 이런 식으로 죽어라고 뭔가를 할 수 있을까?

그런 생각은 어른이 된 뒤에 하면 된다.

"으음… 의외로 신이란 놈은 있는 걸지도."

코시엔의 홈 베이스를 사이에 두고 내 대각선 맞은편에 선 남자… 보탄 다이치가 그렇게 말했다.

그래. 계속 이기면 언젠가 어딘가에서 만날 거라고는 생각했지만, 설마 결승전에서 겨우 만나게 될 줄은 몰랐어….

"겨우 너희와 승부할 수 있게 되었군. 솔직히 어제는 기대되고 기대돼서 제대로 잠도 못 잤어. 전력으로 박살내 줄 테니까 각오해."

"준비성도 좋군요. 벌써 졌을 때의 핑곗거리를 마련하다니."

"제법인데. 그럼 졌을 때는 '수면 부족 때문입니다~ 좀 봐주세요~'라고 말하도록 할까."

질 생각은 요만큼도 없는 주제에 말은 잘하는군.

"참고로 오오가, 네 컨디션은?"

"최고입니다. 지금만큼은 이 시합에 집중하며 전력으로 임하도록 하지요."

"…응. 나도 마찬가지야."

평소의 넉살스러운 밝은 미소도, 절망으로 가득한 슬픈 미소도 아니다…. 그저 순수하고 곧은 미소. 야구를 좋아하는… 내가 동경하는 다이치의 미소다.

그런 사람과 이제부터 승부할 수 있다고 생각하니 가슴이 뛰었다.

그 뒤에 서로 '잘 부탁합니다!'라는 정례 인사를 나누고 우리 니시키즈타 고등학교 야구부는 일단 벤치로 돌아왔다.

"우후홋! 여러분, 힘내세요! 우승까지 한 발 남았어요!"

벤치로 돌아온 우리를 티 없는 웃음으로 맞아 주는 매니저 탄포포.

사실은 한 명 더… 설령 벤치에 없더라도 곁에 있었으면 하는 매니저가 있었다.

그 애와는 코시엔이 시작되기 직전에 한 번 만났을 뿐. 그 이후로는 아무도 만나지 못했다.

"그래! 맡겨 줘, 탄포포!"

"여동생도 보러 왔으니까, 꼴사나운 모습을 보일 순 없지."

"좋았어~! 멋지게 활약해서 여자들에게 인기를 Get해 버리겠어!"

"아나에, 그런 소리는 나중에 하고 얼른 가라."

"하하핫! 다들 든든하군!"

누구에게서도… 탄포포에게서도 그 아이의 이름은 나오지 않았다.

그날… 모두가 나리츠키에게 소원을 빈 날, 우리는 결정했다.

어떤 사정이 있어도 우리는 야구 소년. 야구에 전력을 걸고 임해야 한다.

그러니까 코시엔이 끝날 때까지 그 아이의 이름을 말하지 않도록 하자.

그 이름을 말하는 것은 약속을 지키고… 코시엔에서 우승한 뒤로 하자고.

1번 타자인 히구치 선배가 타석에, 2번 타자인 아나에가 대기
타석으로 향했다.

"플레이 볼!"

심판의 목소리가 드높게 울렸다.

타석에 선 히구치 선배를 소부 고등학교의 투수가 노려보았다.

1회 초. 일단 우리의 공격부터다.

드디어 시작된 전국 고교야구 선수권 대회 결승전. 그것은 엄
청난 투수전이 되었다.

일단 선공인 우리 말인데, 아쉽게도 삼자범퇴.

상대 투수도 제법이지만, 역시 거슬리는 건 유격수인 보탄 다
이치.

선두 타자로 나선 1번 히구치 선배가 날카로운 타구를 날렸지
만 다이치에게 막혀서 아쉽게도 아웃. …수비 범위가 장난 아니
게 넓다. 아마도 보통 선수보다 두 배는 되는 것 같다.

다음인 아나에와 3번 타자인 나는 아쉽게도 플라이와 힘없는
땅볼로 스리아웃.

그리고 1회 말. 소부 고등학교의 공격….

"시합이 끝나면 돌려주지…."

주머니에 넣어 둔 부적을 힘주어 움켜쥐고 작게 중얼거렸다.

…3초 뒤, 부적에서 손을 떼고 대신 공을 움켜쥐었다.

자, 드디어 기다리고 기다린 결승전이다! 내 힘을 보여 주마!

초구는 지금까지 내가 계속 던져 온 직구를 전력투구. 1번 타자는 상상 이상의 구속에, 캐처 미트에 들어간 뒤에야 배트를 휘둘렀을 정도. 동시에 들끓는 니시키즈타 고등학교 관객석에서 울리는 성원이 내게 더욱 힘을 주었다.

그 힘을 살려서 1번, 2번 타자를 삼진으로 잡았고, 3번 타자가 날카로운 타구를 날렸지만 아까 다이치의 파인 플레이에 대한 앙갚음이라는 듯이 유격수 히구치 선배가 다이빙 캐치.

결과는 유격수 땅볼로 스리아웃.

2회 초.

"…큭!"

"하하핫! 시바, 좋은 스윙이었어!"

"죄송합니다… 쿠츠키 선배."

벤치까지 울리는 쿠츠키 선배의 호쾌한 목소리와 사죄하는 시바.

2회 초, 일단 4번 타자 포수인 시바의 타석으로 시작인데, 아쉽게도 중견수 플라이.

좀 빗맞은 공은 높은 포물선을 그리면서도 뻗지를 않아서 중견수 글러브 안에 들어갔다. 원아웃이다.

"됐어. 신경 쓰지 마! 벼르던 코시엔 결승전 첫 타석이야! 괜히 위축되는 것보다는 아무 생각 없이 크게 휘두르는 편이 기분도 좋지! 자, 수비에서는 썬이나 히구치한테 멋진 모습을 빼앗겼으니까, 공격에서 내가 좀 멋진 모습을 보여 볼까!"

어떤 상황이라도 항상 흔들림 없는 자신감을 가지는 이 사람은 정말로 든든하다…라고 해도, 쿠츠키 선배 역시 그 성격처럼 호쾌한 스윙이 장기라 삼진이 많다.

힘과 힘의 승부에는 강하지만, 힘과 기술의 승부에는 약한 타자. 그게 쿠츠키 선배다.

"제길! 저 투수, 변화구를 몇 개나 던질 수 있는 거야!"

벤치로 돌아온 시바가 투덜거렸다. 소부 고등학교의 투수는 나와 다른 타입의 투수다. 다채로운 변화구를 구사해, 삼진이 아니라 맞춰 잡는 타입.

특히나 귀찮은 것은 슬라이더(slider)*. 우타자인 내가 보자면 배트로부터 도망치듯이 변화하고, 좌타자인 시바에게는 안쪽으로 파고드는 식의 아주 껄끄러운 변화구다.

"시바, 짜증내지 마. 화낸다고 변하는 건 없잖아? …괜찮아. 네가 못 쳐도 쿠츠키가 쳐 줄 거야."

꽤나 자신만만하게 히구치 선배가 그렇게 말했지만, 그건 더 문제 아닌가?

※슬라이더(slider) : 속구(速球)를 던지듯이 가운뎃손가락에 약간 힘을 줘 몸을 기울인 듯한 기분으로 던져서 바깥쪽으로 흐르듯이 구부러지게 하는 투수의 투구(投球)법.

"아니, 쿠츠키 선배랑 저 투수는 상성이 안 좋지 않습니까?"

시바도 그걸 아는지, 다소 말하기 거북한 눈치임에도 솔직하게 말했다.

사실 나도 변화구에 희롱당해서 아웃될 거라고 예상했다.

"응? 시바는 무슨 소리를… 아, 그런가. 그러고 보면 말하지 않았구나. 쿠츠키의 비밀을."

"쿠츠키 선배의… 비밀?"

"녀석은 주장이 되었을 때, 배팅 스타일을 바꿨어. 주장인 자기가 항상 전력으로 배트를 휘두르면 다른 멤버도 거리낄 것 없이 삼진을 두려워하지 않고 배트를 휘두를 거라고. 생각해 봐. 너희가 1학년 때의 쿠츠키는…."

히구치 선배가 거기까지 말했을 때, 구장에 배트가 공을 때리는 경쾌한 소리가 울렸다.

무슨 일이 일어났는지는 말할 것도 없다. …친 거다! 쿠츠키 선배가!

호쾌한 아치를 그리며 스탠드를 향해 날아가는 타구.

아쉽게도 스탠드에는 닿지 않았지만, 그래도 장타. 멋진 2루타였다.

"저렇게 꽤 섬세한 배팅도 할 수 있거든? 뭐, 본인은 홈런을 노린 모양이니까, 조금 불만인 표정이지만."

그 말에 2루에 있는 쿠츠키 선배를 보자, 고개를 갸웃거리며 다소 납득이 가지 않는다는 표정이었다.

하핫. 저런 얼굴의 쿠츠키 선배는 처음 봤어.

"저게 우리의 주장이다. …어때? 든든하지?"

""네!""

자기 일처럼 자랑스럽게 말하는 히구치 선배에게 우리는 고개만 끄덕일 뿐.

정말로 이 사람들이 선배라서 다행이라고 통감했다.

"자, 첫 안타는 이쪽이 냈다. 소부 고등학교로서는 기분 더럽겠지."

그래. 여기서 점수가 날지 안 날지 모른다. 하지만 이 전개는 좋다.

시합에는 흐름이 있다. 그 흐름을 붙잡기에 딱 좋은, 주장의 첫 안타.

그것도 패배를 모른다는 소부 고등학교에게서 뽑아냈다. 이제 점수만 내면… 확실히 흐름을 잡을 수 있다.

하지만 이야기는 그렇게 간단하지 않아서, 후속 타자들이 연이어 당했다.

상대의 투구가 좀 흐트러지면 좋겠는데, 역시 그렇게 만만치 않나.

2회 말.

타석에 선 남자가 내 심장 고동을 다소 빠르게 만들었다.

드디어… 드디어 이 사람과 승부할 때가 왔다. 전국의 고교야구 소년들의 동경의 대상, 소부 고등학교 4번 타자, 올해 가장 주목받는 타자… 보탄 다이치.

지금까지 다이치의 코시엔 통산 타율은 0.712. …괴물 같은 성적이다. 하지만 나도 지지 않는다. 내 코시엔에서의 방어율은 0.65. 지금까지 거의 점수를 내주지 않았다.

"……."

…응? 뭐야? 다이치가 자신만만한 웃음을 지으며 나를 바라보는데.

대체, 뭘… 아니, 저건…!

""""오오오오옷!!""""

다이치가 취한 행동에 소부 고등학교 관객석에서 성대한 성원이 일었다.

행동 자체는 단순하다. …그저 배트로 전광판 방향을 가리켰을 뿐.

즉, 홈런 예고다.

재미있는 짓을 하잖아…. 그럼 이쪽도 어울려 줘야지.

""""오오오오옷!!""""

이번에는 니시키즈타 고등학교 관객석에서 소부 고등학교의 성원에 지지 않는 환성이 일었다.

이쪽의 행동 자체도 단순. 내가 다이치를 향해 내 그립을 보여 주었을 뿐.

이 사람에게 던질 첫 공은 처음부터 정해져 있었다.

내 최강의 변화구… 포크볼 이외에는 없다.

"썬! 한 방 먹여 버려!!"

죠로. 오늘까지 매일 응원 와 줘서 고마워. …조금만 기다려 줘.

조금만 더… 조금만 더 있으면 우리가 이 나라 최고가 되는 모습을 보여 줄 테니까.

다이치가 배팅 포즈를 취했다. 이제 내가 공을 던지기만 하면 된다.

"칠 수 있으면…."

누구에게도 들리지 않는 작은 목소리로 말을 흘리면서 나는 투구 동작에 들어갔다.

등을 보이듯이 몸을 비틀고, 그대로 단숨에….

"쳐 보시지!"

공을 던졌다.

"스트라이크!!"

심판의 목소리가 드높게 울렸다. 동시에 소부 고등학교 응원석이 조용해지고, 니시키즈타 고등학교의 응원석에서는 방금 전이상의 대환성이 일었다.

당연하다. 다이치는 내 포크볼이 오는 것을 알면서도 못 쳤다.

헛스윙했으니까. 아마도 지금까지의 시합의 비디오를 보며 대책을 연구했겠지만, 실제로 체험하니 격이 달랐겠지. 재미있을 정도로 눈을 둥그렇게 뜨고 있다.

"스트라이크!! 배터 아웃!"

그리고 두 개 연속으로 나는 포크볼만 던져서 다이치를 삼진으로 잡았다.

아쉬웠겠군. 내 공을 그렇게 쉽게 홈런으로 만들 수 있을 리가 없잖아. 얕보지 마.

첫 타석은 나의 승리. 후속 타자도 내 공에 배트를 스치지도 못한 채 그대로 모두 삼진. 2회 말도 무실점으로 막았다.

그 뒤로는 서로 무득점인 채로 팽팽하게 가는 듯했지만, 흐름은 우리 쪽으로 기울고 있었다.

일단 3회 초⋯ 니시키즈타 고등학교의 공격인데, 8번, 9번 타자가 아웃을 먹었지만 히구치 선배가 안타를 치고 출루. 이 시합에서 두 번째 안타도 니시키즈타가 쳤다. 다만 아쉬운 것은 후속 타자인 아나에가 삼진을 먹어서 스리아웃.

그 뒤의 3회 말, 소부 고등학교의 공격은 다시 3연속 삼진. 즉, 이 시점에서 내 탈삼진은 8. 소부 고등학교는 3번 타자 이외에는 제대로 배트에 공을 맞히지도 못했다.

그리고 4회 초 말인데, 3번 타자인 나는 2루 땅볼로 쓰러졌지만 그 뒤의 시바와 쿠츠키 선배가 안타를 쳐서 원아웃 1, 3루의 찬스를 얻었다. 상대 투수에게 중압감이 상당한지 투구가 서서히 흔들리기 시작해서 2개 연속으로 공이 빠지더니 다음에 들어온 밋밋한 공을 6번 타자가 멋지게 쳤…지만, 여기서 소부 고등학교가 명문교의 기합과 저력을 보였다.

지금까지의 상대라면 틀림없이 안타가 되었겠지만, 2루수의 파인 플레이로 병살타. 아쉽게도 우리 니시키즈타 고등학교는 득점 찬스를 놓쳤다.

점수를 못 딴 건 아쉽지만, 그래도 이 흐름은 좋다.

제대로 안타도 못 치는 소부와 서서히 안타를 치기 시작하는 니시키즈타.

어느 쪽이 밀어붙이고 있는지는 누가 봐도 알 수 있는 시합 상황이다.

그리고….

4회 말.

현재 상황은 투아웃 1루. 안타는 맞지 않았지만, 포볼을 내준 내 실수다. 그리고 타석에는 다시 한번 그 남자… 보탄 다이치가 섰다.

방금 전 같은 퍼포먼스는 일체 없음. 오히려 귀기 어린 표정을 하고 있었다.

그도 그렇겠지. 지금까지 소부 고등학교는 제대로 된 안타 하나도 못 쳤다.

4번 타자인 자기가 안타를 쳐야 한다고 생각하는 게 훤히 보이는 표정이다.

…그렇겐 안 되지. 설령 이쪽이 앞서고 있다고 해도 우리는 방심하지 않아.

앞으로도 한 방도 맞지 않겠어!

"……!"

"스트라이크!"

초구, 다이치는 내 포크볼을 노리고 배트를 휘둘렀지만, 아쉽게도 구종은 직구. 아까처럼 서비스할 생각은 이제 없다.

오히려 내 예상대로다. 아까 타석에서 눈에 그 공을 새겨 주려고 일부러 포크를 세 개나 던졌으니까. 한번 박힌 이미지는 그리 간단히 사라지지 않지.

직구가 온다는 걸 알아도 포크를 의식하게 돼서 틈이 생긴다.

거길 찔러 주지.

"……!"

"중견수!"

시바의 목소리가 울렸다. 다음에 던진 내 직구를 다이치가 쳤다.

하지만 살짝 타이밍이 어긋났겠지.

아쉽게도 장타는 안 되는 힘없는 포물선을 그리면서 중견수에게로 날아갔다.

　괜찮아. 저거라면 중견수 아나에가…….

　"……어?"

　그때 갑자기 코시엔에 바람이 불었다. 그것은 코시엔의 특징 중 하나인 바닷바람이다.

　지금까지의 시합에서 몇 번 경험했지만, 이렇게 센 건… 이런! 공의 궤도가!

　"백홈(back home)*!! 서둘러!"

　다시 시바의 고함 소리가 울렸다. 방금 전과 비교하면 분명히 초조함이 넘쳐 났다.

　본래 가볍게 잡을 수 있을 공은 바람 때문에 궤도가 어긋났다.

　그걸 알아차린 아나에는 그 준족을 살려서 쫓아갔지만, 문제의 공은 일단 글러브에 들어간 뒤에, …굴러 나왔다.

　"제기라아아아알!!"

　아나에가 공을 쥐고 전력으로 던졌다. 투아웃이었던 것도 있어서 1루 주자는 정석대로 투구와 동시에 전력 질주. 이미 3루를

※백홈(back home) : 주자가 홈으로 들어와 득점하는 것을 막기 위해 수비 팀 야수가 타구를 잡자마자 홈플레이트 쪽으로 송구하는 것을 말한다.

돌았다. …어서. …어서!

"으랴아아아아!"

"…큭!"

간신히 시바의 미트에 공이 들어갔지만, 주자도 홈에 도달했다.

시바는 열심히 홈을 지키려고 했지만,

"세이프!"

심판의 목소리가 무정한 사실을 우리에게 고했다.

스코어보드의 소부 고등학교 쪽에 표시되는 '1'이라는 숫자.

…어쩔 수 없지. 이런 일은 지금까지 몇 번이나 경험했다.

아무리 완벽하게 해도 외적 요인으로 트러블을 만나는 일은 자주 있다.

중요한 것은 이다음. 그러니까 마음을 정리하자. 신경 쓰면 안 돼….

스스로에게 그렇게 말해 줬지만, …제길…. 이래도 되냐고….

"미안! 정말로 미안! 내가… 내가 제대로 잡았으면!"

4회 말 수비를 마치고 벤치로 돌아온 우리에게 아나에가 필사적으로 사죄했다.

하지만 그걸 탓하는 녀석은 아무도 없었다.

"우, 우훗! 괜찮아요! 아직 4회입니다! 이제부터 확실히 역전하죠!"

"그건 프로라도 못 잡아. 오히려 쫓아간 아나에는 자랑해도 좋아."

"탄포포, 히구치 선배…."

"자, 잊어버려, 잊어버려. 탄포포의 말처럼 역전하면 되는 거니까 아무 문제없어. …그렇지, 아나에?"

"…넵! 그렇습니다!"

그렇게 기합을 넣는 아나에. 앞으로의 플레이에 영향이 올까 불안했는데, 그럴 걱정은 없겠다. 그래, 아무 문제없어. 그냥 역전하면 될 뿐이야.

저쪽은 내 공을 제대로 건드리지도 못하는데, 이쪽은 다르다.

서서히, 하지만 확실히 우리는 저 투수에게 익숙해지고 있다. 그러니까… 점수를 딸 수 있어.

야구만의 이야기도 아니지만, 한번 놓친 흐름을 다시 잡기란 대단히 어렵다.

그 뒤의 5회, 6회, 7회, 우리 니시키즈타는 히구치 선배, 쿠츠키 선배, 시바, 나 등등이 안타를 쳤지만, 공격이 잘 이어지지 못해서 득점에 이르지 못했다.

아무래도 흐름과 함께 운도 잃어버린 모양이라서, 날카로운 타구가 우연히 3루 정면으로 가서 아웃되는 등, 고개를 갸우뚱 거리고 싶어지는 장면도 있을 정도였다.

물론 나도 점수를 빼앗기지 않는다… 하지만, 선취점을 빼앗긴 것이 영향을 줘서 포볼을 내줬다. …한심하군.

결국 나는 아직 어른이 못 된, 미숙한 고등학생이야….

다만 그래도 최대한으로 버텨서 소부 고등학교에게 안타를 하나도 내주지 않았다.

괜찮아. …이렇게 계속 막으면 기회는 반드시 와.

설령 그게 아무리 가느다랗더라도 반드시 붙잡겠어….

8회 초.

"자, 자아, 여러분! 드디어 8회 초 우리의 공격입니, 다! 타순은, 9번부터! 저쪽은 아직 안타를 못 친 것에 비해 이쪽은 서서히 쳐 대고 있어요! 그러니까, 여기서 확실히 역전해요! 우, 우훗!"

살짝 기운이 빠진 탄포포의 목소리. 본인은 최대한 미소를 짓고 있지만, 그게 굳어 있다.

원인은 '1-0'인 채로 변하지 않는 스코어보드. 우리가 아직 무득점이기 때문이다.

안타는 치고 있지만, 좀처럼 그게 이어지지 않아서 득점에 이르지 못했다.

마치 3루와 홈 사이에 보이지 않는 벽이 있어서 그게 우리의 득점을 막는 게 아닐까 하는 착각이 일어날 정도다.

"앞으로 두 이닝… 아직 기회는 있어. 반드시 다음 타석에서도 쳐 주지."

"음… 그래, 시바."

4번 타자로서 코시엔 결승전까지 올라온 것에 자신감과 책임을 갖추게 된 시바가 결의를 흘렸다. 그 결의가 홈 베이스에 닿도록 나는 시바의 등을 힘주어 두드렸다.

"저기, 썬, 시바."

"응? 왜 그래, 아나에?"

우리에게 말을 걸어온 사람은 아나에였다. 그 표정은 평소의 까불대는 것과는 전혀 달랐다. 차분하게 뭔가 생각하는 듯했다.

"미안해…. 전에 철벽의 수비를 보여 주겠다고 말해 놓고는 이래서."

"아니, 그건 아나에가 잘못한 게….."

"어떤 이유든 에러는 에러야."

스코어보드의 'E' 부분에 새겨진 '1'이라는 숫자를 보며 아나에가 말했다.

"게다가 1번부터 5번까지 중에서 안타를 못 친 사람은 나 혼자야. 히구치 선배도 썬도 시바도 안타를 쳤고, 쿠츠키 선배는 오늘 모든 타석에서 쳤어. 내가 한심해….."

이런…. 회복되었나 싶었는데, 지금까지 무득점인 게 아무래도 아팠나.

아나에의 표정이 순식간에 어두워지고….

"뭐, 분명히 그렇지. 게다가 비장감을 뿜으면서 폼 잡는 게 더욱 안 좋아."

"아니! 히구치 선배! 나는 진지하게…."

"에러를 한 녀석이 점수를 내서 갚아 주는 게 최고로 멋진 거잖아. 틀림없이 여자가 줄줄 따를걸?"

히구치 선배가 히죽대면서 그렇게 말했다.

"그, 그건…."

"뭐, 보내기 번트라도 좋아. 내가 안타를 친다. 아나에가 나를 2루로 보낸다. …그리고 썬이 안타로 동점. 다음에 시바가 홈런. 이걸로 역전이다."

잠깐만, 히구치 선배. 은근슬쩍 나랑 시바한테 말도 안 되는 걸 시키지 않습니까?

특히나 시바의 허들이 보통이 아니게 높아졌는데.

"아니! 그럼 썬이랑 시바가 인기를 끌잖아요! 안 그래도 코시엔에서 거의 점수를 빼앗기지 않아서 성원이 장난 아닌데!"

"오, 알아차렸나? 그럼 아나에도 인기 좀 끌게 힘내 봐…. 어차, 슬슬 공격이 시작되나. 그럼 나는 1루에서 기다릴 테니까 아나에도 얼른 와."

그렇게 말하며 한 손에 배트를 들고 대기 타석으로 가는 히구치 선배.

이 말 저 말 실컷 들은 아나에는 그저 멍해질 뿐이었다.

"저 사람은 진짜 나한테 말을 가리질 않아…."

투덜거리지만 그 표정을 보면 안다. 아나에에게 활기가 돌아왔다.

"저기, 썬, 시바. 아마 저 투수를 상대로 내가 홈런을 치긴 어려울 거야. 그리고 안타도. 그러니까 어떻게든 살아 나가려면…."

아나에가 거기까지 말하다가 일단 말을 멈췄다.

마침 그 타이밍에 9번 타자가 내야 땅볼로 죽어서 돌아왔다.

즉, 아나에가 대기 타석으로 갈 차례다.

"살아 나가려면… 어떻게 할 거지, 아나에?"

"…퍼스트 키스를 바치고 올게."

"뭐?"

아니, 무슨 소린데? 왜 살아 나가는 데에 퍼스트 키스를 바쳐?

"어어… 시바. 아나에가 뭐라고 하는 건지 알겠어?"

"아니, 전혀 모르겠어."

그렇겠지. 뭐, 아나에는 때때로 이상한 소리를 하니까, 신경 쓰지 말도록 할까.

그보다도 히구치 선배의 타석은….

"내가…… 친다!"

벤치까지 울리는, 히구치 선배의 성격에 맞지 않는 강한 목소리. 동시에 배트가 호쾌한 소리를 냈다.

히구치 선배의 타구는 1, 2루 사이를 날카롭게 꿰뚫는 안타. 정말로… 예고한 대로 안타를 쳤다.

다만 문제는 다음 타자가 아나에라는 점. '퍼스트 키스를 바친다'는 정체 모를 소리를 했는데, 괜찮아? 왠지 불안밖에 느껴지지 않는다.

아무튼 다음은 내 타석이니까 대기 타석으로 가자.

그리고 아나에의 상황을 확인하자,

"스트라이크!"

초구는 그냥 지켜봐서 스트라이크. 하지만 아나에의 표정에서는 왠지 여유가 느껴졌다.

녀석, 정말로 뭔가 노리고 있나? …응? 지금 사인은… 보내기 번트인가.

뭐야, 아나에 녀석. 이상한 소리를 하더니, 결국 히구치 선배의 말처럼 나랑 시바에게 무거운 짐을 넘기는 코스인가. 게다가 아나에가 아웃이 되면 투아웃이고… 아니, 저건!

"……호잇!"

어딘가 김빠진 소리를 내면서 아나에는 사인대로 번트를 댔다.

하지만 그 번트는 보내기 번트가 아니다. ……세이프티 번트(safety bunt)*다!

※세이프티 번트(safety bunt) : 타자 자신이 1루에 살아 나아가기 위한 번트.

아나에의 타구는 3루 선을 따라 힘없이 굴러갔다. 3루수가 다급히 공을 주웠지만, 우리 팀 제일의 준족이 누구냐 하면, …그건 아나에다.

전속력으로 1루로 달려가는 아나에. 3루수가 공을 주워서 날카롭게 1루로 던졌다.

그 공이 닿을까 말까 하는 순간 아나에가 헤드 퍼스트 슬라이딩(head first sliding)*으로 파고들었다.

"세이프!"

"크크크…. 작전, 대성공!"

1루 베이스에 제대로 얼굴을 처박으면서도 주먹을 움켜쥐는 아나에.

하핫…. 그런 건가. 분명히 좋은 **퍼스트 키스**로군.

그럼 여기서는 3번 타자로서 멋진 장면을 차지해 보실까.

"……."

자연스럽게 배트를 쥔 손에 힘이 들어갔다.

내가 자세를 잡고 투수를 노려보자, 저쪽은 원아웃 1, 2루라는 위기에 절박한 기색으로 자기 땀을 닦았다.

보아하니… 초구를 노려 볼 만하겠군. 나도 투수니까 상대의 마음을 잘 안다.

※헤드 퍼스트 슬라이딩(head first sliding) : 달리던 기세를 이용하여 머리부터 베이스 쪽으로 밀고 들어가는 슬라이딩 방법.

힘들 때일수록 스트라이크가 필요하니까. 그러니까 분명히……
왔다!

"…웃!"

생각대로 상대 투수가 초구로 던진 것은 다소 밋밋한 코스의
직구. 내 배트는 멋지게 그 공을 맞혔다. 그대로 날카로운 타구
로 2유간을… 아니! 거짓말이지?!

"……휴우."

안도의 숨을 내쉬며 일어선 사람은 소부 고등학교의 4번 타자
다이치.

…당했다. 내가 친 공은 원래 틀림없이 안타가 되는 타구였다.

하지만 상대의 유격수는 명문 소부 고등학교에서 주루, 공격,
수비, 모든 면에서 완벽하다고 일컬어지는 남자… 보탄 다이치.
옆으로 몸을 날려서 내 타구를 다이렉트로 잡았다.

즉, 유격수 라이너다. 제길! 모처럼 히구치 선배와 아나에가
출루해 주었는데!

"신경 쓰지 마. 점수를 따는 건 4번 타자의 역할이잖아?"

벤치로 돌아오려는 나와 엇갈리면서 시바가 그렇게 말했다.

현재는 투아웃, 주자 1, 2루. 상대가 이쪽의 4번 타자니까 거
른다는 수단도 있지만, 다음에 기다리는 사람은 오늘 모든 타석
에서 안타를 친 쿠츠키 선배다.

소부 고등학교 배터리는 거르려는 분위기가 아니다. 즉… 시

바와 승부를 하려는 것이다.

투아웃이 되었기 때문일까, 뒤에 다이치가 있는 것을 재확인했기 때문일까, 왠지 투수의 표정에 여유가 돌아왔다.

이런. 저래서는 내가 타석에 섰을 때처럼 허를 찌를 수도 없겠어….

"…볼."

초구, 좌타자인 시바의 안쪽을 찌르는 슬라이더. 아쉽게도 볼이 되었지만, 그 날카로움은 오늘 시합 중 최고. 설마 이런 상황에서 다시금 힘을 발휘하다니….

명문고의 에이스란 간판은… 아! 아아…!

"…으…랴아아아!"

다음 공, 다시 안쪽을 후비는 듯한 슬라이더. 시바가 거기에 덤벼들었다.

전력을 다한… 혼신의 풀스윙. 멋지게 배트 중심에 맞혔다.

그대로 높고 날카로운 포물선을 그리면서 일직선으로 라이트 스탠드로 날아갔다.

…쳤다! 정말로 쳤어!! 저건 틀림없어….

"어?"

무심코 얼빠진 소리가 나왔다.

…아니, 그렇잖아. 지금 타구는 틀림없이 홈런이었어.

원래대로라면 반드시 홈런이 돼야 했어….

그런데 결과는…… 우익수 플라이.

마지막 순간, 조금만 더 가면 펜스를 넘어가려는 순간에 또 불었다.

……꽤나 강한 바닷바람이.

"스리아웃! 체인지!"

무정하게 울리는 심판의 목소리. 이미 홈에 들어왔던 히구치 선배와 아나에는 아연해지고, 시바도 너무 큰 충격 때문에 1루에서 멍하니 서 있었다.

…어이, 신. 그렇게 우리가 이기는 걸 바라지 않는 거야?

왜 이런 짓을 하는데? 왜…. 왜….

"괘, 괜찮아요! 아직 9회 초 공격이 남아 있습니다! 게다가 모든 타석에서 안타를 친 쿠츠키 선배부터입니다! 그, 그러니까… 그러니까… 우, 우우우…."

탄포포가 눈물을 글썽이면서 울음을 필사적으로 참았다.

아직이야. 아직 견디는 거야, 탄포포. 한 번 더, 공격 기회는 한 번 더 있어.

그러니까 아직 포기하지 마….

8회 말.

구장을 술렁거림이 뒤덮었다. 그 이유는 물론 소부 고등학교의 이 시합에서의 성적 때문이다.

소부 고등학교는 포볼로 몇 번 출루했어도 우리에게서 안타를 하나도 뽑아내지 못했다. 그리고 9회 초에 우리가 점수를 따내지 못할 경우, 소부 고등학교의 공격은 이번 이닝이 끝이다. 혹시 여기서 아무도 안타를 치지 못하면, ⋯공격 횟수가 한 번 적다고 해도 소부 고등학교는 노 히트인 채로 시합이 끝난다.

게다가 지금까지 나의 탈삼진 숫자는 17. 대부분의 아웃을 삼진으로 잡았다.

그러니까 관객들은 술렁대는 것이다. 명문인 소부 고등학교가 첫 출장인 학교를 상대로 노 히트인 채로 승리를 얻는 걸까, 혹은 지는 걸까. 그런 긴장감이 마운드에 선 내게까지 전해져서 자연스럽게 공을 쥔 손에도 힘이 들어갔다.

"⋯⋯!"

타석에 서는 것은 소부 고등학교의 2번 타자.

자기들이 지고 있는 것처럼 귀기 어린 표정으로 나를 노려보았다.

⋯어이, 알고 있어? 내가 이렇게까지 강해질 수 있었던 건 나 혼자만의 힘이 아냐.

계속 함께 싸워 준 동료들, 어떤 때라도 나를 믿어 준 친구, 그리고 내게 포크볼을 맡겨 준⋯ 한 소녀.

모두가 나를 여기까지 밀어 주었어. 모두가 나를 여기에 세워주었어.

한 명이라도 없었다면 이렇게 될 수 없었어. 모두가 있었으니까 지금의 '내'가 될 수 있었어.

그러니까 보여 주지…. 내 힘이 아닌, '우리'의 힘을!

2번 타자, 3번 타자를 삼진으로 잡고 투아웃 주자 없음.

이번 이닝에 마지막으로 타석에 서는 남자는 소부 고등학교 4번, 코시엔에서 가장 많은 안타를 친 남자… 보탄 다이치. 하지만 이번 시합에서는 무안타. 아직 하나도 치지 못했다.

그게 무슨 의미인지는 스스로도 잘 알고 있겠지.

다이치의 긴박한 표정이 그것을 말해 주고 있었다.

"…어?"

다이치가 취한 행동에 나는 무심코 그런 소리를 했다.

타석에 선 다이치는 그대로 타격 폼을 취하는 게 아니라 쓰고 있던 헬멧을 벗고 내게 인사했다.

그리고 그게 끝나자 이어서 소부 고등학교 응원석을 향해 깊게 인사했다.

그 동작에 나도 그 방향을 보니 거기에 있는 한 소녀.

가슴까지 오는 긴 머리에 진지함이 그대로 드러난 듯한 섬세한 하얀 피부. 미소녀라는 말이 잘 어울리는… 내가 빌려준 헐렁한 체육복을 껴안고 있는 소녀를 향해 다이치는 사죄의 뜻을 보이고 있었다.

그래… 그렇지. 역시 너도 이 시합을 보러 왔구나….

오래간만에 그 모습을 보았군. 건강해 보여서 다행이야.

…하지만 아니다.

저 애는 내가 알고 있는 **그 아이**가 아니다. 설령 같은 모습이더라도 다른 아이다…. 정말로 보러 오길 바랐던 여자애는 오지 않았다.

긴… 10초 정도의 인사가 끝나자, 다이치는 헬멧을 쓰고 곧은 시선으로 나를 보았다. 깨끗한 눈이다… 솔직히 그렇게 느낄 수 있었다.

"으…랴!"

초구, 내 혼신의 직구를 다이치가 쳐서 파울볼.

날카로운 타구가 펜스에 직격하고, 난폭한 소리를 코시엔 구장에 울렸다.

"……!"

2구, 시바의 사인에 따라 외각 낮게, 공 두 개 정도 빠지는 코스로 던지자, 다이치가 헛스윙했다. 지금까지의 다이치였다면 절대로 휘두르지 않았을 정도로 노골적인 볼인데도 불구하고 휘두른 것은, 역시나 초조함 때문일까. 시바… 멋진 리드로군.

자, 다음 공. …이걸로 끝내 주지.

내가 던지는 공은 당연하지만 **그 공** 이외에는 없다.

'공주님은 왕자님을 분명히 돕거든? 같이 싸우는 법이야.'

그 헐렁헐렁 공주님이 준, 캐치볼을 좋아하는 왕자님이 던질 수 있는 최강의 변화구….

"…니힛."

"스트라이크! 배터 아웃!"

포크볼이다.

""""""오오오오오오오!!""""""

니시키즈타, 소부, 양쪽의 응원석에서 성원이 폭발했다.

이걸로 스리아웃. 8회 말을 마친 시점에서 내 탈삼진은 20개에 달했다.

자, 9회 초… 우리의 마지막 공격이다. 타순은 오늘 전 타석에서 모두 안타를 쳤던 쿠츠키 선배부터 시작.

이 흐름을 타고 역전해 주지!

시합 종료 직후.

"자, 인사하러 가자."

평소의 호쾌한 어조는 자취를 감추고, 차분한 목소리인 쿠츠키 선배.

그것은 지금의 고요한 코시엔 구장의 상황과 비슷했다.

결국 시합 내내 소부 고등학교는 단 하나의 안타도 치지 못했다. 그 사실과 시합 결과에 소부 쪽 응원석에 앉은 관객들은 어찌해야 좋을지 몰라 곤혹스러워하고 있다.

니시키즈타 쪽 관객석이 고요한 이유는 말할 것도 없다.

9회 초… 쿠츠키 선배가 2루타를 쳤지만, 그 이후의 후속 타자들은 삼자범퇴.

즉, 우리는…… 패했다.

스코어보드가 '1-0'이라는 시합 결과를 무정하게 표시하고 있었다.

"우, 우우우우…. 이런 건 아니에요…. 이런 건, 너무해요!!"

벤치에 울리는 탄포포의 울음소리. 지금까지 어떻게든 참고 있었지만, 드디어 인내의 한계가 찾아왔겠지. 그 두 눈에서 굵은 눈물이 넘쳐 났다.

"우리가, 더 대단했잖아요! 다들 안타를 하나도 안 맞았어요!

다들 안타를 많이 쳤어요! 그런데, 왜 우리가 지는 건가요! 왜 우리가 져야만 하는 건가요! 우, 우, 우에에에엥!!"

"탄포포… 야구는 공격하고 지키기만 하는 게 아냐. 그러니까…."

"알고 있어요! 알고 있어요, 오오가 선배! 하지만! 하지만, 하지만! 우리가 지면, 지면… 그, 그 사람이… 그 사람이… 흑! 흑!"

드디어 탄포포가 견디지 못한 건지 그렇게 말했다.

그렇지…. 너만큼은 지금도 믿고 있지.

코시엔에서 우승하면 그 아이가 돌아온다고….

미안…. 미안해…. 져서 정말로 미안해….

"아직 같이 놀러 가지도 못했어요! 연락처도 못 들었어요! 매니저로서 가르쳐 주고 싶은 것도 많아요! 또 '탄포포' 선배 소리를 듣고 싶어요! 만나고 싶어요! 다시 한번 그 사람과 만나고 싶어요! 우후! 우후!"

"알아. 아니까…."

필사적으로 탄포포를 달래지만, 그 효과는 전혀 없었다. 감정이 북받쳐서 계속 눈물을 흘렸다.

"탄포포, 울지 마~! 으, 으음, 내가 이런 말 하기도 그렇지만, 이럴 때도 있어! 그, 그러니까, 어, 어쩔 수… 크, 크으…. 어쩔 수 없다는 말로 끝내고 싶지 않아! 나도, 또 만나고 싶어! 제길! 제기이이일!"

탄포포를 달래려던 아나에가 오히려 눈물을 흘렸다.

그것이 계기였을까, 다른 멤버 중에도 몇 사람이 눈물을 흘렸다.

그중에는 시바도 섞여 있었다.

어떻게든 휩쓸리지 않는 사람은 주장인 쿠츠키 선배, 그리고 히구치 선배와 나뿐이다.

다른 멤버는 모두 눈물을 흘렸다.

"……."

마지막 인사로 코시엔의 홈 베이스를 사이에 두고 맞은편에 정렬한 소부 고등학교 멤버들은 승자라고 생각할 수 없을 정도로 초췌한 표정이었다. 그 표정은 결승전에 올라올 때까지 우리에게 패한 대전교의 야구부원의 표정과 비슷했다. 하지만 그런 표정을 보더라도 내게는 행복감도 죄악감도 없었다.

그저 압도적인 허무함을 맛볼 뿐이었다.

그런 가운데 나의 대각선 맞은편에 선 다이치가 말했다.

"…수, 수… 수면 부족 때문, 입니다…. 좀, 봐, 주세요….."

장난으로 하는 말이 아니다. 그 말의 진짜 의미를 잘 알고 있었다.

"훌륭했어…. 올해의 우리는 소부 고등학교 역사상 최강의 팀이라고 생각했다. 아니, 실제로 그랬어. 그래도 우리는 안타를 하나도 못 쳤고, 너희는 몇 번이나 득점 찬스를 얻었다. 다만 우리는 운이 너무 좋았을 뿐이야. 솔직히 두 번 다시 너희랑은 시합을 하고 싶지 않아. 압도적인 힘으로 짓밟혔다. 인정하지……. 네가 코시엔 넘버원 투수다."

"…네."

그 찬사가 다이치 나름대로 최대한의 성의라는 건 안다.

하지만 나는 아무것도 느껴지지 않았다. 결국 우리가 가장 원했던 것은 하나도 손에 들어오지 않았다.

어떤 찬사나 갈채를 받더라도 우리에게 제시된 것은 패배했다는 사실뿐이야….

"저기, 다이치, 질문 하나 해도 됩니까?"

"뭐지?"

"녀석은…."

내가 끝까지 말하기 전에 다이치가 고개를 내저었다.

"너와 만난 날이 마지막이었겠지. 그날 이후로 한 번도 못 봤어."

그런가. 역시….

"나한테 사과할 기회를 주지 않다니, 정말로 마지막까지 사람을 괴롭히는 녀석이었어. …아네모네는."

다이치가 처음으로 그 이름을 불렀다.

그 뒤에 우리가 서로에게 '감사합니다!'라고 인사하자, 관객석에서는 성대한 박수갈채가 일었다.

대체 어느 고등학교에게 보내는 것인지… 그것은 아무도 알
수 없었다.

＊

"흑! 흑! 후, 훌쩍… 훌쩍….″

모든 것을 끝낸 우리는 아무런 말도 없이 묵묵히 코시엔 구장
의 선수 대기실을 뒤로했다.

정적에 휩싸인 공간에 울리는 것은 탄포포가 흐느끼는 소리.

제일 선두를 쿠츠키 선배가 가고, 그 옆에 히구치 선배. 마치
부원들의 눈물을 숨기려는 듯이 최대한 가슴을 펴고 걸었다. 나
는 맨 뒤. 그저 멍하니 모두의 모습을 바라보았다.

결과적으로 충분히 자랑할 만한 내용이란 것은 안다.

하지만 한 걸음… 정말로 딱 한 걸음이 부족했다.

미안해. 마지막에 약속을 지키지 못했어.

우리의 멋진 모습을 보여 주겠다고 말했는데, 꼴사나운 모습
을 보여 줬네.

이런 생각을 해도 의미는 없나.

그 애는 사라졌다. 두 번 다시 만날 수 없다.

'니힛' 하고 웃는 장난기 어린 표정을, 자기가 놀리는 것은 잘

하면서도 놀림당하면 얼굴이 새빨개져서 부끄러워하는 모습도, 뭘 해도 즐거워하는 모습도… 이제는 볼 수 없다.

그런 절망에 휩싸인 채 코시엔 구장을 나가자, 거기에는……

아무도 없었다.

……당연, 하지. 구장을 나서면 그 아이가 기다리고 있을 거란 희미한 기대를 품는 게 이상하다. 세상은 그렇게 입맛대로 돌아가는 게 아니다.

지금쯤 보탄 이치카는 우승한 소부 고등학교의 멤버들에게 갔겠지.

축복을 할까, 격려를 할까. …뭐, 아무래도 좋아.

그 애는 우리와의 추억이 없는 다른 소녀다.

그러니까 그녀가 어쩌든지 우리와는 관계없는 이야기.

…이렇게 코시엔에서 우승하지도, 빌린 부적을 돌려주지도, 아무런 약속도 지키지 못하고, 우리의 여름은 끝을 맺었다….

"침입, 아마도 성공. 니힛."

…목소리가 들렸다.

그것은 내가 처음으로 그 소녀와 만났을 때 들은 말.

갑자기 나무 위에서 뛰어내렸을 때 그 소녀가 했던 말이다.

그 장난스러운 목소리가 내 뒤에서 들려왔다.

"역시나 나네. 이렇게 멋지게 침입하다니. 분명 전생에는 닌자였음이 틀림없다고 할까나."

너는 뭘 하는 거야? 얌전히 출구에서 기다리면 되잖아? 그런데 일부러 구장의 선수용 공간에 숨어들다니… 역시나 자칭 나뭇잎 마을의 닌자로군.

"참나 이렇게 아리따운 여성이 잠깐 들여보내 달라고 부탁했는데 안 된다고 하다니, 세상 참 깐깐하네. …하지만 나는 그 정도로 굴하는 연약한 여자가 아냐. 정면 돌파가 무리라면 사면 돌파야."

애초에 사면은 방향이 아니라고.

정말로… 처음부터 끝까지, 그때 했던 말 그대로잖아. 하지만 정말로 그런가?

내 바람이 들려주는 환청일 뿐이지, 돌아보면 아무도 없는 거 아냐?

그렇게 생각하자 무서워서 돌아볼 수 없었다. …정말로 나는 한심한 녀석이다.

"이쪽을 봐."

하하… 이거 큰일이군. 그렇게 말한다면 지시에 따를 수밖에 없잖아.

"…이, 이걸로 만족했어?"

돌아보자 거기에 있는 한 소녀. 헤어스타일은 가슴까지 오는 생머리의 일부를 사이드포니 스타일로 모아 올려 보라색 머리핀으로 묶었다. 하얀 피부는 어딘가 섬세한 느낌을 준다.

옷은 이전에 탄포포에게 넘겨받은 니시키즈타 고등학교의 유니폼. 다소 체격이 작은 탄포포의 것을 받았기에 미묘하게 사이즈가 맞지 않아서 몸매가 드러났다.

"응, 대만족이야."

그런 소녀가 나를 향해 활짝 웃음을 보여 주었다.

그때서야 간신히 다른 멤버들도 그 목소리를 알아차렸는지 차례로 뒤를 돌아보며 눈을 치떴다.

"깜짝 놀랐어. 깨어났더니 결승전이지 뭐야."

그 말이 나… 아니, 우리의 가슴에 꽂혔다. 분명 원래는 그날… 공원에서 이야기한 날이 마지막이고 그대로 사라졌을 터.

그런 소녀가 우리에게 웃으며 말을 붙이고 있다.

"두 번 일어난 일은 세 번 일어날 수 있다. 작별이라고 두 번이나 말했는데 또 만났습니다."

"아, 아, 아…."

탄포포가 떨리는 목소리로 말했다. 하지만 너무 충격이 커서 그런지 제대로 말이 나오지 않았다.

일단 자기 목을 진정시키기 위해 침을 한차례 삼킨 뒤에 그 인물을 다시금 바라보고,

"아네모네에에에에!!"

지금까지 이상의 눈물을 흘리면서 거기에 있는 소녀─아네모네의 품에 뛰어들었다.

"와오. 탄포포 선배."

"만나고 싶었어요! 만나고 싶었어요! 또 만나서 기뻐요! 건강했어요? 밥 잘 먹고 있어요? 우훗! 우훗!"

"응, 건강해. 밥은⋯ 잘 모르겠는데."

"그, 그럼 안 되지요! 아네모네는 안 그래도 매일 편의점 주먹밥만 먹는데 그런 식이면! 흑! 흑!"

탄포포가 아네모네의 품에서 계속 눈물을 흘렸다.

주위의 멤버들을 보니, 눈물을 참는 녀석은 나 말고 없었다.

시합 종료 직후에는 울지 않았던 쿠츠키 선배나 히구치 선배까지 눈물을 흘리며 아네모네를 바라보았다. 다만 나만은 아직 꾹 참고 있었다.

견뎌, 견뎌⋯. 나는 '썬'이야.

태양처럼 모두를 비추는 존재야. 그런 녀석이 눈물을 흘릴 순 없어⋯.

"아나칭, 발 빨랐어. 엄청난 속도로 1루까지 뛰고. 그렇게 멋

진 아나칭이라면 분명 멋진 여친이 생길 겁니다."

"그, 그래. 나 멋졌구나…. 헤, 헤헤헤…."

아나에, 뭘 잘난 척이냐. 그렇게 훌쩍거리는 녀석이 멋질 리가 없잖아.

"쿠키 씨, 전 타석 안타 축하합니다. 그야말로 팀의 기둥. 분명히 쳐 주는 쿠키 씨는 아주 든든한 주장이라고 생각했습니다. 브이."

"으, 응! 당연하지! 나는 주장이니까! 하하핫! …브이!"

눈물을 흘리고 있어도 평소의 모습은 그대로군. 그야말로 팀의 기둥이다.

"히구마 씨는 항상 냉정 침착. 시합 상황을 냉정하게 받아들이며 수비에서도 공격에서도 대활약. 유격수가 히구마 씨가 아니었으면 분명 안타를 맞았을 거라 생각합니다."

"그렇지? 아직 부족한 데가 있으니까, 내가 확실히 해야 한다, 싶어서…."

히구치 선배, 냉정하게 보이고 싶으면 그 떨리는 목소리를 어떻게든 해 주세요.

다리도 떨리고 있어서 그쪽이야말로 불안한데요?

"시바냥은 최고의 포수. 공을 다 확실히 받아 냈고, 리드도 확실. …여어, 소리 없는 공로자."

"으, 으음…. 또 **오홋** 할 수는 없으니까 열심히 했어."

그래. 내 포크볼… 처음에는 그렇게 제대로 뒤로 빠뜨렸지만, 결승전에서는 하나도 빠뜨리지 않고 전부 받아 내 주었지.

정말로 시바가 있어서 다행이야. 앞으로도 잘 부탁해. …파트너.

"탄포포 선배가 벤치에서 모두를 열심히 격려해 주었으니까, 모두가 평소 이상의 힘을 발휘할 수 있었겠죠. 아주 귀여웠어요."

"다… 당연하잖아요! 저는 든든하기 짝이 없는 귀여운 천사 탄포포입니다! 그런 걸 모르다니! 아직도 멀었군요! 선배로서 앞으로도 잘 가르쳐 줘야겠어요! 우, 우후후. 우후후훗…."

아네모네에게 걱정 사지 않으려고 열심히 웃으려는 탄포포.

…하지만 틀렸다. 그 눈에서 넘쳐 나는 눈물은 멈추지 않았다.

"나도 배우고 싶지만… 미안. 오늘이 정말로 마지막. 신이 내게 아주 조금 시간을 준 모양이라서, 이렇게 모두를 만나러 올 수 있었어."

그래… 역시 그렇군….

"다들 정말로 멋졌어. 소부 고등학교 관객석에 있는 사람들도 모두를 엄청 칭찬했어. 덕분에 매니저로서 나도 콧대가 높아졌습니다. 물론 내 안에서도 단연코 으뜸으로 넘버원입니다."

뭐야, 신도 조금은 멋진 짓을 해 주잖아.

원래는 더 못 만날 터였던 녀석과 만나게 해 주다니.

"고마워, 다들…. 약속을 지켜 줘서."

그 말이 얼마나 우리를 구했을까?

코시엔에서 우승은 못 해도 넘버원이 되면 약속은 이뤄진다.

아네모네가 기대했던 것은 우리의 우승이 아니었다.

우리가 넘버원이 되는 것이었다….

"으으음. 안 되겠네. …정말로, 시간이 다 된 것 같아. 니, 니힛…."

아네모네의 몸이 살짝 비틀거렸다. 본인의 말처럼 더 이상 의식을 지키는 것이 기적 같은 상태겠지. 그래도 열심히 평소처럼 장난스러운 표정을 내게 보여 주었다.

"그럼 마지막으로 타이요."

그리고 드디어… 내 차례가 돌아왔다.

"왜 안 울어?"

"…뭐?"

"네가 참는 건 잘 알고 있어. …하지만 이제는 안 참아도 돼."

어이, 다른 이들과는 꽤 다른 말을 날려 대잖아. 특별 취급 같아서 기분이 나쁘지는 않지만, 그 말은 최악이야. 내가 얼마나 필사적으로 참고 있다고 생각해?

"달리 해야 할 말이 더 있지 않아?"

"없어. 너는 내 왕자님인걸. 멋진 것도, 강한 것도, 대단한 것도, 당연하잖아? 그런 사람을 칭찬하는 건 아무런 의미도 없다고 생각합니다."

"그래도 칭찬을 듣고 싶다는 남자의 마음을 헤아려 주었으면 싶은데."

"안 됩니다. 지금은 아네모네의 스페셜 타임이니까, 아네모네의 마음이 무엇보다도 우선됩니다. …그러니까 솔직한 타이요를 보여 줘. 니힛."

이 녀석은…. 끝까지 내 마음속에 마구 들어오는구나.

하지만 그 요망을 들어줄 생각은 없어. 나는 '썬'이야.

모두의 앞에서는 눈물을 흘리지 않아. 그럴 수는 없어.

"열심히 솔직한 마음으로 접하고 있는데?"

"그래. …모두랑 있을 때랑 나랑 있을 때가 그렇게 다르지 않았으니까. 전보다 더 반짝반짝 빛나는 태양이 되었습니다."

"……!"

그 말에 나는 놀랐다. …한심하군.

스스로를 이렇게 몰랐다니….

그래… 그렇지.

네가 매니저로 온 뒤로 나는 '썬'으로 있으면서 서서히 진짜 나를 모두의 앞에 보이게 되었다. 그것도 자각 없이.

"하지만 괜찮았지?"

"그래. …괘, 괜찮았어…."

아무도 나를 거절하지 않았다. 다들 나를 받아들여 주었다.

"그러니까 마지막으로 한 걸음만 더, 사실은 울보인 타이요를 보여 줘야 한다고 생각합니다."

아네모네, 너는 이게 마지막 시간인데 괜찮아?

왜 나 같은 것을 위해 그 한정된 시간을 쓰는 거야?

자기 마음을 우선하긴 뭘. …나를 우선하고 있잖아….

"자, 울어, 울어."

""""""울어!""""""

어느 틈에 다른 멤버들이 거기에 맞추기 시작했다. 여름 축제
때와 똑같다.

다들 아네모네의 말을 복창하듯이 거듭하고 있다. 짜증나.

너희도 아까는 구겨진 얼굴로 울어 댔던 주제에 그 말은 뭔데?

"우, 울 리가 없잖아! 나는 울고 싶을 때 울어! 지금은 그때가
아냐!"

"거짓말 하지 마."

""""""하지 마!""""""

그만둬… 아네모네. 이게 너의 마지막 시간이야.

코시엔이 시작된 뒤로 계속 만날 수 없어서 외롭고, 아직 남아
있는지 정말로 걱정돼서… 걱정에 걱정을 한 끝에 겨우 만나서,
더 하고 싶은 말이 있어.

이번에는 확실히 내 마음을 전하고 싶어. 떨어지지 않게 그 몸
을 껴안아 주고 싶다. 안기고 싶다. 그렇게 생각했는데….

"괜찮아, 타이요. 네 마음은 잘 알고 있으니까. …참고로, 나

도 물론 같은 마음이야."

"……큭!"

그게 결정타가 되었다. 뺨을 따라 흐르는 물의 감촉. 그건 뭘까?

뻔하다.

"봐, 역시 울잖아. 니힛."

해냈다는 달성감으로 가득한 장난스러운 표정. 그런 아네모네를 보는 것만으로도 넘쳐 나는 눈물은 그치지 않고, 계속해서 계속해서 흘러내렸다.

"크…흑…. 여, 역시, 너는 내 공주, 님이야…."

"그래. 그리고 너는 내 왕자님이야."

아네모네의 손이 내 뺨을 가볍게 어루만졌다. 그 손을 나는 굳게 붙잡았다.

"아네모네, 사라지지 마…! 어디도 가지 마…! 나는 네 곁에 계속 있고 싶으니까! 나만이 아니야! 다들 그래! 약속했던 캐치볼, 아직 못 했잖아? 네가 놀랄 만큼 사람을 많이 모을게! 그리고 프랑스 요리 풀코스도 못 먹었잖아?! 엄청 맛있는 가게를 찾을 테니까 같이 가자! 그러니까…!"

"아하! 열렬한 러브콜이다. …하지만, 미안해…. 나, 나는 이제, 틀렸어…."

"으… 으으… 아네모네… 아네모네…."

"타이요… 미안… 미안해….”

어느 틈에 아네모네의 뺨에도 눈물이 흐르고 있었다.

그 눈물을 왼손으로 필사적으로 닦았지만 헛수고였다. 흘러내리는 눈물이 마치 아네모네의 추억인 것처럼. 그렇게 생각하니 또 내 눈에서도 눈물이 넘쳐 나서….

그 이상 흘러내리지 말아 줘. 그대로 있어 줘….

"그래…. 그 체육복, 받아도 될까? 이, 입고 가고 싶은 데가 있어.”

"어, 어디에 입고 가게…? 그런 헐렁한 체육복.”

"뻔하잖아.”

아름답고 아련한 웃음을 지으며 나를 바라보는 아네모네.

그대로 부드럽고 다정한 입술을 천천히 움직여서,

"추억 속이야. …니힛.”

그것이 아네모네의 마지막 말이었다.

나를 좋아하는 건
너뿐이냐

'두 번째' 소녀

에필로그

여름 방학도 거의 막바지. 코시엔을 마친 나는 오사카에서 니시키즈타로 돌아왔다.

　야구부 연습은 2학기가 시작될 때까지 휴식.

　물론 각자 훈련은 하라는 지시가 있었지만, 그것은 개인의 재량이다.

　쿠츠키 선배나 히구치 선배… 3학년 멤버는 이걸로 은퇴하는 거고, 앞으로는 새로운 체제로 다음 코시엔 우승을 목표로 해야만 한다.

　새로운 주장은 누가 될 것인가 하는 이야기 말인데, 나와 시바 사이에서는 아나에가 되지 않을까 예상하고 있다. 녀석은 기분파에 남에게 일을 떠맡기는 면이 있지만, 덕분에 사람을 움직이는 쪽에 능한 남자다. 쿠츠키 선배처럼 모두를 이끄는 주장이 아니라, 모두가 앞서 뛰게 하는 식의 주장. 그런 것도 나쁘지 않다고 생각하고 있다.

　뭐, 야구부 이야기는 일단 이 정도로 하자.

　그보다도 오늘 나는 누군가와 만날 약속을 했다.

　약속 장소는 니시키즈타 고등학교에서 걸어서 10분 정도 거리에 있는 공원. 시간은 오전 10시 30분.

　몸에 밴 버릇으로 무심코 야구 가방을 들었기에 쓴웃음을 지었지만, 그걸 깨달았을 때는 전철 안이었으니까 이미 늦었다.

　"오늘은 와 주셔서 감사합니다."

내 모습을 확인하는 동시에 깊이 고개를 숙여 인사하는 소녀. 헤어스타일은 가슴까지 오는 생머리. 칠부소매의 하얀 셔츠에 하의는 무릎 아래 10센티미터 정도 내려오는 청색 스커트. 꽤나 하얀 피부가 그 이미지처럼 섬세한 느낌을 준다. 그녀는…

"아니, 괜찮아. 어차피 한가했고. ……보탄."

소부 고등학교 야구부의 매니저, 보탄 이치카다.

어젯밤, 갑자기 내 스마트폰에 걸려온 전화. 그 번호는 이전에 다이치에게서 들은 전화번호였기에 누군지는 금방 알았지만, 설마 연락이 올 줄은 몰랐기에 놀랐다.

그 뒤에 전화를 받자 '한번 만나서 이야기를 하고 싶다.'고 하기에 그 말에 응했다.

그리고 현재에 이른 것이다.

"저번에는 혼란스러워서 무례를 저질러 죄송했습니다. 반성하고 있습니다."

아마도 처음 만났던 축제 날의 이야기겠지.

"아니, 신경 안 쓰니까 괜찮아."

"…다행이네요."

정중한 인사, 안도로 가득한 부드러운 웃음.

정말로… 완전히 다른 사람이라는 걸 깨닫게 된다.

"코시엔, 수고하셨습니다. 니시키즈타 고등학교… 특히 오오가 씨는 대단했습니다."

"말만이라도 고마워."

니시키즈타 고등학교…. 이름을 틀리지 않고 제대로 발음하는 군….

"그래서 무슨 일이야?"

"네. 실은 오오가 씨에게 드리고 싶은 것이… 그리고 중요한 이야기가 있어서…."

"어느 것부터 할 거지?"

"그렇군요. 오오가 씨의 희망에 따를까 합니다만…."

"마음대로 해 줘."

"…알겠습니다."

이런. 지금 태도는 조금 안 좋았다.

무심코 쌀쌀맞게 말한 탓일까, 이치카는 살짝 기죽은 표정을 보였다.

하지만 어쩔 수 없잖아. 그녀와 나의 관계는 솔직히 말해서 매우 골치 아프다.

일단 다소 추억은 있지만 좋지 않은 것이고, 그녀는 아무런 잘못이 없다고 하지만 아무래도 마음에 맺히는 바는 있다.

"그럼 드리고 싶은 것부터 먼저."

그렇게 말하며 이치카는 어깨에 메고 있던 갈색 가방에서 봉투 하나를 꺼내 이쪽으로 내밀었다.

"이건 뭐야?"

"편지입니다. 저기… 아네모네 씨한테서."

"뭐?! 어? 나, 나한테?!"

"네."

아네모네의 편지라고?! 그 녀석, 그런 것을 준비했나!

"바로 읽고 싶으시지요? 저는 신경 쓰지 마시고 읽어 주세요."

"괜찮겠어? 하지만 너는…."

"저의 중요한 이야기와 아네모네 씨의 편지. 당신은 어느 쪽을 우선하고 싶으신가요?"

"……알았어. 그럼 그 말을 고맙게 받아들이지."

"…네, 그래 주세요…."

이치카의 담담한 어조는 내 지인 중의 누군가를 방불케 했지만, 다르군.

저쪽은 감정을 표현하는 게 서툴고, 이치카는 순수하게 성실하다 보니까 이런 어조다.

"어어… 같이 볼까?"

"사양하도록 하겠습니다. 그 편지는 어디까지나 아네모네 씨와 당신의 추억이지요?"

정말로 성실한 타입이군…. 그게 좀 심해서 융통성 없어 보이기도 해.

아니, 지금은 그럴 때가 아니지.

얼른 아네모네의 편지를 확인하자.

녀석은 대체 나한테 무슨 소리를….

「여어, 타이요. 이걸 당신이 읽고 있다는 소리는 아마도 내가 없어졌다는 거겠지요. 공주님이 먼저 사라지다니, 외로움 타는 왕자님에게는 힘들지도 모르겠지만, 참아 주세요. …아니, 경어로 말하는 것도 이상한가.

그럼 여기서부터는 편하게 말하도록 할게.

오늘은 만나 줘서 고마워.

설마 코시엔에서도 타이요랑 만날 줄은 생각도 못 했으니까 아주 기뻤어.

그러니까 내게 남은 시간을 써서 네게 이 편지를 쓸까 해.」

아무래도 이 편지는 아네모네가 공원에서 비밀을 말해 준 날 밤에 쓴 것인 모양이다.

「이 편지 말인데, 뭘 위해 쓰는 거냐 하면 사실은 타이요에게 몇 가지 부탁과 거짓말을 한 것에 대한 사죄를 하기 위해 쓰는 거야.」

몇 가지 부탁과 거짓말에 대한 사죄?

아네모네 녀석, 나한테 또 뭔가를 숨기고 있었나?

「일단 부탁부터 말하자면…… 이치카를 거절하지 말아 줘.

나는 가족이나 학교 친구에게 거절당했을 때, 정말 힘들었어.

너희들이 있어 준 덕분에 괜찮아졌지만, 그래도 역시 힘들었어.

그러니까 이치카가 같은 기분을 맛보게 하고 싶지 않아.」

　제일 먼저 하는 말이 이치카 걱정이냐. 평소처럼 자기 생각을 좀 더 하라고.

「안 그래도 이치카는 나 때문에 많이 복잡한 상황이 되었을 테니까. …게다가 니시키즈타의 모두에게 거절당하면 분명 힘들 거야.

　특히나 타이요에게 거절당하는 건.」

　니시키**즈**타, 라고. 결국 끝까지 우리 학교 이름을 계속 틀리고.

　아니, 나? 왜 나한테 거절당하는 게 큰 상처가 된다는 거지….

「자, 분명 지금쯤 타이요는 '왜 나한테 거절당하는 게 큰 상처가 된다는 거지?'라고 생각하고 있을 테니까, 그 비밀을 알려 주지. 그건 내가 너한테 한 거짓말이기도 해.」

　…알았어. 그럼 얼른 계속 읽어 보실까.

「실은 말이지, 내가 니시키즈타 고등학교에 갔던 건 우연이 아냐.

　우연히 시끌시끌한 소리가 들려서 견학했다는 건 새빨간 거짓말.

　이 몸을 이치카에게 돌려주기 위해, 처음부터 널 만나러 갔던 거야.

　뭐, 숨어드는 동시에 만나다니, 우연도 좀 심한 결과였지만.

　혹시 숨어들 때 나리츠키에게 빌었던 '타이요와 만나게 해 주세요'라는 소원이 이루어진 걸지도?」

뭐? 무슨 소리야?

「사실은 내가 아니라 이치카가 너와 만나야 했어.

그것도 지금보다 더 일찍… 올해 봄 방학 때.

그날… 사고를 당한 날, 이치카는 니시키츠타 고등학교 야구부를 견학하러 가려고 했어. 거기서 연습하는 너를 만나러 가려고.」

아니! 그게 무슨 소리야?! 뭐? 이치카가 나를….

"……? 왜 그러시나요?"

"아, 아니! 아무것도 아냐!"

내 놀란 눈을 봐도 고개만 갸웃거리는 모습을 보면, 이치카는 이 편지의 내용을 모르는 거겠지. 성실한 건 좋지만, 혹시 모르니까 확인 정도는 해 두라고….

「계기는 작년, 니시키츠타 고등학교의 모두가 도전했던 지역 대회 결승전.

그날 이치카는 명문 토쇼부 고등학교의 정찰을 위해, 오빠랑 같이 너희 시합을 보러 갔어. 그리고 거기서 너와 만났어.」

나와 이치카가 작년 지역 대회 결승전에서?! 아니, 그런 일이 있었나?

「야구장에 들어가기 전에, 오빠가 화장실에 가서 없을 때에 말이지, 이치카는 모르는 아저씨에게 붙잡혀서 난처한 상황이었어. 숨을 헐떡대는 무서운 아저씨였다나 봐.

　그리고 그때 구해 준 사람이 너였어.」

　아~ 그러고 보니 그런 일이 있었지. 사건 자체는 인상적이니까 똑똑히 기억해.

　일단 본인의 명예를 위해 사실을 전해 두자면, 그건 이상한 아저씨가 아니라, …우탄이었어.

　그날 응원 온 우탄은 야구장에서 제대로 길을 잃어서 꽤나 애가 달았어.

　그래서 숨을 헐떡이면서 이치카에게 길을 물어보았을 뿐. 뭐, 뛰어다녔던 모양이라 숨이 차서 제대로 말도 못 했지만… 그걸 근처를 지나던 내가 회수한 거지.

　그러고 보니 그때 우탄이 말을 걸었던 아이… 뭐, 이치카였던 것 같지만, 완전히 겁에 질려 있었지. 몸을 부들부들 떨면서 울상으로 주위를 둘러보고.

　다만 무서워서 말이 안 나오는 모양인지, 시선만으로 필사적으로 도움을 청한다는 게 확연했어.

　거기에 내가 달려갔을 때에는 기쁜 얼굴을 하면서 몇 번이나 감사의 말을 했지.

　…그러니까 인상에는 남았지만, 얼굴까지는 제대로 기억하지 못했어. …미안.

　「이치카, 결승전이라서 정신없을 때에 알지도 못하는 자기를 구해 준 것에 크게 감격해서 말이지. 그 이후로 코시엔에서 싸울지도 모르는 라이벌 학교의 에이스인데도 불구하고 타이요에게 크게 흥미를 가졌어.

이치카는 소부 고등학교에서 매니저를 맡고 있으니까, 다른 학교 선수라도 요주의인 상대는 노트에 꼼꼼히 기록했어.

그리고 그 안에는 타이요의 이름도 있었어.

아니, 그보다도 분명히 특별하게 기록되어 있었어. 다른 선수는 잘해야 한 페이지 정도밖에 안 되는데, 타이요만 노트 한 권 정도 되었어.

플레이 스타일만이 아니라 어떤 성격인지, 어떤 취미인지, 어떤 여자애를 좋아하는지. 이렇게 타이요에 대해 알고 싶은 것, 그리고 너와 처음 만난 작년 지역 대회 결승전 이야기도 있었어.

이치카는 아빠나 오빠가 엄청 편애하면서 키운 아이였으니까, 처음으로 누굴 좋아하게 돼서 날아오를 듯한 기분인 게 훤히 보였어.」

아네모네…. 너 아무리 자기가 사라진다고 해서 이 정도의 커밍아웃을 할 건 없잖아? 이 편지의 내용을 이치카가 알면 어쩌려고?

하지만 다소 납득할 만한 부분이 있다.

처음 아네모네와 만났을 때, 내게 주어진 호칭에는 그런 이유가 있었나….

「그래. 그러니까 너는 처음부터 내 왕자님이었어…. 아니, 그게 아냐. 우리의 왕자님이었어. 내가 생각했던 그대로인 사람…은 아니었지만. 아주 다정하고 섬세하고 울보, 그리고 멋진 사람이었어.

고마워, 타이요. 너는 그야말로 그 이름처럼 태양 같은 사람이야.

그러니까 앞으로도 많은 사람들을 밝게 비춰 줘.」

그래… 맡겨 줘.

「그리고 그중에 이치카도 넣어 줬으면 해. …아, 물론 **그런 의미**는 포함되지 않아. 아무래도 복잡하잖아. 내가 좋아하는 타이요가 나지만 내가 아닌 여자애랑 그런 관계가 되는 건… 하지만 그러고 싶으면 그래도 되니까.」

어이, 은근슬쩍 무슨 소리를 하는 거야?

그거, 사실은 내가 하고 싶은 소리야.

「일단 이건 부탁이니까 어쩔지는 타이요가 정해.

그리고 혹시 나의… 이치카를 거절하지 말아 달라는 부탁을 들어준다면, 이치카에게 건네줬으면 하는 게 있어.」

건네줬으면 하는 것? 그건 대체… 아니, 설마….

「그 부적을 이치카에게 줘.」

그런 건가…. 아네모네는 그날… 축제 날부터 각오를 했던 거군.

그러니까 자기 보물로, 언젠가 이치카에게 주기 위한 교통안전 부적을 가지고 있었나.

　자기는 줄 수 없으니까, 내게 맡기는 형태로….

「그렇게 해서 이걸로 아네모네의 편지는 끝입니다.

　…아, 깜박했다. 마지막으로 부탁이 하나 더 있어.

　내가….」

마지막까지 읽고서 나는 편지를 접어서 주머니에 넣었다.

아니, 여러모로 충격이 커서 어찌해야 좋을지 모르겠다.

　정말로 아네모네란 여자는 처음부터 끝까지 나를 마구 휘둘러 대잖아….

　참나, 엄청난 여자와 엮였군.

　"다 읽었어. 기다리게 해서 미안해."

　"왜 사죄를 하시나요? 제가 그래 달라고 말한 거니까, 사과하실 필요는 없습니다."

　지극히 냉정하고 성실한 어조.

　모르는 게 약이란 말은 바로 지금의 이치카 같은 상황을 말하는 거겠지.

　"그럼 나는 편지를 다 읽었고, 슬슬…."

　"아직 제 중요한 이야기가 남아 있습니다만?"

　윽! 아니, 알고는 있었는데, 각오를 할 준비가 좀 필요해서….

　"그랬지. 미안, 그만 깜박하고 있었어."

　"이런 짧은 시간 만에 잊어버리다니, 당신은 꽤나 무례한 사람이로군요."

"…네, 죄송합니다."

"딱히 사죄하라는 건 아닙니다. 그저 감상을 말했을 뿐이니까요."

"…그렇습니까."

난, 이런 애… 좀 힘들다.

"그럼 제 중요한 이야기입니다만… 어흠."

거기서 이치카가 헛기침을 한 번. 동시에 얼굴을 발그레… 아니, 새빨갛게 물들였다.

"괘, 괜찮, 다면 말인데, 아, 앞으로도, 저와 또, 만나 주시, 겠습, 니까…?"

그렇게 나왔나….

갑자기 얼토당토않은 이야기를 듣는 것보다는 낫지만, 이건 이거대로 반응하기 어렵군.

"보, 보탄이랑?"

"아, 네! 저, 저기~ 그게 말이죠… 저는 오오가 씨에게 폐를 많이 끼쳤고, 그 사죄가 필요하지 않을까, 싶어서. 피, 필요, 하죠! 응! 분명히 그렇습니다! 그리고 아까부터 오오가 씨는 저를 '보탄'이라고 부르고 있는데, 오빠랑 헷갈리니까 그냥 '이치카'라고 불러 주시면 고맙겠습니다! 하, 하지만… 그 경우는 저도 오오가 씨를 이름으로 부르는 편이 낫다는 게, 되는 걸까요? 되,

되는군요!"

완전 지리멸렬하군…. 아까까지의 냉정한 태도는 어디로 간 걸까?

게다가 너무 허둥대는 바람에 전혀 이쪽을 보지 않고, 계속 혼자서 말하고 있고.

"그, 그러니까, 그거죠! 제 오빠는, 너무 동생을 편애하는 경향이 있어서, 항상 '내가 인정한 상대가 아니면, 교제를 인정하지 않겠다'고 질리도록 말하고요! 그, 그 점에서… 타이요…씨…라면, 코시엔 결승에서 오빠에게 인정을 받은 분이니까, 문제는 없습니다! 아니, 제게는 그 이외의 선택지가 준비되어 있지 않으니, 어쩔 수 없다는 면도… 아뇨, 어쩔 수 없다는 건 실례네요! 그럴 생각은 없었으니, 오해하지 말아 주세요! 어쩔 수 없는 게 아닙니다! 아… 당신이 좋습니다! 당신이 아니면 싫습니다!"

"어어… 어… 어흠, 이치카."

"네, 네에! 말씀하세요."

내가 말을 걸자, 등을 쭉 펴면서 똑바로 이쪽을 바라보았다.

그 얼굴은 당장이라도 분화할 것처럼 새빨갛고, 눈은 눈물로 젖어 있었다.

"어어… 이야기를 정리하자면, 또 만나 달라는 것으로 알면 될까?"

"……! ……!"

이치카가 열심히 고개를 끄덕였다. 본인 나름대로 최선을 다한 거려니 싶었다.

그 모습을 보고 내가 생각한 건 '뭐, 귀엽잖아?'였다.

이 아이는 아네모네가 아니다. 완전히 다른 사람이다. 아무리 외모가 똑같다고 해도, 그런 아이에게 내가 그런 감정을 곧바로 품는 일은 없다. 오히려…

'오오가, 너는 모를 거야. 세계에서 제일 소중한 사람이 같은 모습, 같은 목소리인데 전혀 다른 사람이 되었을 때의 절망을. 내 소중한 사람이 있는 곳을 빼앗은 주제에 아무것도 모르는 철없는 얼굴로 사랑을 보챈단 말이야. …진짜로 좀 참아 달라는 말밖에 안 나와.'

이전에 호텔 로비에서 다이치에게 들은 말이 머리를 스쳤다.

그래. 이게 다이치나 보탄 이치카의 부모님이나 친구가 맛본 기분인가….

그리고 선택한 것은 거절의 길. 다이치만이 아니다. 보탄 이치카의 부모님도 친구도, 그 모두가 아네모네를 거절하는 길을 택했다.

그럼 내가 택하는 길은….

"한동안은 바빠."

"……네?"

"올해 여름은 이미 끝났지만, 나는 고등학교 2학년. 우리 야구부는 새로운 체제에 들어가서 내년 코시엔을 향해 전력을 다하고 있어. 그러니까 일일이 다른 학교 사람과 만날 짬은 없어. …아니, 소부 고등학교도 그럴 거잖아?"

"그렇죠…. 그렇습니다…."

이치카의 태도가 눈에 띄게 힘을 잃었다.

"그러니까 한동안은 바빠서 너와 만나고 있을 여유가 없어."

"…아, 알겠습니다. 죄송합니다, 이상한 제안을 해서…."

그렇게 노골적으로 풀 죽어도 의견을 바꿀 생각은 없으니까.

"그럼 저는 이만 돌아가도록 하겠습니다."

이치카가 등을 돌리고 터덜터덜 걸어갔다. 본인 나름대로 용기를 쥐어짜내서 말한 거겠지. 하지만 어쩔 수 없잖아. 나는 한동안 바쁘다. 그것은 진실이다.

그러니까….

"어이, 잠깐 기다려."

"……네?"

떠나가려는 이치카를 향해 말했다.

"나는 **한동안** 바쁠 뿐이야. **계속**이 아냐. 그러니까 야구부 문제들… 인수인계라든가, 새 체제의 확립이라든가, 그런 게 끝난 뒤라면…… 만나지 못할 것도 없어."

"저, 정말인가요?!"

이치카가 눈을 크게 뜨고 내 옆으로 달려왔다.

그 모습이 재미있어서 무심코 웃을 뻔했다.

"거짓말이야."

"네에?!"

"그것도 거짓말. 거짓말의 거짓말이니까 사실이야."

"우우~~~~! 당신, 성격이 못됐어요."

원망스러운 시선이 날아왔다. 헤에, 이런 표정도 지을 수 있군.

"그래. 몰랐지? 나는 이런 녀석이야."

뭐, 사실은 앙갚음이 포함되어 있지만. 오늘까지 어떤 녀석에게 실컷 놀림당했으니까. 그래서 이런 짓을 했어.

"지금 충분히 이해했습니다. 당신은 조금 심술궂고, 아주 마음 착한 사람이라고."

"과대평가는 적당히 해 줘."

역시 이 아이는 나한테 좀 어렵다. 너무 솔직해….

"그리고 모처럼 이렇게 만났으니까, 잠깐 어울려 줄 수 있을까?"

"어, 어울…! 뭐, 뭔가요?"

이치카가 허둥대는 것을 싹 무시하고, 나는 내 야구 가방을 열었다.

그리고 안에서 어떤 것을 두 개 꺼내 한쪽을 이치카에게 내밀었다.

그것은 얼마 전에 어떤 소녀에게 빌려준 것과 같은… 글러브
다.

우연이지만 가져오길 잘했군. 아무래도 몸에 밴 버릇이란 것
도 나쁘지 않아.

"캐치볼하자."

"저랑 당신이 말인가요?"

"나랑 네가."

"……."

이치카는 내 행동의 의미를 모르겠는지 살짝 눈썹을 찌푸렸다.

하지만 그것도 잠시.

"알겠습니다. 최선을 다해서 임하도록 하겠습니다!"

정말로 성실하군. 고작 캐치볼에 최선이라니….

하지만 아네모네도 그랬지…. 녀석도 항상 최선을 다했다.

자기가 존재했던 증거를 남기려고 열심히 덤볐다.

"그래. 그리고…."

"뭔가요?"

주머니에서 나는 어떤 것을 꺼냈다.

그것은 이전에 아네모네가 빌려준 녀석의 보물… 교통안전 부
적이었다.

"이걸 네게 줄게."

"이, 이건 뭔가요?"

"부적이야. 네가 가지고 있어 줘."

"네? 에엣?! 제, 제가 말인가요! 괜찮나요?!"

"물론."

아네모네, 이걸로 만족했어?

마지막 약속…. 이런 형태가 되었지만, 확실히 지켰다.

"가, 감사합니다! 소중히 간직할 테니까요! 정말로 소중히!"

눈물을 글썽이며 꾸벅꾸벅 고개를 숙이는 이치카.

이렇게까지 기뻐해 주니 아네모네도 분명 기뻐하겠지.

"그, 글러브도 고맙습니다! 일부러 준비해 주셔서…."

"…무슨 소리야? 야구를 하는 녀석은 언제 글러브가 망가져도 괜찮도록 항상 두 개를 가지고 다니거든? 야구부의 매니저인데 몰랐어?"

"배움이 부족했습니다. …죄송합니다."

그렇게 진지하게 받아들이지 마. 진짜로 몸에 밴 버릇으로 두 개를 넣었을 뿐이니까.

서로 거리를 벌리고, 조금 떨어진 장소에서 나는 이치카의 모습을 보았다. 서툰 포즈로 내 공이 날아오는 것을 이제나저제나 기다리는 모습은 아네모네와 크게 달랐다.

그것이 기쁘면서도 슬퍼서, 나는 묘하게 복잡한 감정을 품었다.

"그럼 간다! 내 강속구를 받아 봐!"

공원에 잘 울리도록 크게 소리쳤다.

"어, 언제든지, 던져 보세요!"

긴장으로 어색한 포즈를 취한 이치카를 바라보면서 나는 공을 던질 준비를 했다.

이제 정말로 '너'는 사라졌구나….

이제 정말로 '너'밖에 없구나….

…하지만 그래도 나는 '너'를 거절하지 않아.

부탁을 받아서가 아냐. 내가 그러고 싶지 않아서야.

내가 되고 싶은 '나'는 모두를 밝게 비추며 나아가는 녀석이니까….

"홍가바쵸…."

아네모네는 자유분방이라는 말이 잘 어울리는 소녀다.

금방 장난을 치고 사람을 놀려 대는, 불성실한 성격.

성적은 전교 하위. 본인 나름대로 노력은 하는 모양이지만, 아무래도 공부에 재능이 없는지 좀처럼 결과를 보이지 못했다.

그런 그녀는 학교에서 인기가 없다. 아, 착각은 하지 말아 줘? 미움을 사는 게 아냐. 인기가 없는 거야. 학생들도 교사들도 종기처럼 다루며 거리를 두고 있었다.

운도 안 좋았겠지. 그녀에게는 비교 대상인 존재가 있었고, 그 인물이 너무나도 우수했다. 고로 우수하다고 하기 어려운 그녀는 경원시… 아니, 받아들여지지도 않았다.

그녀 나름대로 친구를 만들려고 해도 전부 실패. 무슨 짓을 해도 잘되지 않아서 더욱 관계를 악화시킬 뿐… 아무튼 그녀는 친구 관계가 좋지 않았다.

가족 관계를 봐도 그렇다.

가족 구성은 아버지, 어머니, 그리고 한 살 차이 나는 오빠가 한 명.

엄격한 아버지, 고지식할 정도인 어머니, 다소 장난스럽지만 야구에 열정을 쏟는 오빠. 그들도 그녀를 거절했다. 가족으로서

최소한의 대화와 의식주만을 제공받았을 뿐, 그 이외의 교류는 전부 거짓.

마치 가족 놀이를 하는 듯한 관계였다.

억지로 다행이었던 점을 꼽자면, 가족과는 그런 관계였기에 그녀는 비교적 자유롭게 행동할 수 있었던 것이겠지.

혼자서 여러 곳을 돌아다니는 것은, 쓸쓸하면서도 즐거운 경험이기도 했다.

뭐, 자기 주위의 환경에 거절당했기에 다소 승인욕이 강해지긴 했지만, 어느 정도 동경하는 자유분방한 인생을 보내는 소녀… 그것이 아네모네다.

항상 밝고, 어떤 때라도 웃던 아네모네.

우리 니시키즈타 고등학교 야구부에 용기와 기운을 주었던 아네모네.

나는 모든 것을 잃은 그녀의 곁에 계속 있고 싶었다.

곁에서 언제까지든 '니힛' 하는 장난스러운 웃음을 보고 싶었다.

하지만 그 소원이 이루어질 일은 없다. 그녀는 사라져 버렸으니까….

있잖아… 아네모네. 이제 네게는 닿지 않을지도 모르지만, 그날 못다 한 말을 열심히 전하도록 할게.

…너를 좋아해.

8권 끝

◈작가 후기◈

이 이야기는 픽션입니다. 실존 인물이나 단체 등과는 관계없습니다.

여러분, 꽤 늦어졌습니다만, 새해 인사를 드립니다. 라쿠다입니다.

이번에는 평소처럼 후기를 신나게 휘갈기는 것도 좀 그런 느낌이 들기에, 다소 분위기를 가라앉히고 쓰도록 하겠습니다.

어느 틈에 2018년 3월. 『나를 좋아하는 건 너뿐이냐』 1권이 발매된 것이 2016년 2월이니까 2년하고 한 달이 지났습니다. 하지만 이 이야기 자체를 쓴 것은 2017년 10월부터 12월 정도였으니까, 라쿠다로서는 아직 새해가 아닌 건지 모호해지기도 합니다. 뭐, 그런 시간 감각은 넘어가고, 다소 이야기의 보충 설명이라도.

『나를 좋아하는 건 너뿐이냐』의 시간적인 배경은 판매 연도에 맞춰서 2016년으로 하고 있습니다.

여기서 조금 조사해 보고 놀란 것이 코시엔의 시합 대진입니다.

멋대로 이미지하기로는, 시합 대진을 추첨해서 단번에 토너먼트 표를 만들고 코시엔에서 경기를 한다고 생각했는데, 그게 아니었던 모양입니다.

아무래도 각 시합이 끝날 때마다 추첨을 한다는 놀라운 정보 (더구나 2017년부터는 또 미묘하게 변했다는 모양입니다만, 무대가 2016년이라서 그쪽에 맞춥니다).

그걸 모른 채 처음에는 다이치와 썬의 호텔 대화에서 "너희랑 붙는다면 결승전이네." 같은 대사도 있었습니다만, 그쪽은 모두 삭제하고 시합 개시 전의 대화로 바꿨습니다. 혹시 제 조사 부족으로 틀렸다면 죄송합니다.

그 경우에는 첫머리의 한마디가 모두 적용되는 방향으로 부탁합니다. '매번 추첨하는 코시엔'이 『나를 좋아하는 건 너뿐이냐』의 세계에는 있습니다. 이거 중요.

이상 이야기의 보충 설명을 마치도록 하겠습니다.

그럼 감사 인사를.

8권을 구입해 주신 독자 여러분, 다음 9권에서는 정말에 진짜로 팬지의 등장이 많고… 다른 캐릭터도 활약하니까… 정말로 죄송합니다.

브리키 님, 이번에도 멋진 일러스트, 감사합니다. 처음으로 표지를 다른 캐릭터가 차지하다니 다소 감개무량하기도 합니다.

담당 편집자 여러분, 이번에도 많은 충고 감사합니다. 드디어… 드디어 '등장인물도 대사도 남자가 더 많은 러브 코미디를 써 냈다!' 싶어서 자그마한 달성감을 느낍니다.

저기, 그것 때문에 이번 이야기를 쓴 건 아니고 우연이니까, 아무쪼록 온당한 조치를….

마지막으로 여러분에게 한 가지 메시지를 남기고 후기를 매듭 지을까 합니다.

8권은 '끝까지' 읽어 주신다면 감사하겠습니다. 이상입니다.

라쿠다

「……아, 깜박했다. 마지막으로 부탁이 하나 더 있어.

내가 처음으로 니시키츠타의 연습에 참가한 날, 타이요한테 말을 걸었던 사람들이 있었지?

그중에 말이야, 전에 병원에서 만났던 여자애가 있었어.

그 애도 이치카랑 같은 사고에 휘말렸다가 혼자만 경상으로 끝났던 아이인데, 매일 내가 아닌 다른 중상을 입은 여자애를 간병하느라 병원에 왔었어…. 그러니까 자연스럽게 얘기를 나눌 기회가 있었어.

퇴원한 뒤에 만날 기회가 없어졌지만, 내게 생긴 첫 친구야.

그 애가 없었으면 나는 외로움에 짓눌렸을지도 모르니까, 아주 감사하고 있어. 그러니까 그 애한테 '나는 행복하게 살았습니다. 당신도 당신을 위해 살아 주세요'라고 전해 줄 수 있을까?

씩씩하고 즐거운 모습이라 안심했지만, 만일을 위해서.

그 애의 이름은…………………… 산쇼쿠인 스미레코라고 해. 잘 부탁해.」

나를 좋아하는 건
너 뿐이냐

나를 좋아하는 건 너뿐이냐 [8]

————

2019년 11월 10일 초판 발행

저자 라쿠다 | **일러스트** 브리키 | **옮긴이** 한신남
발행인 정동훈 | **편집 전무** 여영아
편집 팀장 최유성 | **편집** 김태헌 노혜림
발행처 (주)학산문화사 | 서울특별시 동작구 상도로 282 학산빌딩
편집부 02.828.8838(전화), 02.828.8890(팩스) | **영업부** 02.828.8986(전화), 02.828.8989(팩스)
홈페이지 www.haksanpub.co.kr | **등록** 1995년 7월 1일 | **등록번호** 제3-632호

————

ORE WO SUKINANOHA OMAEDAKEKAYO Vol.8
ⓒRAKUDA 2018
First published in Japan in 2018 by KADOKAWA CORPORATION, Tokyo.
Korean translation rights arranged with KADOKAWA CORPORATION, Tokyo.
through Korea Copyright Center Inc.
이 책의 한국어판 저작권은 일본 KADOKAWA CORPORATION과의 독점계약으로 (주)학산문화사에 있습니다.
저작권법에 의해 한국 내에서 보호를 받는 저작물이므로 불법 복제와 스캔 등을 이용한
무단 전재 및 유포·공유 시 법적 제재를 받게 됨을 알려드립니다.

————

ISBN 979-11-348-1451-9 04830
ISBN 979-11-256-9864-7 (세트)
값 7,000원